LES PORTES DU PARADIS

DU MÊME AUTEUR

ICI MÊME, Sindbad/Actes Sud, 2016.
L'OMBRE DU SOLEIL, Sindbad/Actes Sud, 2018.
AL-NAJDI LE MARIN, Sindbad/Actes Sud, 2020.
HÂPY, Sindbad/Actes Sud, 2022.

Sindbad
est dirigé par Farouk Mardam-Bey

Titre original :
Khatf al-habîb
Éditeur original :
Dâr Dhât al-Salâsil, Koweït

ISBN 978-2-330-17963-2

TALEB ALREFAI

Les Portes du paradis

roman traduit de l'arabe (Koweït)
par Luc Barbulesco

ACTES SUD/ Sindbad

Ma chère sœur Hayet
Souvenirs d'une vie, affection toujours présente en nos rencontres.

1

“On ne s’oppose pas au soleil de Dieu !” criait-il, debout face à moi. Nous marchions sur la plage, devant notre bungalow. Je ressentais de la gêne du fait de l’ardeur du soleil au-dessus de nos têtes.

“Le soleil est brûlant.”

Il s’arrêta et me regarda fixement. J’avais l’impression que son visage se déformait, que sa poitrine s’élargissait. Sa barbe noire encadrait son visage, et le tissu qui lui couvrait la tête avait un peu glissé, laissant à découvert une partie de son crâne, parfaitement rasé. Je ne comprenais pas la raison de sa fureur. Il agitait son index devant mon visage : “Ne t’oppose pas au soleil de Dieu !” Puis, sur un ton menaçant : “Votre châtiment est proche ! Votre châtiment est proche !”

Soudain il m’apparut vêtu du costume afghan, puis il me laissa sur le sable, sous le soleil brûlant, et entra nu-pieds dans l’eau. Un autre homme apparut à côté de lui, même taille, même coffre, même costume afghan, crâne rasé comme lui, ils marchaient dans la mer, bientôt rejoints par un troisième, puis un autre encore, c’était une troupe d’hommes sur plusieurs lignes, une armée d’hommes à la tête rasée, marchant dans l’eau, et répétant en écho : “Le châtiment est proche ! Le châtiment est proche !”

Je criai : “Ahmad ! Ahmad !”

Personne ne faisait attention à moi. Mon cri se perdit dans le tumulte des vagues. Une crainte étrange me serrait le cœur. À ce moment, la vague déferla, changea de couleur et s’empourpra, comme ensanglantée. Les vagues rugissantes étaient couvertes d’écume, elles atteignaient mon visage et mes vêtements, une odeur de sang qui coule m’emplissait les narines.

“Dieu est grand ! Dieu est grand !”

Je me réveillai au son de l’appel à la prière de l’aube, encore plein de la terreur de ce cauchemar, haletant. J’avais l’impression d’être couvert de taches de sang, et une odeur astringente flottait autour de moi. Cinq heures du matin… Pour échapper à ces visions qui me hantaient et semblaient imprégner jusqu’à mes vêtements, je me redressai sur mon lit, en répétant la formule apotropaïque : “Je cherche secours en Dieu, contre Satan le Lapidé !”

J’étais seul dans la grande pièce, tout était calme dans la maison, mon épouse Sheykha était dans sa chambre. En me passant la main sur le visage, j’ai eu l’impression de toucher des gouttelettes de sang. Après un moment je m’allongeai à nouveau sur le lit, mais le rêve était toujours là, comme présent à mes côtés, et mes narines restaient emplies de l’odeur du sang.

Je ne pouvais plus dormir. Une question m’obsédait : quel message m’apporte ce rêve ? J’avais toujours cru à l’importance de ce que nous disent les songes. Comme cette question roulait dans ma tête et mon cœur, je voyais devant moi Ahmad, l’air farouche, effrayant… Où se trouve-t-il en ce moment ? Que fait-il ? Est-il en bonne santé, ou bien blessé, malade ? Comment ai-je pu ainsi perdre tout contact avec mon fils ? Il ne m'a plus appelé depuis longtemps. Que signifient donc son apparition en rêve, et la mer empourprée, et l'odeur du sang ? Des bribes d'informations à son sujet me parviennent de temps en temps ; il se trouve en Syrie, embrigadé dans un groupe armé islamique.

Depuis qu'il est petit, c'est lui mon préféré. Je prenais du plaisir à l'embrasser, à jouer avec lui, je le mordillais au flanc, à la cuisse, il riait aux éclats…

"Tu ne dois pas jouer uniquement avec Ahmad, occupe-toi aussi de tes autres enfants." Sheykha me rappelait à l'ordre à voix basse, je la regardais en souriant, et je hochais la tête en signe de compréhension… "Mais je l'aime !"

Ce rêve m'a fait peur. Dieu nous protège ! Je me suis levé, profondément troublé, obsédé par cette odeur de sang. Je me suis assis dans le salon, et de nouveau cette hantise : me considères-tu coupable du sort de mon fils ? Cette question adressée à moi-même m'a fait mal, elle s'était emparée de moi et emplissait ma conscience d'amertume et de chagrin.

Sheykha dort dans sa chambre. Ce n'est qu'au début de la soixantaine que je me suis senti gêné par ses ronflements, qui m'empêchaient de goûter la douceur du sommeil. À vrai dire j'ai le sommeil léger depuis ma jeunesse, je ne dors jamais que d'un œil, le moindre mouvement, le plus léger murmure me réveillent. Que dire alors des ronflements ! J'ai perdu le sommeil, si je m'assoupissais, je me trouvais brusquement sorti de mon sommeil, et je la regardais, plongée dans sa léthargie sonore. Je l'appelais par son nom, et du fond du sommeil elle me répondait : "Oui…" Je lui disais que son ronflement m'empêchait de dormir, je lui suggérais de changer de position, de ne pas rester allongée sur le dos, elle se mettait docilement sur le côté, pour recommencer quelques instants plus tard, et moi de chercher à nouveau le sommeil qui me fuyait !

Bien des fois, je quittais sur la pointe des pieds le lit commun, avec mon oreiller, en prenant toutes les précautions pour éviter de la réveiller, et j'allais m'étendre sur le divan du salon. Mais si j'échappais ainsi à la gêne causée par ses ronflements, je ne trouvais pas le repos, et je lui dis un jour franchement : "Je vais désormais dormir seul dans une autre chambre." Ses yeux devinrent humides, j'eus la vision rétrospective de toutes ces années où nous avions partagé la même couche, elle resta silencieuse, me regardant d'un air d'amoureux reproche : "Ainsi tu prends tes distances avec moi !" Puis elle me dit, d'une voix comme imprégnée de larmes : "J'aurais voulu que tu restes avec moi dans notre lit commun, mais ton repos est plus important que tout, je dormirai seule…"

Lorsque je me trouvais dans le salon, j'avais l'impression que les ténèbres m'enveloppaient, accompagnées des fantômes surgis de ma mémoire… Notre mariage avait presque quarante années d'existence, elle avait vieilli, malgré tous les efforts qu'elle déployait pour garder un corps juvénile, mais les bourrasques du temps avaient ridé son visage, éteint l'éclat de ses yeux, aplati les doux reliefs de sa silhouette. Je me souviens d'un jour où, rentrant le soir à la maison, j'avais remarqué un changement indéfinissable dans l'expression de son visage, dans son regard, dans son sourire… "Que t'est-il arrivé ?

— Rien, j'ai simplement fait une injection de botox sur le front."

Je lui dis que j'aurais aimé qu'elle m'en parle avant, en ce qui me concerne d'ailleurs, j'aimais son visage tel qu'il était, avec la modestie de son expression.

"La spécialiste m'a promis qu'elle ne changerait rien à mon visage."

Je la regardais, l'expression générale de bonté qui régnait sur sa physionomie s'était modifiée. Elle m'avait lancé, comme prise de peur : "Je suis affreuse ?

— Mais non, mais non, en tout cas le fait est que ton visage n'est plus tout à fait le même."

Bien des années sont passées, nous nous sommes habitués l'un à l'autre, nous connaissons parfaitement la figure de l'autre, son haleine, sa manière de s'asseoir et de se mouvoir. Nous avons vieilli, et notre relation s'est comme usée avec nous. Je reconnais d'ailleurs que j'ai moi seul organisé notre vie commune, avec un strict partage des tâches : à moi reviennent les affaires, les contrats, les comptes et les voyages, à elle l'éducation de nos enfants et la gestion de la maison. Ce partage était l'objet d'un accord tacite, je me consacrais à mes affaires, et elle consentait pleinement à cette division des tâches.

Mon cœur était satisfait de trouver une épouse aimante et fidèle, j'étais content de voir sur ses traits sereins l'expression de ce consentement, sa docilité me rendait heureux. Mais je me rends compte aujourd'hui que je m'étais trompé, ce sentiment de sécurité a éteint en moi toute passion, je me suis éloigné d'elle, et ma relation avec mon épouse s'est affaiblie.

Je sens comme une sueur me couvrir le visage, une odeur répugnante de sang me prend aux narines. Je me lève et m'approche de la fenêtre du salon. Dans l'obscurité froide du jardin qui entoure ma maison, le palmier oscille doucement. Le mois de février est le plus beau de l'année, au Koweït, fraîcheur et lumière adoucie. Je devrais me livrer à ma séance matinale de méditation, qui me permet en général de rester serein tout le reste de la journée, mais le mauvais rêve reste à côté de moi, je ne peux m'en libérer, il envahit ma poitrine, il me semble entendre les voix d'Ahmad et de ses camarades... Une question m'obsède : que me réserve l'avenir proche ?

Je ne me souviens pas du moment où j'ai commencé à prêter attention, régulièrement, à ce qui se passait en moi. J'entends encore les paroles de mon grand-père, le *nawkhoda* (le capitaine), j'étais un adolescent, il me parlait paisiblement, avec un voile sur les yeux : "Nous partions en mer sur notre barque sans moteur, à la voile, nous mettions notre confiance dans les vents et la miséricorde du Seigneur des mondes. Un capitaine doit apprendre à saisir les messages des vents, des étoiles, de l'obscurité, et de l'odeur de la mer. Il doit tenir compte de tous les signes qu'il perçoit. Tout phénomène a des signes avant-coureurs, que l'homme chanceux sait déchiffrer et prévoir, et vis-à-vis duquel il peut se préparer."

Avec le passage des années et des événements, j'ai appris à conjurer les effluves des messages devinés, à méditer sur les éventualités enveloppées d'incertitude...

Je me lavai le visage, pour en faire disparaître toute trace de mes rêves et, mû par la force de l'habitude, je descendis les marches du perron pour ramasser les journaux, bien que, ces derniers temps, je ne prenne plus de plaisir à leur lecture ; il n'y a plus que des informations locales médiocres, corruption à tous les étages, les gouvernements se succèdent, des combats entre les fils de la même patrie, partout dans le monde des attentats terroristes… Une pensée troublante me vient : un jour j'ouvrirai le journal pour voir en première page la photo de mon fils en habit afghan, désigné par son nouveau nom : Aboul-Fath al-Koweïti…

Il y a de cela un an et demi, Othayman était entré dans mon bureau, avec dans le regard une expression indéchiffrable, pour me dire : "Grâces à Dieu ! Ahmad est maintenant l'émir d'un groupe djihadiste en Syrie, sous le nom d'Aboul-Fath al-Koweïti."

Il m'avait fallu un petit moment pour assimiler ce qu'il me disait là, avec un plaisir visible. "Comment as-tu appris cela ?"

Il me montra sur son téléphone une photo d'Ahmad, les cheveux longs, barbu, debout au milieu d'un groupe de jeunes gens habillés à l'afghane, la mitraillette levée ; sous l'image on lisait : le cheikh combattant Aboul-Fath al-Koweïti, émir. Je ressentis un haut-le-cœur, et je repoussai l'appareil. Après un instant de silence, je lui lançai un regard où il dut lire toute la répugnance qu'il m'inspirait, et lui demandai : "Tu es donc en contact avec Ahmad ?" Il y eut comme une hésitation sur son visage, et il répondit vivement : "Non, non… simplement je me tiens au courant." Je continuais à le regarder, le dégoût m'empêchait de lui accorder la moindre créance.

Le soir même, je recevais un appel d'un ami, directeur de la rédaction d'un quotidien local : "Mon cher Yacoub, désolé de te déranger, mais il faut que tu saches que…" Il me dit qu'il avait eu cette information par un correspondant en Syrie, proche des groupes islamiques, et qu'il n'avait pas voulu la publier, par égard pour moi, et il conclut ainsi : "Nous ne voulons certainement pas voir les enfants du Koweït devenir des tueurs et des terroristes aux yeux du monde..."

Qui donc s'est joué d'Ahmad, qui lui a bourré le crâne en lui donnant le goût du sang ? Ainsi le voilà devenu Aboul-Fath al-Koweïti ! Et cependant je me donne bonne conscience : il n'y est pour rien ! Il a été élevé dans notre foyer, au sein de sa famille... Y a-t-il des torts de notre côté ? Avons-nous été négligents au point de le laisser entre les mains avides de ceux qui hantent les mosquées pour s'emparer de jeunes proies ? Peut-être sommes-nous tous coupables de négligence, de laisser-aller, c'est à cause de cela qu'il est devenu un terroriste...

Après avoir fait ma toilette et pris le petit-déjeuner, je me tins un moment devant le miroir de la chambre, qui couvre toute une paroi et illumine la pièce. Pendant que j'ajustais l'*oguel* et le tissu de tête, je sentis encore une fois cette odeur de sang. Comme j'ai l'air triste ! me dis-je à voix basse. Je pris le flacon de parfum pour m'en mettre sur la nuque et sur la paume des mains. Il me semblait voir, dans l'angle supérieur du miroir, l'image d'Ahmad, avec son turban. Je détournai le regard.

J'avais l'habitude, chaque matin, de passer dans la chambre de Sheykha, avant de sortir, faute de quoi elle me reprochait ensuite d'être parti sans lui dire au revoir. J'espérais cette fois-ci qu'elle serait endormie.

"Yacoub !" Sa voix était ensommeillée. Je m'arrêtai, attendant la suite. Elle se retourna, puis rejeta la couverture et s'assit au bord du lit. "Quelle heure est-il ?

— Il est huit heures.”

J’aurais préféré ne pas la réveiller.

“N’oublie pas, ce soir c’est l’anniversaire d’Abrar.” Elle se leva du lit, et vint vers moi en traînant les pieds. “Tu sens bon !” me dit-elle, me regardant bien en face de ses yeux ensommeillés. Elle m’étreignit, je sentais l’odeur du sommeil sur ses cheveux. Elle murmura : “Je t’aime !”

Je ne sais pas pourquoi je ne trouve rien à dire en de semblables moments, ma langue est comme paralysée, et je suis envahi par une sorte de gêne, du fait de mon incapacité à répondre quoi que ce soit. Je m’en veux à moi-même, je lui en veux. Je fis comme si je n’avais pas entendu, et lui demandai ce que je pouvais apporter à Abrar. Ses bras se desserrèrent.

Je déteste sortir de chez moi en retard, même de quelques minutes. Depuis des années je me refuse à ce rituel du baiser matinal. J’espérais la trouver endormie, ou bien qu’elle se contentât de me dire quelques mots de son lit. Comme elle s’était levée et qu’elle me regardait, je lui dis : “Choisis un cadeau pour Abrar, et dis-moi le prix, je m’occuperai du paiement.” Je m’apprêtais à sortir lorsque j’entendis sa voix : “Et mon baiser ?”

Je surmontai ma contrariété, et mes lèvres effleurèrent sa joue et sa nuque. “Au revoir.” Je sortis, emportant mon reflet dans le miroir de sa chambre, mais dans ma fuite j’étais encore poursuivi par l’image d’Ahmad. Je faillis trébucher dans l’escalier, tellement je me sentais contrarié, obsédé par cette odeur de sang… Je n’éprouve aucune animosité contre Sheykha, simplement je ne peux pas l’embrasser tous les matins, ni me mettre au diapason de ses sentiments ; parfois je m'interroge sur cette dissonance sentimentale entre nous.

J'ouvris la porte extérieure, et mon chauffeur Bayoumi vint en courant prendre ma serviette et ouvrir la portière : "Bonjour !

— Bonjour !" lui répondis-je, en m'installant sur le siège arrière.

Je serais de meilleure humeur si elle était restée dans son lit sans me parler, me dis-je en moi-même. J'étais chagriné de voir où en était arrivée notre relation.

"Au bureau principal ? demanda Bayoumi.

— Oui."

Ma demeure se trouve dans le quartier d'al-Dâhiya, et mon bureau à al-Qibla, le trajet ne dure pas plus de dix minutes.

Aujourd'hui je rencontre les salariés de la société. Hier, Othayman m'a regardé d'un air étonné, lorsque je lui ai fait part de mon intention. "C'est la première fois que tu demandes à voir personnellement tes employés. Y a-t-il quelque chose qui ne va pas ?" Il se tenait debout devant moi, le visage mangé par une barbe hirsute, attendant mes instructions. J'ai répété : "Tu seras avec moi demain. Je veux voir tous les salariés, sans exception." Il me dit que le total de ceux qui émargeaient s'élevait à cinquante.

"Prépare une liste de noms, classés par département, avec mention de la nationalité de chacun, de leurs diplômes, de leur fonction, et je les verrai par groupes de cinq.

— Entendu."

Othayman, mon beau-frère, travaille dans ma société depuis trente ans, il est auprès de moi directeur général chargé des affaires financières et administratives, il entretient des relations secrètes avec la pieuvre des groupes religieux intégristes, et avec les institutions financières islamiques ; ce qui nous permet d'obtenir des marchés considérables au mieux-disant, ce pour quoi je le garde auprès de moi, malgré l'aversion que j'éprouve à son égard.

La voiture glisse sans heurt dans la circulation. C'est une Mercedes noire, que je change tous les ans, j'ai pris cette habitude depuis la fin de l'occupation irakienne. J'ai un ami concessionnaire de la marque, c'est lui qui me réserve le dernier modèle, et me l'échange avec le véhicule de l'an passé.

L'avenue de Riyâd est encombrée ; au Koweït on ne sait jamais à quel moment la circulation sera plus ou moins dense, nous sommes arrêtés devant les feux de signalisation, on aperçoit au loin la tour de la Libération et le bâtiment de la Télévision. J'ai l'impression de respirer les effluves du parfum de la jeune femme.

Cette jeune femme que l'officier de sécurité avait fait reculer dans l'ascenseur, alors que j'arrivais lundi dernier au matin, il s'était interposé de toute sa carrure massive : "Je vous en prie, monsieur le bey !"

Nos regards se sont rencontrés, j'ai entraperçu une partie de son visage, et j'ai vu l'éclat de ses yeux, son parfum, tout proche, m'a étourdi, j'aurais voulu rester là, pour la voir tout entière, visage et corps. J'avais l'impression que son regard me disait quelque chose que je ne savais pas. Son voile de tête était disposé de façon insolite, c'était un simple tissu léger qui lui couvrait les cheveux. Elle s'était écartée vivement, dissimulant son regard.

"Je vous en prie !"

Bayoumi m'avait invité à entrer dans l'ascenseur. Elle se tenait comme dissimulée derrière la corpulence du garde de sécurité, mais son parfum emplissait l'habitacle ; une fois la porte fermée, c'est le miroir du fond qui reflétait en partie son visage et son regard. Un instant j'eus l'idée de sortir de l'ascenseur avec elle, et l'aborder, faire connaissance. Mais je restais debout, respirant son parfum… Il me semblait qu'un appel émanait de ses yeux et de son visage, venant faire résonner en moi une corde secrète. Toute la journée son image venait me visiter, et quand je revins à la maison, elle était assise à côté de moi dans la voiture.

Le mardi, puis hier mercredi, je suis venu au bureau avec l'espoir de la rencontrer le matin, et d'avoir l'occasion de monter avec elle dans l'ascenseur, de deviner ses pensées… Mais devant l'ascenseur il n'y avait que l'officier de sécurité.

Toute la journée, mon esprit n'était occupé que d'elle, au point d'en être profondément troublé. Ses yeux me tenaient un discours muet, non seulement son regard, mais aussi son sourire, aperçu brièvement, et son geste de détourner le visage, ou encore celui de fermer les yeux. Je ne sais pourquoi, je l'imaginais la tête découverte, le visage rayonnant. J'avais l'impression confuse de l'avoir déjà rencontrée, d'avoir pris son visage entre mes mains, d'avoir déposé un baiser sur son front…

Elle avait presque le même âge que ma fille Sahar ! Je me disais : qui sait s'il n'y a pas là un message, et si je ne dois pas suivre ses pas…

À y repenser toutefois, je me sentais mal à l'aise avec cette obsession qui m'occupait l'esprit depuis trois jours. Je cherchais à éloigner son image, mais sa silhouette demeurait, persistante, bien présente devant moi, et son parfum embaumait l'air que je respirais…

Hier soir j'étais assis chez moi, sans dire un mot. Sheykha dit alors : "C'est l'absence d'Ahmad qui t'a ôté la parole…"

À vrai dire, les bribes d'informations qui me parviennent à son sujet me font souffrir, c'est une épine dans mon flanc. Je suis dans l'incertitude du lieu où il se trouve, je ne sais pas comment je pourrais le sortir de là, et le ramener au Koweït. Cette même question, sans cesse répétée, reste sans réponse : comment le sauver du cercle infernal du terrorisme et des combats fratricides ?

Comment sortiras-tu de Syrie, mon fils ? Tout en m'interrogeant ainsi, je me disais, avec un sentiment de mauvaise conscience : nous tous ici, Sheykha, les enfants, les petits-enfants, moi-même, nous vivons en paix, dans la tranquillité, et lui, il se trouve au milieu des combats, des explosions, parmi le sang versé…

Mon fils est à la tête d'un groupe terroriste qui combat en Syrie ! Et voilà qu'une fille inconnue croise soudainement ma route, et m'obsède l'esprit. Une question perverse se fait jour : et si elle n'était pas employée par la société ? Tous les employés en effet pointent à huit heures, par empreinte digitale. Je me souviens que ce jour-là je me trouvais devant l'ascenseur à huit heures et demie, elle était donc en retard – si elle est vraiment une de nos employés. Je vais demander à voir le registre des absences et des retards pour la journée de lundi. Mais s'il y a plusieurs retards, comment la reconnaître, je ne connais pas son nom. Pour me tranquilliser, je me dis à moi-même à voix basse : je la verrai aujourd'hui parmi les employés que j'ai convoqués, et je la reconnaîtrai.

La voiture oblique vers la gauche, en direction du rond-point du Sheraton.

Est-ce possible ? me disais-je, que Yacoub Ashirâ', PDG d'une des plus grandes sociétés de travaux publics du Koweït, soit à ce point sous l'emprise d'une fille de passage… Je suis au milieu de la soixantaine, comment se fait-il qu'un regard féminin me trouble tant ? Je désire la revoir… Quelle corde secrète cette jeune fille a-t-elle touchée, pour éveiller ainsi une mélodie que je n'entendais plus depuis longtemps ?

Et cependant l'image de mon fils me dévore la chair et l'esprit, jour et nuit, je détourne le regard toutes les fois où je passe devant la porte fermée de sa chambre. Je ne sais comment me libérer de cette pensée et, curieusement, l'image de cette fille, ces deux derniers jours, n'a fait que raviver mon obsession !

Ces dernières années, je me suis souvent trouvé attiré secrètement par la fraîcheur et le parfum d'un corps féminin, je détourne alors le regard, je me contrôle, je réprime en moi la montée du désir, je garde le silence.

La voiture s'arrêta doucement devant l'entrée principale des bureaux de la société. Bayoumi sortit de la voiture pour m'ouvrir la portière. J'espérais la voir devant moi, mais dans le hall d'entrée, il n'y avait que la porte grande ouverte de l'ascenseur qui m'attendait.

2

“Nous sommes vraiment trop bêtes de célébrer ainsi le passage des années de nos vies…” Tel a été le commentaire de Yacoub quand je lui ai dit, au début de la semaine, que c’était bientôt l’anniversaire d’Abrar. Cette phrase m’a fait mal. Je l’ai regardé, et j’ai repris : “Bien au contraire, nous devons accueillir avec optimisme nos jours à venir !… Jaya !”

J’appelle la servante, pour qu’elle enlève le plateau du petit-déjeuner. Ce n’est pas une simple domestique, c’est aussi celle qui a élevé mes enfants, cela fait plus de trente ans qu’elle se tient fidèlement à mes côtés, sans jamais se plaindre, ni montrer la moindre négligence dans le service. Parfois j’ai l’impression qu’elle est plus proche de moi que mes propres sœurs.

Je ne sais pas ce qui m’arrive ces derniers temps. Je ne supporte plus la solitude, des idées bizarres me viennent soudainement, cela m’effraie et me trouble. Pour la première fois depuis bien longtemps, j’éprouve le désir d’être avec Yacoub. Je le regarde à la dérobée, je vois bien à l’expression de son visage et à son silence obstiné qu’il est préoccupé. Je me demande ce qui peut le rendre soucieux à ce point. Il a tout ce dont peut rêver un homme, pourquoi cette tristesse constante, cet air morose qui ne le quitte pas ?

Son attitude ces derniers temps me blesse et me fait même pleurer.

Ce matin, lorsqu'il est parti au bureau, il a laissé derrière lui l'odeur de son parfum dans l'atmosphère de la chambre. Tout à coup je me suis mise à pleurer à chaudes larmes. Je lui avais dit : "Ton parfum est agréable." Il ne m'a pas répondu, il m'a simplement embrassée du bout des lèvres, comme on goûte un aliment qu'on n'aime pas. Quand j'ai voulu m'approcher de lui, j'ai senti qu'il était gêné, qu'il respirait mal, cela m'a rendue triste, et je me suis arrêtée.

"Jaya ! Où es-tu donc ? Ce soir, c'est l'anniversaire d'Abrar !"

Je tends la main vers la liste posée sur la table, où j'ai inscrit tout ce qu'il reste à faire, pour ne rien oublier. Il faut encore acheter le cadeau que lui fait son père. Quand j'aurai tout rangé, mon chauffeur, Dadou, me conduira au marché d'al-Salhiya, où j'achèterai la montre Rolex. Tout à l'heure je vais appeler la fille qui s'occupe de la musique, pour lui dire de venir en avance et installer les haut-parleurs. D'ailleurs elle m'a dit qu'elle serait là à quatre heures. Abrar s'est entendue avec elle sur la play-list, et elle lui a demandé d'amener la jeune Manayr, qui s'occupera des disques, elle connaît bien les favoris des jeunes filles.

Le responsable des grandes occasions au Sheraton est venu hier, il a inspecté le jardin, il s'est entendu avec moi pour placer le buffet et les chaises des invités, il m'a assuré que les employés seraient là à cinq heures du soir. La responsable des fêtes d'anniversaire m'a dit que ses employés arriveraient bientôt, et qu'ils s'occuperaient dès leur arrivée de la décoration de la maison et des jouets pour les enfants. Yacoub a parlé de cette soirée à son bureau, et ils ont envoyé l'électricien pakistanais, Riyaz, qui est là depuis ce matin dans le jardin, pour installer les extensions et mettre les ampoules sur le palmier. Je lui ai demandé de rester là toute la journée et de ne partir qu'à la fin, au cas où il y aurait le moindre problème.

J'ai jeté un coup d'œil dans le jardin, j'ai vu que les ouvriers avaient commencé de fixer des parasols, dans l'éventualité de la pluie, mais le temps est serein aujourd'hui, je ne pense pas qu'il va pleuvoir.

“Oui, madame.”

Jaya se tient devant moi.

“Prends le plateau, va voir si Sahar est réveillée, elle doit aller à la fac.”

Naïma, la fille du salon de beauté, m'a rafraîchi le visage hier soir, elle m'a épilé les jambes, elle m'a appliqué une couleur sur les cheveux, et s'est entendue avec moi pour venir aujourd'hui à cinq heures, coiffure et maquillage, puis ce sera le tour de Sahar de se faire coiffer et se donner un coup d'éclat.

Yacoub est sorti sans desserrer les dents, comme de coutume. C'est difficile pour une femme de vivre avec un homme perpétuellement silencieux, qui ne sait pas lui donner de la gaîté, qui ne sait pas sourire !

Il est temps de me lever, m'habiller, me préparer avant de sortir. Depuis des années je vis dans une sorte d'inconscience, j'ai été accaparée par les grossesses, les naissances, les enfants, la maison, les courses, les voyages… Ce n'est que maintenant que je comprends que Yacoub a posé un bandeau décoré de sequins dorés sur mes yeux, pour que je ne voie pas qu'il s'éloignait, si je lui demandais cent dinars, il m'en donnait deux cents, de cette façon il a acheté son indépendance, j'ai été assez sotte pour l'accepter !

Je me souviens d'une scène récente. Je me trouvais au bungalow avec les filles, lui était resté à la maison. Je voulais qu'il soit avec nous, je l'ai appelé plusieurs fois : "Mon chéri, est-ce que tu viens ?" Il a fini par venir, l'air maussade, il s'est assis, plongé dans le silence, comme d'habitude. Quand Abrar et son mari se furent levés de table, je me suis tournée vers lui : "Qu'as-tu donc ?"

Comme s'il n'attendait que cela, il a éclaté de fureur, en criant : "Il y a que je me sens mal, voilà tout !" Et devant mon incompréhension craintive, il a poursuivi : "Que veux-tu donc savoir ? Je suis las de toi, de la maison, des enfants, de la société, des interférences constantes de ton frère, je suis mécontent de tout, et surtout de moi-même ! Comme si la perte d'Ahmad ne suffisait pas !"

Je me suis dit alors : c'est donc ça la cause de tout. Entendant ses cris, Abrar est venue, elle est restée debout à la porte, mais il l'a mise dehors : "Ce n'est rien, retourne auprès de ton mari et de tes enfants !"

Il s'est retourné vers moi, continuant ses reproches : "Où es-tu ? Où es-tu ? Cinquante appels ! Allez, dis-moi, qu'est-ce que tu veux ? Qu'est-ce que nous partageons, de quoi parlons-nous ensemble ? À part la salle à manger, les coups d'œil échangés, la conversation à propos du marché, des marques, la bêtise du shopping…" Il a levé vers moi un visage douloureux. "Personne ne se souvient d'Ahmad !" Il a détourné le visage, comme pour dissimuler son abattement. "Le jour où il a quitté la maison, il a emporté mon âme avec lui."

Comme d'habitude en ces circonstances, il a dit ce qu'il avait à dire, et sans attendre ma réponse, il est allé sur la plage, il est resté face à la mer en silence, me laissant à mes larmes, à la brûlure dont souffrait mon cœur après de tels reproches.

Depuis notre mariage, je vois en lui un homme qui se donne tout entier à son travail, et je respecte cela. J'ai préféré ne pas insister, de peur qu'il ne se sente harcelé, mais je ne m'étais pas rendu compte que jour après jour un mur de briques s'élevait entre nous, et consacrait notre séparation ! Aujourd'hui, je ne supporte plus cette situation. Après tant d'années, je me rends compte de ma légèreté, de ma négligence : j'ai perdu mon mari ! À chaque fois que je le vois, je suis au bord des larmes.

Si seulement j'avais une amie à qui ouvrir mon cœur, exprimer ma souffrance. Mes trois sœurs sont occupées chacune d'elle-même et de son petit monde familial. Notre seul lien, c'est la morne réunion hebdomadaire chez ma mère. Chacune vient avec ses maladies ; ma petite sœur, dont je me souviens que les murs de sa chambre étaient tapissés de photos d'acteurs et d'actrices, et d'artistes de variété, se trouve maintenant voilée, même le visage couvert, et elle a entraîné son mari et ses enfants dans cette obsession religieuse. Pendant un temps, elle s'offusquait de voir comment je vis, comment je m'habille, et, montrant ma tête, elle disait : "Que Dieu te guide sur la bonne voie, Sheykha ! Ce serait dommage que ces cheveux et cette tête soient consumés du feu de l'enfer !" Et elle marmottait : "Ce n'est pas bien, ce n'est pas bien…"

Un jour, j'ai vu un de mes petits-cousins, un garçon que j'avais porté dans les bras quand il était petit, il m'a dit bonjour et je l'ai embrassé, comme j'embrasse mon fils Do'eij. Ma sœur s'est écriée : "Cela n'est pas permis ! C'est interdit !" Ce jour-là je me suis mise en colère, je lui ai dit en criant : "Ce qui devrait être interdit, c'est tes idées délirantes et tes regards réprobateurs ! Tu n'es pas une personne équilibrée… Tu n'as pas à te mêler de mes cheveux, de mes vêtements ou de mon attitude !"

Elle est restée sans voix, comme foudroyée par ma réaction. Je m'apprêtais à quitter la pièce, mais ma pauvre mère est intervenue : "Sheykha, ma chérie, je t'en prie, il ne me reste que cela de vous, cette rencontre hebdomadaire…" Elle a fondu en larmes, je l'ai regardée, pleine de pitié : "C'est difficile pour moi, maman !" Je suis sortie, toute tremblante de colère, détestant ma sœur, et bien décidée à ne pas me trouver à nouveau en butte à son hostilité.

Ces deux dernières années, mes relations avec mes sœurs sont devenues de plus en plus pénibles. Lorsque mon autre sœur a reçu une promotion, et qu'elle est devenue directrice au ministère où j'ai moi-même travaillé, elle a changé du tout au tout, son regard, sa façon de parler, de s'habiller, ses sacs, ses montres, ses chaussures… et même sa conversation : elle ne parle plus que de ses réunions avec de hauts responsables, et nous, nous n'avons rien à dire, qu'à la regarder bouche bée… C'est Yacoub qui était intervenu, à ma demande, auprès de son ami le ministre, lorsque sa nomination a été officielle, elle l'a appelé pour le remercier, mais elle ne s'est pas donné la peine de me parler, à moi ! J'en ai été choquée, et je me suis dit : la situation sociale modifie la psychologie des gens.

Je ne sais pas ce qui m'arrive, quelque chose m'a touchée, profondément, et je ne supporte plus la solitude, je désire la présence de Yacoub, je reste assise au bord du fleuve de mes larmes, un simple mot me fait pleurer…

“Jaya ! Jaya !”

Il faut dire à Dadou de préparer la voiture. Parfois j’ai l’impression de posséder tout ce que je désirais avoir, alors que je n’ai rien… Certes j’ai un mari, des enfants, l’aisance matérielle, des maisons, des domestiques, des voyages… mes sœurs, mes parentes, mes amies m’envient, mais je suis seule à souffrir de l’attitude de Yacoub, à être ainsi privée de toute tendresse, de toute sensualité, en raison de ses occupations sans fin. De temps à autre, j’exhale mon insatisfaction, je me plains, je lui dis que je n’en peux plus, qu’il s’est éloigné de moi… À chaque fois, c’est la même réponse, décevante : “Mais non, je ne m’éloigne pas.” Puis le silence à nouveau, quelques secondes, avant qu’il ne lève les yeux et me dise, en me regardant : “Tu sais bien que je t’aime.” Et moi je me demande quelle sorte d’amour est-ce là…

Je sens bien qu’il est triste, déprimé, plongé dans les eaux noires du silence, je sais que sa souffrance vient de l’absence d’Ahmad. Une fois, il m’a même fait ce reproche : “Tu ne t’es jamais intéressée à lui !

— Comment cela ?”

Cela m’a choquée, et comme il gardait le silence, j’ai dit ce que j’avais sur le cœur :

“Ahmad avait besoin de ta présence à toi, tu es un homme, tu es son père !”

Son visage s’est congestionné, il a secoué la tête : “C’est vrai, c’est vrai… C’est moi le fautif.”

Est-ce donc le départ d’Ahmad, les nouvelles inquiétantes que l’on a de lui, qui ont ainsi refroidi notre relation ? Ahmad a été un enfant difficile, dès sa naissance, j’ai failli mourir à l’accouchement, le médecin m’a sauvée en pratiquant une césarienne. Enfant, il était silencieux comme son père, il se tenait à part, observant tout autour de lui, quand je lui donnais un jouet, un cadeau, il le prenait d'un air détaché, comme s'il y était forcé. Je n'ai jamais pu savoir s'il était content ou non ! Il ne ressemblait pas par son caractère à son frère aîné Do'eij, pas plus d'ailleurs qu'à ses sœurs.

Mais Yacoub lui était plus attaché qu'à aucun de ses frère et sœurs. Quand nous étions ensemble, lui et moi, sans témoin, il me faisait part de son affection pour Ahmad, il disait qu'il lui ressemblait. Je le regardais, un sourire étrange éclairait son visage : "Son caractère me plaît, il est calme, il n'aime pas les bavardages. C'est lui que je mettrai à la tête de nos sociétés, et elles prospéreront avec lui." Je lui disais, d'un ton de reproche : "Ne marque pas ta préférence pour lui, par rapport à ses frère et sœurs." Il s'en défendait, disant que si Ahmad était de fait le plus proche de son cœur, il ne voulait certes pas se montrer négligent à l'égard des autres.

Il ne m'écoutait pas, il n'a rien changé à son attitude vis-à-vis d'Ahmad, c'est cela sans doute qui m'a amenée, involontairement, à m'éloigner d'Ahmad à mesure que son père se rapprochait de lui. Puis il est devenu religieux, il a changé, il y avait quelque chose d'effrayant dans son regard, il s'est mis à me persécuter, moi, ses sœurs, les servantes, à crier, à nous brutaliser. J'avais peur de lui, j'évitais de me trouver seule avec lui.

Quelle robe vais-je mettre ?

"Oui, madame !" C'est Jaya, qui vient prendre mes instructions.

"Que Dadou prépare la voiture !"

Jaya est toujours calme, et presque aussi taciturne que Yacoub, elle écoute les instructions et les exécute sans faire de commentaires. Qui sait ? Mon destin apparemment est de vivre au milieu de gens silencieux…

Pendant la journée, il y a peu de monde au marché d'al-Salhiya, et comme je ne dois aller que dans un seul magasin, je vais mettre n'importe quelle robe.

Ces derniers mois, cherchant à me rapprocher de Yacoub, je lui ai demandé à maintes reprises : "Qu'est-ce qui te contrarie tant ?

— C'est Ahmad, me répondait-il invariablement, son image ne me quitte pas, j'ai peur de lui, et pour lui, les nouvelles ne sont pas rassurantes, il vit quotidiennement en pleins combats…

— Mais tu as tout un réseau de relations, pourquoi n'essaies-tu pas de le ramener au Koweït ?

— J'ai essayé, en vain, il fait partie d'un groupe terroriste." C'était la première fois que je le voyais aussi faible et abattu. "D'ailleurs, Ahmad ne veut pas revenir."

Je me demande parfois, cependant, si notre fils est le seul à occuper l'esprit de Yacoub.

J'ai déjà mis cette robe la semaine dernière, le blanc convient bien à la matinée.

Cela fait maintenant presque un an que je veux ranger mes armoires, je ne sais plus ce qui s'y trouve exactement, mais la simple idée de commencer me décourage. Même l'armoire à chaussures est pleine. Bien, je vais mettre les chaussures blanches, même si, au fond, les marron allaient mieux avec la robe. Mais je préfère passer inaperçue. Où est donc la robe verte ? Grand Dieu ! L'armoire est pleine à craquer, je me mettrai au rangement vendredi prochain, puisqu'on ne va pas au bungalow, ou bien le lendemain samedi si on y va. Je me ferai aider par Jaya, et je lui donnerai les vêtements que je ne mets plus, pour qu'elle les envoie à sa fille en Inde. Et en plus j'ai beaucoup de robes que je n'ai jamais mises, j'en achetais à chaque fois que nous partions en voyage.

Mon cœur me dit que quelque chose occupe l'esprit de Yacoub. Hier, je suis tombée sur une photo d'Ahmad, prise lors d'un voyage à Genève, je l'ai regardée longuement, son attitude, son regard tranquille. J'ai éprouvé de l'émotion, de l'inquiétude pour lui, mes larmes se sont mises à couler, j'étais secouée par des sanglots que je voulais contenir, des idées noires m'envahissaient, je les ai chassées, en invoquant le Seigneur contre Satan.

Yacoub a-t-il des nouvelles d'Ahmad ? Je me demande encore comment il a pu ainsi nous échapper, je ne m'y attendais pas… Il s'appelle désormais : le combattant Aboul-Fath al-Koweïti, à chaque fois que je vois mes amies, je crains que la chose ne se sache : "Alors, votre garçon est un terroriste !" Un jour, Sahar est venue me voir, le visage défait : "Dieu ne donne pas sa bénédiction à Ahmad !

— Qu'est-il arrivé ?"

Elle a fondu en larmes et m'a dit que lors d'une conversation avec ses amies, l'une d'elles avait sorti son téléphone et lui avait montré une photo, en lui demandant si c'était bien là la photo de son frère. Elle avait été remplie de confusion, ne sachant quoi répondre ; finalement elle avait dit que non et s'était retirée, gênée. Elle m'a fixée du regard et m'a demandé : "C'est donc vrai, c'est un terroriste, il tue des gens ?"

Sa question m'a fait peur : "Mais non, mais non, ce n'est pas vrai." Elle m'a regardée encore quelques instants, avant de ravaler ses larmes et de retourner dans sa chambre.

Je me souviens de ce jour où Ahmad s'est opposé violemment à elle, chassant ses amies de la maison, et criant : "Je te tuerai si tu fais une fête ici !" Ce jour-là, j'ai appelé Yacoub pour lui demander de l'aide.

C'est bon, je vais mettre cette robe et puis des chaussures noires.

"Madame, la voiture est là."

Jaya se tient à la porte.

"Qu'il attende un peu."

"Maman… au revoir !" C'est la voix de Sahar, qui me dit qu'elle est en retard, et qu'elle va me rappeler de la voiture. "Bye !"

J'ai l'air plus grosse dans cette robe, je n'aime plus mon corps, Abrar m'a conseillé de prendre une coach américaine, elle me dit qu'elle est formidable, elle vient chez vous de façon régulière, et elle donne aussi des conseils de nutrition.

Je déteste la graisse, je veux garder un corps svelte. Lorsque je demande à Yacoub si mon corps est attirant, il me répond, comme toujours : "Bien sûr."

Ce soir, Abrar aura trente-sept ans, nous avons presque quarante ans de mariage, ma vie était calme et paisible, avant l'histoire d'Ahmad.

Toutes les fois où je demandais à Yacoub de prendre part à une célébration familiale, il se dérobait, c'est lui qui a voulu rester à distance, il se bornait à répéter : "Sur toi la bénédiction !" Elles sont rares les photos où il se trouve en notre compagnie. La semaine dernière, Abrar lui a dit : "Je veux un cadeau pour mon anniversaire." Il l'a regardée en lui disant : "Dis-moi lequel." Mais pendant qu'il attendait la réponse, elle s'est levée, elle est venue s'asseoir à ses côtés, l'a embrassé et lui a dit : "Je veux que tu sois là." Un demi-sourire a éclairé son visage : "Bien sûr, je serai là."

J'ai bien souvent pensé ceci : Yacoub se cache derrière son argent, il envoie son argent le représenter, mais l'argent ne peut pas vraiment remplacer la présence d'un être humain. Tout se passe comme si, vivant dans le même lieu, nous n'étions pas ensemble ! Ce soir je vais lui proposer que nous fassions un voyage ensemble, nous avons besoin de nous retrouver l'un l'autre.

Cette robe est convenable, Dadou m'attend dans la voiture, je vais choisir la montre d'Abrar et reviendrai vite pour mettre au point les préparatifs. J'appellerai Yacoub du magasin pour lui dire le prix de la montre, il s'occupera du reste.

3

“Fais venir Othayman”, dis-je à Marwan au téléphone.

Pourquoi étais-je si troublé ? Je devais garder mon calme, au moins en apparence. J’entendis qu’on frappait doucement à la porte du bureau.

“Entrez !”

Je vis Marwan dans l’encadrement, apportant le courrier et me saluant.

Je lui rendis son salut et lui demandai s’il y avait quelque chose d’important.

“Il y a votre réunion à midi avec monsieur Isma’il et l’ingénieur Karim pour accueillir les représentants de la société de Bagdad, les documents sont prêts.

— Bien, mais fais venir d’abord Othayman.”

J’avais à peine fini de parler que je me tournais vers la mer, scintillant dans l’encadrement de ma fenêtre au vingt-septième étage comme un vaste miroir. Le pétrole nous a détournés de la mer, celle-ci à son tour s’est fâchée contre nous, alors que les maisons traditionnelles des Koweïtiens la regardaient à l’aube, et prenaient congé d’elle à l’arrivée des ténèbres. Ses flots accompagnaient leurs soirées et leurs chants, elle écoutait les secrets des cœurs amoureux… Mais les années passant, les habitants du Koweït se sont éloignés du rivage, dont la chaussée asphaltée de l'avenue du Golfe-Arabe les sépare désormais, impitoyablement. La mer fait désormais partie des images et des fantômes d'un passé révolu, avec ses patrons de pêche et ses plongeurs, avec les combats nocturnes et les périls affrontés pour gagner son pain…

Dans mon enfance, je ne faisais que courir sur les dunes du rivage, que nager et pêcher, la ville de Koweït était modeste, avec ses maisons de terre collées les unes aux autres et ses étroits chemins poussiéreux. La maison de mon père se trouvait dans le secteur d'al-Qibla, et j'accompagnais ma mère chez mon grand-père, dans le secteur de Sharq, nous passions à Farjan, par des rues familières où nous connaissions quasiment tout le monde…

"Votre voyage est prévu pour la fin de la semaine prochaine, entendis-je, surpris que Marwan n'ait pas quitté la pièce. Votre voyage à Masira avec monsieur Sami."

Je le regardai : "Rappelle-le-moi au début de la semaine prochaine.

— Entendu."

Marwan se retourna et sortit.

J'avais oublié ce projet de voyage au sultanat d'Oman avec mon ami Sami, pour aller pêcher près de l'île Masira.

L'appel d'offres a une valeur de trente millions de dinars koweïtiens (un peu plus de cent millions de dollars), cela fait un an que ma société y travaille, quand je dis ma société, il s'agit d'abord de mon associé, mon cousin Isma'il, qui est allé trois fois à Bagdad, avec l'ingénieur en chef Karim, un Libanais. Reconstruire Bagdad, grâce à une entreprise koweïtienne, quelle brillante idée ! Peut-être d'ailleurs mon fils, là-bas, est-il de ceux qui font sauter des voitures piégées, ou préparent des ceintures explosives pour les kamikazes… Destruction, reconstruction… J'essaie de chasser cette obsession de mon esprit.

Hier, Isma'il m'a confirmé que le contrat était sur le point d'être enregistré au ministère des Affaires étrangères en Irak, avec la signature de l'ambassade du Koweït à Bagdad. Je le regardais sans mot dire, et dans ma tête courait l'image de cette fille avec ses hauts talons.

Il a ajouté : "Notre société a une longue expérience en Irak." Puis, en souriant : "D'ailleurs toi-même tu portes la médaille Saddam !"

Cette phrase m'a déplu : "Saddam est parti en enfer, détestable séjour, avec sa médaille !"

Il s'est rendu compte de mon trouble et s'est levé pour prendre congé.

Je ne sais pas où se trouve aujourd'hui Ahmad, peut-être en Syrie ou en Irak, ou bien il sera passé en territoire turc… On frappe à la porte.

"Entrez !"

C'était Othayman, qui me salua et m'apporta un dossier, avec la liste du personnel. Je demandai à Marwan de faire venir, en une seule fois, les cinq premiers employés sur la liste. Comme il semblait mal comprendre, je lui indiquai Othayman. "Vois cela avec lui."

Ils sortirent, me laissant seul, taraudé par l'angoisse.

Pourquoi suis-je ainsi troublé ? Je suis le président du conseil d'administration, j'ai tout un réseau de relations au Koweït, dans le Golfe, dans les autres pays arabes, en Europe, en Amérique, au Japon. Je me suis souvent entendu dire : "Tu as un charisme remarquable." Cela tient peut-être à mon nom, à ma réussite en affaires, à des facteurs physiques comme ma grande taille, mon regard perçant, ma réserve… Mais j'ai été frappé d'un mal étrange, qui affecte mon moral, à l'instant même où j'ai vu cette fille à côté de l'ascenseur ; son image me poursuit et m'obsède, je me sens comme suspendu au bord de l'abîme…

La porte s'ouvrit à nouveau, c'était Othayman, qui me salua et m'annonça que le premier groupe était arrivé. Je lui avais donné pour instruction de demander à chacun et chacune de se présenter, et de dire, en une seule phrase, ce qui lui semble devoir être corrigé dans la marche de l'entreprise.

Je quittai mon bureau pour m'asseoir à la grande table de réunion, silencieux, comme pour protéger mon secret…

Le premier groupe entra, les employés me parurent un peu gênés, de mon côté je gardais le silence, c'est Marwan et Othayman qui animaient la réunion. Je m'apercevais que les visages de mes employés m'étaient pour la plupart d'entre eux inconnus, j'inscrivis quelques notes sur une feuille de papier. Il y avait un employé qui venait du Sénégal, un autre d'Ukraine. Je me sentais tendu, mal à l'aise. Je regardai attentivement leurs visages. Isma'il fit alors son entrée, avec sa barbe et sa voix sonore : "La paix soit avec vous !"

Je lui rendis son salut et, devançant sa question : "Je pense qu'il est bon de connaître les employés avec lesquels nous travaillons."

Je sentis qu'il était surpris de me voir prendre une initiative comme celle-là sans l'avoir associé. Quand il vit qu'Othayman était là, il s'excusa, et fit un mouvement pour sortir de la pièce. Je lui expliquai que notre société travaillait avec des capitaux importants, sur des projets qui s'étendaient à de nombreux pays, Koweït, Qatar, Irak, Égypte, Dubaï, Arabie saoudite, Jordanie, Liban, Maroc, Oman, que la situation restait instable dans la région, qu'un simple e-mail pouvait fort bien dévoiler des détails, techniques ou financiers, de nos entreprises, et qu'il nous fallait donc recruter des employés sur lesquels on pût compter, en qui l'on eût confiance.

"C'est une excellente initiative. D'ailleurs Othayman m'en avait parlé hier."

Ce n'était pas la première fois qu'Othayman transmettait à mon associé ce qui s'était dit dans mon bureau.

"Je reste avec toi ?

— Non, ce n'est pas nécessaire."

J'essayai de mettre de la froideur dans ma voix, et quand il m'eut rappelé notre réunion à midi, je fis un signe de tête, et il se leva.

Je repris mon observation, je n'arrivais pas à me débarrasser d'un sentiment de gêne vis-à-vis d'Othayman. Et puis, me disais-je, que feras-tu si tu la vois ? Question inattendue que je me posais à moi-même… Je restais à ma place, silencieux, pendant que les groupes se succédaient dans mon bureau… lorsque soudain elle entra, en compagnie d'une collègue et de trois hommes. Nos regards se rencontrèrent, je sentis une sorte de décharge électrique me traverser la nuque. Elle me parut plus grande que je ne me l'étais imaginée. Elle était bien faite, la taille marquée. Je modifiai insensiblement ma position, pour dissimuler, auprès d'Othayman, l'intérêt passionné que je portais à la jeune femme. Je lançai à la dérobée un regard sur son visage, comme pour étancher ma soif. Un tissu léger couvrait sa tête, encadrant strictement l'ovale de son visage. Elle se tenait très droite, une main posée sur l'autre. J'apercevais les veines du dessus de la main. Il me sembla que la pièce s'emplissait soudainement de son parfum, jasmin, citron et gardénia…

L'un des hommes se présenta, puis ce fut son tour : "Je m'appelle Farnaz Qurmuzi, de nationalité iranienne, je travaille au service des programmes et du développement." Elle parlait doucement, avec une diction claire, elle s'adressait à Othayman, sans me regarder. Je dus l'interroger directement pour l'amener à se tourner vers moi : "Qu'est-ce qui vous déplaît le plus dans notre société ?" Elle attendit quelques instants avant de répondre, comme si elle avalait sa salive. Elle leva son visage vers moi, et nos regards se rencontrèrent à nouveau. J'avais l'impression de boire à une source, mon cœur s'emplissait de joie, et mes narines de l'odeur du gardénia. Je l'entendis dire, avec cette même douceur dans la voix : "Rien ne me déplaît ici." Ses mots me parvenaient comme issus de son visage, de ses yeux, de son parfum. J'aurais voulu qu'elle parle plus longtemps encore, mais elle se tut, et le silence emplit la pièce.

Je me rendis compte que ma respiration s'était accélérée, à contempler cette jeune fille à la peau lisse et brune, aux yeux noirs, aux sourcils parfaitement dessinés, au nez droit et fin, avec un petit grain de beauté au-dessus de la lèvre gauche… Quelque chose en elle m'attirait de façon irrésistible. J'aurais voulu que cette réunion se prolonge… "D'autres remarques ?" demandai-je encore. Elle se borna à un signe de tête : "Non."

Comme elle se levait, avec ses collègues, elle se tourna vers moi : "Je peux dire un mot ?

— Naturellement.

— Lundi dernier, ce n'était pas un retard de ma part…" Avant qu'elle eût terminé, Othayman fit un signe : "N'en parlons plus, cela n'a aucune importance.

— Laisse-la donc finir." Mon intervention créa une gêne palpable ; mon cœur battait la chamade.

Elle poursuivit : "J'avais demandé l'autorisation de m'absenter une heure pour voir le médecin."

Je secouai légèrement la tête en signe d'assentiment. Un instant de silence, puis Othayman alla vers la porte, suivi du groupe, qui sortit, il ferma la porte derrière eux.

Je sentais croître mon intérêt pour elle, un appel mystérieux émanait de sa personne, une attirance que je ne m'expliquais pas. Je m'étonnais de sentir en moi un désir de me lever et de la suivre, de rester à ses côtés, je me trouvais comme environné de son parfum…

Yacoub ! me disais-je à moi-même, te voilà sous le charme d'une fille iranienne que tu ne connais pas, et ton fils est en Syrie et en Irak, à combattre l'Iran ! Calme-toi donc, Yacoub ! Fais attention ! Tu ne sais pas s'il faut la suivre, peut-être au bout du chemin trouveras-tu l'objet de ton désir, mais je crains que tu ne te perdes…

En ce qui concerne Ahmad, c'est à la mosquée qu'il a commencé à suivre la voie de la perdition. Je m'étais aperçu qu'il rentrait tard le soir ; à ma question, il répondit qu'il restait à la mosquée du quartier après la prière du soir pour suivre les leçons de mémorisation du Coran. Il avait alors quatorze ans, il était en première année de lycée. Sa réponse me surprit un peu, et sans manifester mon désaccord, je décidai de me rendre le lendemain à la mosquée, juste après la prière. L'entrée principale était fermée et, cherchant une autre porte, je frappai chez le gardien-muezzin, qui sortit et me regarda longuement, comme pour s'assurer de mes bonnes intentions. Comme j'étais vêtu de manière traditionnelle, *dishdasha*, tissu de tête et *oguel*, il me conduisit à une petite porte et m'invita à entrer dans la mosquée.

J'entrai sans faire de bruit, le cœur serré d'appréhension, la cour était déserte, il y flottait une odeur familière d'encens, j'avisai une petite porte entrouverte, derrière laquelle on entendait une voix d'homme. À l'intérieur se tenaient une dizaine d'enfants, assis en cercle autour d'un homme barbu, avec une tache sombre au milieu du front et un tissu blanc sur la tête, qui lui tombait sur les épaules. Il s'arrêta de parler quand il me vit m'avancer et lui demander un peu rudement : "Que fais-tu avec ces enfants ?

— Prononce d'abord la salutation, mon frère, dit-il d'une voix grave et caverneuse qui me parut odieuse. J'étudie avec eux, Dieu les bénisse !, quelques versets du Coran."

Il parlait avec l'accent égyptien. Comme je restais debout à le regarder, il se leva, je vis qu'il était corpulent. "Nous nous réunissons ici tous les soirs, entre *maghrib* et *'isha*.

— Et quoi encore ?"

Ahmad se leva et me tira doucement par le bras. "Assez, papa…" Je restai face à l'homme barbu, qui reprit la parole : "La prédication et l'appel à Dieu sont un devoir pour tout musulman."

Je grinçai des dents, l'homme fit un pas en arrière. "Et pourquoi fais-tu ta prédication auprès des fils des musulmans ?" Il parut surpris de ma question, j'ajoutai, sur un ton menaçant : “Cette fois-ci, je te laisse, mais la prochaine fois, tu ne t'en tireras pas si bien.” Une sorte de tremblement lui parcourut le visage. Je me mis à crier : “Sors de la mosquée ! Sors d'ici !”

Les enfants se dispersèrent, saisis de crainte. L'homme les suivit, humblement. Ahmad marchait à côté de moi, silencieux et irrité. Comme nous arrivions à la maison, il monta directement dans sa chambre. Je l'arrêtai : “Ahmad ! Je ne veux plus que tu assistes à ces leçons.

— Pourquoi as-tu crié contre le cheikh et l'as-tu chassé de la mosquée ?” Sa voix était chargée de colère et de reproche. “Tu l'as humilié devant les enfants, tu m'as mis dans une situation gênante.

— Qu'il aille au diable ! Ce cheikh de malheur !” J'étais furieux, mais comme il gardait le regard fixé sur moi, j'essayai de me radoucir et je lui dis : “Mon fils, je t'en prie, ne te laisse pas entraîner par ces gens !”

Avant même que je n'aie terminé, il était remonté dans sa chambre. Je pris sa réaction pour de l'insolence, mais je préférai ne pas envenimer la situation. Ce soir-là, il ne partagea pas le dîner familial, je me suis dit plus tard que cet incident aura été le point de départ du chemin qui l'a mené à sa perte.

Oh ! D'où me vient donc ce goût de sang au fond de la gorge ?

4

N'est-ce pas de la folie, d'avoir du désir pour une fille de l'âge de mes enfants ?

Je suis seul, devant la télévision, l'image de Farnaz se surimpose à celle de la fille de la chaîne du *National Geographic* qui trompe ma solitude, sa façon de parler, les expressions de son visage, son regard, le grain de beauté sur sa lèvre…

L'anniversaire d'Abrar… des morceaux de musique me parviennent du jardin, Sheykha ne s'occupe que de cela depuis une semaine : "Je vais organiser une grande fête !"

Ces dernières années, elle cherche toutes les occasions de se distraire, sans que je m'y oppose, d'ailleurs.

"Mais tout ça, ce sont des hérésies, contraires à notre religion !"

Ahmad était encore au lycée, quand il a jeté cette phrase vengeresse à la figure de sa mère, qui organisait la fête d'anniversaire de sa sœur. Ce jour-là je l'ai regardé, je n'en croyais pas mes yeux. Puis il a continué à nous faire part de son malaise : "C'est une imitation servile de ce que font les juifs et les chrétiens, c'est du gaspillage, de la débauche, à Dieu ne plaise !" Pour finir par menacer sa sœur : "L'année prochaine je brûle le jardin, avec tous ceux qui s'y trouvent !

— Ahmad ! lui ai-je dit en criant, tu veux brûler les amies de ta sœur ! Qu'est-ce qui t'arrive ? Tu as perdu l'esprit ?

— Mon père, tu es responsable devant Dieu ! « Chacun de vous est un pasteur, responsable de son troupeau. »"

J'étais déconcerté par ses paroles, il m'était soudainement devenu étranger, par son audace et sa brutalité, je le regardais et ne reconnaissais plus mon petit garçon, je craignais pour lui, qu'il ne se fît du mal, et je le craignais, je voyais sur son visage crispé cette expression détestable de haine, je me disais : qu'est-ce qui a pu allumer ce feu sauvage dans l'esprit de mon fils et sur sa langue ?

Ahmad était dur et cruel avec nous, comment est-il aujourd'hui avec les autres ? Ces derniers temps, lorsque j'étais seul, je cherchais sur Google des images de lui, j'ai vu tout récemment une photo qui le montre assis derrière une mitrailleuse montée sur un pick-up. J'ai regardé longtemps la photo, son apparence avait quelque chose d'effrayant, il avait mis son tissu de tête de façon inhabituelle, ses cheveux longs dépassaient par en dessous, et sa barbe soulignait la sévérité de son visage. Comme il avait changé ! Je regardais encore une fois la photo : c'est lui, mon fils ? Une pensée me traversa l'esprit : comme un homme change de caractère, comme sa douceur tourne à la violence meurtrière… La peur envahissait mon esprit : est-ce que mon fils prenait part à des massacres, à des décapitations ? Et moi qui refuse avec horreur de voir égorger un poulet ! Je n'arrivais plus à respirer, je ravalai la phrase qui se formait en moi : qui sait si le véritable coupable ce n'est pas moi…

De la musique me parvient du jardin, avec des cris d'enfants qui jouent, et des rires de femmes…

Cet après-midi, je me trouvais à mon bureau, regardant l'immensité de la mer, lorsque la sonnerie du téléphone m'a arraché à ma contemplation. J'ai vu sur l'écran le nom de ma femme, elle me disait qu'elle était au marché d'al-Salhiya, et qu'elle avait choisi un cadeau de ma part pour Abrar, une Rolex or et diamants.

"Merci, excuse-moi, je n'ai pas pu t'accompagner.

— Vingt-huit mille dinars, après réduction.

— J'envoie le chèque immédiatement avec le chauffeur."

Elle s'est empressée de répondre : "Ce n'est pas la peine. Le vendeur t'envoie un lien sur ton téléphone avec le prix de la montre, et tu règles directement.

— C'est mieux ainsi, en effet."

J'ai raccroché, j'avais l'impression de respirer le parfum de Farnaz, et même de la voir devant moi, de l'entendre me parler…

Je vais m'enticher d'une fille iranienne ? Cette phrase dite en mon for intérieur me caressait le visage comme un pétale de rose… Un sourire de plaisir s'ébauchait sur mes lèvres, j'essayais de l'imaginer en train de marcher devant moi, la tête découverte… En même temps, je sentais à nouveau la pointe cachée d'une intuition, presque une certitude : il y a quelque chose qui relie ces deux êtres, Farnaz et Ahmad, elle est comme le prodrome de quelque chose qui vient, et je dois être attentif à ce signe !

Abrar est venue cet après-midi avec ses deux enfants pour déjeuner avec nous et préparer la fête ; peu de temps auparavant, c'était Do'eij avec sa femme et son fils, qu'ils ont appelé Yacoub, comme moi.

Ils sont tous venus me saluer. Sheykha a invité sa mère, ses sœurs et leurs enfants, ainsi que ses amies et anciennes collègues, mes propres sœurs et leurs enfants, et Abrar de son côté a invité ses amies et collègues de travail, et leurs enfants.

Je suis descendu tout à l'heure dans le jardin, j'ai bavardé un peu avec mes deux sœurs, Hessa et Dalal, qui se trouvaient avec leur neveu Do'eij, des femmes et des enfants venaient me saluer.

J'étais gêné par le volume de la musique amplifiée par les haut-parleurs, et par les cris des enfants. Après avoir bu le verre de jus d'orange que m'avait tendu Sheykha, je me suis levé en m'excusant de les quitter pour remonter chez moi. Elle m'a dit en souriant : "Je t'appellerai au moment de souffler les bougies."

Je suis rentré dans la maison et me suis remis à regarder la chaîne du *National Geographic*, mais j'étais à peine assis que les reflets de la silhouette de Farnaz me rejoignaient, j'aurais voulu sortir pour être enfin seul, mais je connaissais l'affection que me portait Abrar, son attachement pour moi, et je ne voulais pas lui faire de la peine en m'absentant au moment où elle allait souffler les bougies, photographiée à mes côtés.

Avant la réunion d'aujourd'hui avec les représentants de la société de Bagdad, j'ai demandé à Othayman : "Je veux le dossier de la fille qui a protesté, disant qu'elle n'était pas en retard." J'ai pris garde à ne pas prononcer son nom, afin qu'il n'aille pas penser qu'elle a pour moi une importance quelconque.

"Je l'ai réprimandée."

Je me suis insurgé : "Elle n'a rien dit de blâmable", et pour mieux la défendre de toute suite fâcheuse, j'ai répété que je voulais regarder son dossier.

Farnaz a vingt-quatre ans, elle est née ici, au Koweït, célibataire, elle est avec nous depuis neuf mois seulement, elle a le baccalauréat, et elle est diplômée en informatique et secrétariat, elle est iranienne ! Et donc chiite ! J'éprouvais une sorte de vertige. Je me suis dit brusquement : comment Isma'il a-t-il pu autoriser son recrutement ?

Mon fils Ahmad combat les Iraniens dans les rangs des djihadistes, et moi je suis là, plongé dans mes pensées perverses... Qu'est-ce que je veux exactement de cette fille ?

J'examinais son dossier et, n'osant pas détacher sa photo – tête couverte –, je l'ai photographiée avec mon portable. Je ne sais pourquoi, je n'ai pas cessé de la regarder depuis lors, fasciné par son regard mystérieux.

La société de Bagdad avait envoyé trois représentants, un quatrième homme les accompagnait, venu de l'ambassade d'Irak au Koweït. La discussion, très vite, n'a porté que sur deux points essentiels : notre insistance à confier à une banque irakienne la question des prêts de garantie, ainsi que le principe de la fourniture par les Irakiens de tout le matériel lourd nécessaire au projet. Isma'il m'avait dit à plusieurs reprises : "S'il survient un différend quelconque au cours de l'exécution du projet, et que nous nous retirions, ils n'auront qu'à se retourner vers leur banque pour récupérer les cautions, au lieu de venir nous causer des difficultés." De son côté, l'ingénieur en chef Karim disait : "Si nous avons des désaccords avec eux, nous ne pourrons pas reprendre notre matériel lourd, qu'ils mettront sous séquestre."

Mon esprit restait tourné vers Farnaz. La réunion a duré plus d'une heure et demie, pendant laquelle je suis resté la plupart du temps silencieux, suivant le déroulement de la discussion, je savais que c'est à moi que revenait le dernier mot, et afin de mettre un terme aux débats, je suis intervenu en disant, sur un ton résolu : "Parvenons à un accord." Puis, après un instant de silence, je me suis adressé au directeur de la société irakienne : "Nous allons signer, si vous acceptez nos deux conditions.

— Mais..."

J'ai coupé court à toute discussion : "Je vous en prie, je suis sûr que vous avez encore de nombreux rendez-vous. Il n'est pas nécessaire de prolonger les pourparlers." Puis, me levant, je l'ai regardé droit dans les yeux : "Nous attendons votre réponse."

Tout le monde s'est levé.

"Alors, vous nous renvoyez, monsieur Yacoub ?" a dit le directeur sur un ton de reproche.

J'ai répondu immédiatement : "Je vous demande pardon ! Ce bureau est le vôtre ! Et j'achète ici votre accord.

— Et nous, nous achetons votre société, avec sa réputation et son savoir-faire !"

Nous nous sommes serré la main puis ils sont sortis avec Isma'il et l'ingénieur Karim pour rédiger le contrat.

Le directeur financier est revenu ensuite avec le document, je l'ai lu et lui ai demandé de le faire signer d'abord par le directeur de la société de Bagdad, avant que nous ne le signions nous-mêmes, de façon qu'ils prennent leurs responsabilités. Puis Isma'il a signé à ma place, j'avais insisté pour que mon nom n'apparaisse sur aucun document, pour éviter qu'une instance quelconque, côté irakien, ne s'oppose au projet, du fait que j'avais été un partisan de Saddam.

L'image de Farnaz ne me quittait pas, je ne pouvais pas m'en détacher. Je me disais, en regardant sa photo sur l'écran de mon portable, que, mis à part quelques aventures pendant mes années d'études à New York, j'avais vécu pour mon travail, et que je ne m'étais jamais véritablement intéressé à autre chose qu'à ma vie professionnelle et à la signature de nouveaux contrats. Je m'étonnais – et je m'étonne toujours – de voir comment la plupart des gens se satisfont de leur routine, de leur salaire mensuel… J'ai pour ma part toujours vu, chaque matin, se lever le soleil sur un nouveau travail, comme la promesse de nouvelles activités…

La semaine dernière, alors que Sheykha me parlait des préparatifs de l'anniversaire d'Abrar, elle s'est rendu compte que je ne l'écoutais plus, elle m'en a fait la remarque, je me suis alors concentré sur ce qu'elle me disait, et elle a ajouté : "Tu n'es plus tout jeune, Yacoub, mais tu as toujours la tête pleine de projets et de rêves…"

C'est Abrar qui a pris ma défense : "Papa est encore jeune, ses projets sont des réussites qui lui rapportent des millions !" Elle s'est alors levée pour m'embrasser.

À mon retour des États-Unis, j'ai travaillé à la Banque nationale du Koweït pendant deux ans, j'ai connu tous les services, j'oubliais toute vie personnelle, il m'arrivait de faire des journées de quatorze heures. Lorsque j'ai présenté ma démission, mon supérieur m'a demandé mes raisons, et je lui ai répondu que je voulais créer ma propre société.

Je me souviens que, l'année dernière, Sami m'a envoyé sur mon portable la photo d'une fille seins nus, je l'ai bien observée, ses tétons dressés, son regard provocant, sa bouche entrouverte… puis j'ai tout effacé, sans lui répondre.

Je ne sais plus exactement quand, sans doute à la cinquantaine, je me suis mis à regarder les femmes à la dérobée, devinant les courbes de leur corps avec l'œil du désir. Je me disais : pourquoi un homme désire-t-il le corps d'une passante, alors qu'il est aveugle à celui de son épouse ? Quelle différence y a-t-il entre telle ou telle sexualité ?

Farnaz est très douce, comme baignée dans l'huile de son parfum ; la formule s'est échappée de mes lèvres, je me suis brusquement rendu compte que j'étais dans le salon, devant la télévision, et que la musique dans le jardin était encore plus forte.

Qu'est-ce que je veux de Farnaz ?

J'aimerais tant la voir, maintenant, devant moi !

"Papa !" C'est Abrar qui vient me demander de rester un peu avec eux, l'air est doux dans le jardin.

"Ma chérie, les enfants font du bruit, cela me gêne." Que dirait-elle si elle savait que je me cache ici pour penser à une fille qui m'obsède ?

"Et mon cadeau ?" Elle tend la main, affichant un large sourire.

"Je viens tout de suite, je te l'apporte."

Elle se penche vers moi, m'embrasse et s'en va.

Je ne pourrai voir Farnaz ni demain ni après-demain, vendredi et samedi, je dois attendre dimanche.

Comment cette fille a-t-elle pu remettre en mouvement l'eau stagnante de mon cœur ? Les mots qu'elle a prononcés à la fin de l'entretien me laissent penser qu'elle m'a vu dans l'ascenseur, qu'elle a bien préparé sa défense, je me demande même si tout cela était vraiment fortuit… Est-elle un mystère, et dois-je, pour le comprendre, me lancer à sa suite et en décrypter les signes ?

“Yacoub !”

Sheykha m’appelle, elle me dit d’apporter le cadeau, on va souffler les bougies.

5

“Je suis désolée.” Safi avait honte d’être là, avec son enfant qui pleurait ; elle lui donnait le sein.

Je lui souris : “Chère Safi, tu es ici chez toi.”

Mon père est rentré tard à la maison ce soir, nous étions toutes les trois à l’attendre, moi-même, ma mère et Safi, avec son enfant Hussein, et nos pressentiments.

Cela fait un mois maintenant que Safi est revenue à la maison, divorcée, ses yeux sont toujours pleins de larmes. Ma mère vient d’entrer dans notre chambre, elle lui a dit, comme pour la rassurer : “Tu n’es pas la première à être répudiée, et puis au moins tu as cessé de souffrir, tu vas pouvoir te reposer.”

Elle ne répondait rien, les larmes coulaient sur ses joues.

“La maison de ton père restera toujours ouverte pour toi.” Mais l’émotion de ma mère était perceptible : “Ma fille chérie, pourquoi pleures-tu ? Tu vas te faire du mal, pense à l’enfant qui est sur ta poitrine. Que Mohendi et sa mère aillent en enfer ! Ta vie est plus importante que tout le reste !”

C’est ici, dans le quartier Annagra, que j’ai vu le jour, que j’ai passé mon enfance et mon adolescence. Nous avons emménagé dans notre nouvel appartement il y a quatre ans, après qu'ils ont démoli notre vieil immeuble, pas très loin d'ici. Mon père est venu au Koweït en 1981, fuyant la guerre irako-iranienne. C'était un jeune homme, il partageait une chambre avec un cousin dans une résidence pour célibataires. À la fin de l'année 1989, il est retourné en Iran, il a épousé ma mère, à peine l'avait-il ramenée au Koweït que Saddam envahissait l'Émirat. Il en plaisantait : "C'est toi, lui disait-il, qui as amené Saddam le démon au Koweït !"

C'est cette année-là qu'est né mon frère Reza, puis deux ans plus tard Safi, et enfin moi-même, en 1994. Mon père, mon cher père, a maintenant la cinquantaine. Lorsque nous sommes retournés en Iran, il y a deux ans, pour voir mon frère, nous sommes allés chez mon grand-père, qui a demandé à mon père de revenir s'installer en Iran. "Je suis vieux et fatigué, mon fils !"

Cela m'a inquiétée, et au bout de quelques jours je me suis mise à me sentir étrangère au pays, tout ce que je voyais me déplaisait, je dissimulais du mieux que je pouvais le sentiment qui se formulait en moi : je suis ici une étrangère, je veux retourner au Koweït.

Je ne sais pas exactement ce qui m'a rendu Mohendi antipathique, j'ai tout de suite éprouvé à l'égard de mon beau-frère des sentiments négatifs. Safi m'avait dit qu'il était nerveux, qu'il devenait brutal lorsqu'il avait bu, qu'il la frappait, que sa mère était méchante avec elle, qu'elle la traitait comme une servante et ne perdait pas une occasion d'être désagréable.

"Un jour j'ai demandé à Mohendi de faire en sorte que nous habitions ailleurs, seulement nous deux." Safi me racontait cela en pleurant. "Je pensais que sa mère n'était pas là, mais elle est soudain apparue, elle m'a sauté dessus comme un rapace en criant : Tu es une criminelle ! Tu veux séparer une mère de son fils !"

Elle m'a dit ensuite qu'elle s'était disputée avec son mari, qu'elle avait tenté de se réconcilier avec lui, qu'il l'avait tenue à distance, qu'il avait fini par la détester, et enfin sa belle-sœur était intervenue pour lui notifier sa répudiation, au motif qu'il ne voulait pas perdre sa mère… Il était entré dans la chambre un soir, plein de colère, en état d'ivresse, et il l'avait frappée, avant de prononcer la formule de répudiation et de la mettre dehors, avec l'enfant, en pleine nuit.

Je n'avais jamais imaginé cela, que ma sœur aînée revienne chez nous, divorcée. Ces deux dernières semaines, lorsque je me réveillais la nuit, je la voyais éveillée, pleurant silencieusement dans l'obscurité. Elle avait des cernes noirs.

Je n'osais pas lui demander la cause de ses larmes : est-ce l'échec de son mariage ? ou bien sa séparation d'avec Mohendi, qu'elle aimait ?

Cela fait maintenant plus d'une heure que je suis couchée, et je ne peux goûter le repos.

Mon père est rentré à neuf heures du soir, il était épuisé mais content, je me suis précipitée pour prendre le sac qu'il avait à la main, il m'a dit en souriant : "Ce soir on dîne de kebab, c'est un jour faste." Nous nous sommes assis autour de la table, il a dit à ma mère : "Dieu merci ! j'ai travaillé toute la journée, à peine un client descendait-il qu'un autre montait dans la voiture !"

Après le dîner, j'ai fait la vaisselle, puis je me suis couchée dans la chambre que je partage avec Safi, je l'ai regardée, j'avais envie de lui raconter mon entrevue avec le président de la société, monsieur Yacoub, et comment il me regardait à la dérobée. C'était la première fois que les employés entraient dans le bureau directorial, une grande pièce inondée de lumière, d'où l'on voit la mer de tous côtés. Il y a une bibliothèque pleine de livres, et une photographie de lui, assis à côté d'une belle femme, son épouse sûrement, et derrière eux, debout, quatre enfants, deux garçons et deux filles. Ma collègue Mervat s'est étonnée de me voir si calme avant l'entrevue. "Dieu nous protège ! Nous tremblons tous devant lui !"

Monsieur Othayman, le directeur adjoint, nous a dit qu'il y avait des changements dans la société, et que le président voulait rencontrer personnellement tous les employés. Mervat m'a dit à voix basse : "Monsieur Yacoub est en désaccord avec Isma'il, il veut s'assurer de la loyauté des employés."

Le président m'a vue lundi dernier, le matin, devant l'ascenseur, j'avais demandé l'autorisation de venir un peu plus tard, pour emmener Safi et son nourrisson chez le pédiatre. Nos regards se sont croisés brièvement, il m'a fixée, avant que le garde de sécurité ne s'interpose entre lui et moi. Aujourd'hui, lors de l'entrevue, j'ai voulu m'expliquer, mais Othayman a coupé court. À la fin de la journée, il m'a convoquée dans son bureau, il avait l'air contrarié, il m'a dit que j'avais passé les bornes, en parlant devant le président d'un sujet privé, que je devrais en supporter seule les conséquences. Ces paroles m'ont fait peur.

J'entends Safi respirer régulièrement, ma pauvre chérie ! Elle s'est comme flétrie pendant ces derniers jours.

Après mon diplôme, j'ai passé plus de deux ans à chercher du travail. Ma nationalité iranienne était un obstacle à mon recrutement, malgré le fait que mon certificat de naissance indique que je suis née au Koweït. On me disait toujours : "Tu as un bon CV, qui t'ouvre toutes les portes, mais…" Un bref regard, puis : "Le problème, c'est que tu es iranienne.

— Je n'ai plus aucune relation avec ce pays." Encore un regard, puis je poursuivais : "Je suis née au Koweït, je n'ai jamais vécu en Iran, je ne connais rien de ce pays.

— Il n'empêche que tu es iranienne."

J'aurais voulu leur dire : "Si j'étais née en Amérique, et que j'y aie passé le quart de ma vie, j'aurais obtenu la nationalité américaine." Mais je me levais calmement, en les remerciant.

Ma mère a pleuré de joie le jour où j'ai été recrutée dans cette société. Sur les trois cent cinquante dinars de mon salaire, j'en donne cent à ma mère pour les dépenses de la maison et pour elle-même, je paie quatre-vingt-dix en mensualités pour ma petite voiture, et le reste, je l'emploie à mes dépenses personnelles, en faisant attention.

Mon père travaille toute la journée comme chauffeur de taxi, il quitte la maison à l'aube, et ne rentre qu'à la nuit tombée, c'est lui qui paye notre loyer et subvient aux dépenses, en outre il envoie de l'argent à sa famille en Iran et, quand il le peut, à mon frère, Reza, qui a terminé ses études secondaires au Koweït mais n'a pu entrer dans aucune université. Il est allé à Téhéran, où un proche parent l'a aidé à intégrer l'École militaire.

S'ils mettent fin à mon contrat, alors que je n'ai travaillé chez eux qu'une année à peine, et même moins d'un an, que je n'ai commis aucune faute – ce n'est pas une faute que d'avoir tenté de m'expliquer auprès du président –, ce sera une catastrophe pour notre famille.

Assurément le président ne va pas s'intéresser à mon cas, c'est un millionnaire, il possède plusieurs sociétés. Mervat m'a dit que la société allait signer un gros contrat en Irak, et qu'ils voulaient sans doute choisir parmi les employés des gens prêts à partir là-bas.

La simple idée d'aller en Irak, même une seule journée, me fait peur, d'ailleurs mon père ne me le permettra pas, il déteste le régime irakien, il ne peut oublier son jeune frère, tué lors de la guerre Iran-Irak.

Lorsque Fady, le fils de nos voisins libanais, s'est présenté pour demander ma main, à l'occasion d'une visite qu'il faisait à sa famille, mon père lui a demandé s'il avait l'intention de s'établir au Koweït. Fady lui a répondu que non, qu'il travaillait au Liban, dans un atelier de réparations mécaniques appartenant au Hezbollah, avec un bon salaire, et qu'il n'était là que pour rendre visite à sa famille.

"Alors, lui a dit mon père, tu n'as pas ta place chez nous." Et d'ajouter : "Mon fils est à Téhéran, je ne veux pas que ma fille parte au Liban."

Fady était un jeune homme avenant, avec une bonne situation, mais quelque chose m'empêchait de m'attacher à lui. Quelques jours après sa demande, un soir après dîner, mon père m'a adressé la parole : "Farnaz…" Il me regardait dans les yeux, il a poursuivi, la voix un peu enrouée : "Est-ce que tu es d'accord, pour Fady ?"

Sa question m'a surprise, je ne savais pas quoi répondre. Il a ajouté : "Je ne veux pas aller contre ta volonté." Je me suis levée pour lui baiser la main. "Ce que je veux, c'est vivre ici, auprès de vous." Puis j'ai dit cette phrase, venue je ne sais d'où : "J'aime le Koweït, je ne veux pas m'en éloigner."

Je suis étendue sur mon lit. Hossein dort comme un ange. Au début de la semaine, mon père a rapporté un petit lit, que Safi a mis à côté du sien. Il lui a dit gentiment : “Cet enfant sera la consolation de notre famille.”

Il y a deux chambres dans notre appartement, une pour mes parents, et l’autre pour Safi et moi. Ma mère avait les yeux pleins de larmes hier, en m’avouant que son vœu le plus cher était que j’épouse un Koweïtien. Comme je souriais, elle a ajouté : “Peut-être ainsi obtiendras-tu la nationalité koweïtienne, et tu pourras avoir ta propre maison.”

Ma chère maman, comment veux-tu que je trouve un époux koweïtien ? Il y a beaucoup de jeunes filles qui viennent parler avec moi et qui, du fait de mon teint, de ma façon de parler, de mon accent local, pensent d’abord que je suis l’une d’elles, mais dès qu’elles s’aperçoivent que je suis iranienne, elles s’en vont…

Maman, tu te souviens de Fares, ce jeune Koweïtien qui me poursuivait de ses assiduités, des mois durant, lorsque je t’ai parlé de lui, tu m’as dit : “Parle-lui, peut-être Dieu veut-il votre union…” Après un ou deux coups de fil, je l’ai rencontré à la cafétéria du complexe Arrihab, tu étais toi-même assise à la table à côté. Il m’a dit qu’il était sur le point de finir ses études, et qu’il était prêt à m’épouser. Moi, je restais sur mes gardes. Au moment de prendre congé, il m’a dit : “Notre prochain rendez-vous, ce sera chez moi, dans mon appartement.” J’ai été surprise. Il a continué : “Oui, j’ai un appartement où j’étudie, c’est tranquille et discret.” Je n’ai pas répondu, et je n’ai rien dit à ma mère, mais il a révélé ses intentions lorsqu’il m’a dit ensuite au téléphone : “Dans l'appartement nous serons plus à l'aise, je pourrai emplir mes yeux de la beauté de ton corps !"

Ô ma mère ! D'où vient la chance, ou le destin, d'une fille ? Assurément les sorts ne se trouvent pas en vente chez l'épicier… et la beauté d'une fille ou son instruction n'ont que peu de rapport avec son bonheur ou sa malchance !

Safi est comme une rose, cet infâme Mohendi l'a battue et l'a jetée, abandonnée, avec son enfant. Mon souhait le plus ardent est de me lier à un homme qui ne me fasse pas souffrir, un jeune homme qui m'aime, et qui me rende folle d'amour…

Il faut que je dorme, il est presque minuit, demain c'est vendredi, je me lève quand je veux, peut-être irons-nous nous promener l'après-midi, ma mère, Safi et moi, de façon à dissiper sa tristesse, autant que faire se peut.

6

Aujourd'hui la mer est agitée. Je me réveille à cinq heures du matin tous les jours, où que je sois, en toute saison. Aujourd'hui c'est vendredi. Le silence règne dans la maison, le jardin et les rues avoisinantes. Sheykha est plongée dans le sommeil, elle a veillé une partie de la nuit pour la fête d'anniversaire avec ses filles, ses petits-enfants et ses amies.

À mon réveil je ressens un vertige, mêlé d'angoisse, comme si j'avais perdu quelque chose, je ne sais quoi, et que je me mette à chercher cet objet partout autour de moi. J'ai fait mes ablutions, j'ai prié, puis je me suis assis à mon endroit habituel, confortablement, j'ai fermé les yeux pour mieux pénétrer mes espaces intérieurs, avec leurs alternances d'ombre et de lumière, c'est ma méditation quotidienne, dans le silence de mon esprit.

J'avais achevé cette méditation quand Jaya est entrée, de son pas discret, et m'a dit : "Bonjour, monsieur. J'apporte le petit-déjeuner ?"

J'ai incliné la tête et, après avoir petit-déjeuné, j'ai ressenti le besoin de quelque chose d'indéfinissable. Je ne pouvais plus rester à la maison, j'ai pris la voiture et, sans savoir comment, je me suis retrouvé au pied de l'immeuble de la société, vers dix heures et demie, après être passé devant la mosquée de notre quartier.

Depuis la fin de mes études secondaires, je n'assiste plus à la prière du vendredi. Je n'aimais pas le style de la prédication, ni dans notre mosquée, ni dans les autres où je me rendais, ce discours répétitif me paraissait parfaitement étranger à l'actualité, à notre langage et à nos préoccupations. Lorsque je suis parti en Amérique, j'avais cessé d'aller à la mosquée, mais je n'ai jamais cessé de faire la prière.

Ce matin je suis arrivé au bureau en tenue de sport. Le parking était vide, parcouru par des souffles de vent froid. L'officier de sécurité égyptien était surpris de me voir, il s'est précipité pour me saluer. Sans lui prêter attention, je me suis rendu directement dans mon bureau.

Une fois assis derrière la table, j'ai ouvert le tiroir où se trouvait le dossier de Farnaz. Je me disais, étonné : alors, je suis venu ici, un vendredi, uniquement pour elle ?

J'ai senti des effluves de gardénia, au loin, derrière les vastes fenêtres, je voyais la mer bleu-vert, grise, agitée. J'ai regardé à nouveau sa photo tête couverte, ses yeux.

À l'aube je m'étais regardé, nu, dans le miroir de la salle de bains, je me disais, devant mon propre corps : tes cheveux sont moins épais, Yacoub, du gris se mêle au noir, le front reste le même, mais les deux rides verticales qui descendent du nez vers la lèvre supérieure se sont creusées, et ta moustache est maintenant parsemée de blanc.

Mon ami Sami, l'année dernière, s'est fait injecter du botox dans les joues, avec des aiguilles spéciales, et de fait la fatigue a disparu de son visage, ses joues se sont raffermies, il paraît plus jeune. Il m'a conseillé, avec ce nouveau sourire qu'il avait retrouvé, de prendre rendez-vous dans la clinique où il s'était rendu : "C'est une doctoresse très habile, elle utilise ce qu'il y a de mieux au monde en la matière, certes cela coûte cher, mais les résultats sont garantis."

Je le regardais, il a conclu son discours en disant : "Dieu est beau, il aime la beauté." Je lui ai répondu en souriant par un autre dicton : "Personne ne peut à la fois garder pour lui sa vie et celle d'un autre."

Il a éclaté de rire : "Paroles de vieillard ! Fais-toi plutôt séduisant, pour mieux vivre, beaucoup d'hommes de par le monde ont recours à ce genre d'opérations esthétiques."

Sami est mon plus proche ami, depuis mes années d'étude en Amérique, il aime la vie, il répète toujours le même mantra : "Vivre est un plaisir si l'on connaît la vie." Nous formions, lui, Fadel et moi, un groupe inséparable à New York, nous habitions le même appartement, nous avons gardé de cette période des souvenirs qui ressurgissent à chaque fois que nous nous revoyons. Sami et moi nous sommes arrêtés au niveau du diplôme, alors que Fadel a poursuivi jusqu'au doctorat, à Édimbourg.

Je me disais ce matin : est-ce que je peux me lier avec une jeune fille, de quarante ans ma cadette ? Et qu'est-ce qui peut se passer entre nous ? J'étais en plein désarroi : au fond, qu'est-ce que je veux d'elle ?

Je regarde longuement le dossier devant moi, elle est née en 1994, huit ans auparavant, j'avais reçu la médaille Saddam, des mains de Saddam Hussein lui-même… Je faisais partie d'un groupe de commerçants koweïtiens qui avaient, chacun d'entre eux, contribué à l'effort de guerre irakien pour un million de dollars, en solidarité avec le vaillant peuple irakien dans son combat contre l'agression perse. Tous ici répétaient le slogan de "l'Irak gardien de la porte orientale", et j'étais pour ma part persuadé, comme tant d'autres, que si l'Irak tombait, le Koweït à son tour serait exposé. Tous ces souvenirs aujourd'hui me semblent avoir des angles coupants, qui blessent mon âme jusqu'au sang, pour peu que je les ravive...

Nous étions trois, répondant à l'invitation qui nous avait été faite de venir à Bagdad, "la citadelle de la résistance à l'expansion perse". Nous étions descendus à l'hôtel al-Rashid, mais la veille du jour fixé pour la rencontre avec Saddam, des hommes en uniforme sont venus la nuit nous prendre et nous conduire en plusieurs véhicules jusqu'à un endroit isolé, où nous avons passé la nuit dans une sorte de palais, chacun ayant une suite à sa disposition, et bien sûr étroitement surveillé par les services de sécurité. Au matin, nous sommes repartis dans des voitures à vitres fumées, roulant vite, et sommes enfin arrivés devant un imposant palais, où l'on nous a fait attendre plus d'une heure, dans une salle immense. Nous nous regardions les uns les autres, sans proférer une parole. Puis l'on nous a demandé de passer un portique, de sortir tout ce que nous avions dans les poches, avant qu'un officier ne nous fouille au corps ; un autre officier nous a donné des instructions précises : rester debout dans le salon où nous allions rencontrer le président, jusqu'au moment où celui-ci nous inviterait à nous asseoir, garder le silence, ne parler qu'en réponse à une question posée par le président, ne pas l'embrasser ni le toucher, laisser une distance de trois pas entre lui et nous, lorsqu'il nous remettrait la décoration, regarder la caméra et sourire. J'ai été péniblement surpris par ce protocole, qui manifestait clairement le peu de cas que l'on faisait de nous…

Une sorte de terreur s'est emparée de moi lorsque j'ai vu Saddam, en uniforme, fumant une cigarette. J'avais l'impression de voir comme un halo lumineux autour de lui. Sur le moment je me suis dit que c'était là le halo du pouvoir, ou celui du "grand homme", plus tard j'ai compris qu'il s'agissait de celui de la tyrannie, du délire de puissance, cette folie de grandeur qui allait détruire l'Irak.

Lorsque nous nous fûmes approchés, il s'est levé pour nous accueillir et nous dire, d'une voix forte : "Bienvenue, bienvenue aux honorables commerçants du Koweït !"

Son aide de camp Abd Hamoud se tenait droit et immobile comme une statue derrière lui. J'étais le deuxième du groupe à recevoir la décoration, il m'a serré la main vigoureusement et, me regardant droit dans les yeux, il m'a dit : "Mon frère Yacoub, tu as un physique de militaire." Je ne sais plus ce que j'ai bredouillé en réponse, mais il a poursuivi : "Tous nous sommes des soldats qui défendent le grand Irak et la nation arabe, le Koweït, lorsqu'il défend l'Irak, se défend lui-même !" Il nous a alors enveloppés nous trois d'un regard de loup et a conclu ainsi : "L'Irak est votre pays, de même que le Koweït est une partie de notre pays !"

L'aide de camp m'a fait signe de baisser la tête et le président m'a revêtu lui-même de la décoration, mais j'ai oublié de regarder la caméra et de sourire.

Ce matin, en baissant la tête devant le miroir, j'ai senti une douleur dans la nuque.

Comment rejoindre Farnaz ? Quel paradoxe : ce négociant koweïtien, qui admirait Saddam, et avait contribué financièrement à la défense de l'Irak, voilà que, l'âge venu, il tombe amoureux d'une fille iranienne… Et j'ajouterais cet autre paradoxe : mon fils combat en Syrie contre l'Iran ! Soudain l'image d'Ahmad s'est imposée à mon esprit, et j'ai senti l'odeur du sang…

Après l'incident de la mosquée, Ahmad est resté à la maison avec nous plusieurs jours durant sans sortir, replié sur lui-même, silencieux, refusant tout échange. J'ai remarqué qu'il était encore plus agressif à l'égard de sa mère et de sa sœur Sahar ; un jour que celle-ci s'apprêtait à sortir, il l'a arrêtée en lui disant qu'il n'était pas convenable qu'elle sorte la tête découverte. Surprise par l'attitude de son jeune frère, elle a appelé sa mère, mais il a commencé à crier contre Sheykha, qui, effrayée, m'a appelé au téléphone. J'ai parlé à mon fils : "C'est moi qui suis responsable d'elle !

— Elle est ma sœur ! Le paradis sera refusé aux proxénètes ! Et Dieu ne nous pardonnera pas notre complaisance pour le péché !

— Laisse-la tranquille, cela ne te concerne pas, c'est clair ?"

Ce jour-là, rentré à la maison, je l'ai arrêté pour lui dire : "Qui donc t'a demandé de te mêler de la façon de s'habiller de ta sœur ? Tu n'as pas lu ceci dans le Coran : « Seigneur ! par miséricorde abaisse pour eux l'aile de l'humilité, et fais-leur à tous deux miséricorde, comme ils m'ont élevé dans mon enfance » ? (*Le Voyage nocturne* – v. 24), c'est une invitation à respecter ses père et mère, d'abord, et toute sa famille."

Il est resté silencieux, j'ai insisté : "Laisse ta mère et tes sœurs tranquilles, c'est moi qui suis responsable d'elles, et moi seul."

Il m'a jeté un regard gêné, il était un peu haletant, j'ai conclu par une autre citation : "Le Prophète a dit : « Ceux qui parmi vous ont ma faveur et qui sont le plus proches de moi dans l'autre monde sont les plus bienveillants », il n'a pas dit : les plus durs, ou bien ceux qui entrent en conflit avec leur famille !

— C'est de l'impudeur manifeste, et je ne peux pas fermer les yeux là-dessus !"

À l'évidence il ne m'écoutait plus, il avait pris sa décision sur la vie qu'il entendait mener désormais. Il se laissait pousser la barbe, bien qu'elle fût encore clairsemée, il raccourcit sa *dishdasha*, il s'absentait régulièrement, mais comme je connaissais le chemin désormais, je revins moi-même à la mosquée, plein de colère ; l'Égyptien se leva dès qu'il me vit, ainsi qu'un autre homme à côté de lui, plus petit, barbu lui aussi, portant son tissu de tête flottant, sans *oguel*. Je m'avançai en direction de l'Égyptien et lui dis en criant : "Donne-moi tes papiers !" Il se borna à me répondre par la formule de salutation islamique, prononcée de cette voix caverneuse que je déteste entendre. Je le saisis par le col, en le secouant, répétant ma demande. L'homme à côté de lui m'interpella : "Qui donc es-tu ? Pourquoi nous attaques-tu ?" Lui parlait avec l'accent koweïtien. Il essaya de libérer son ami, mais je le repoussai, sans desserrer mon étreinte. Je répétais, d'un ton impérieux : "Donne-moi tes papiers !" Ce qu'il finit par faire. Sur son document d'identité je lis ceci : Abdel-Shafi Mohammed, comptable dans la société Hilal Errahma. Je lui dis de venir avec moi, en le tirant par sa *dishdasha*. Le Koweïtien s'interposa : "Tu n'as pas le droit !" Je le repoussai à nouveau, mais Ahmad vint à son tour, et se mit à lui parler. "Où allons-nous ? dit l'Égyptien, tentant de s'échapper.

— En Enfer !" répondis-je en le tirant avec moi. Je sortis de la mosquée, les enfants s'étaient dispersés, mais Ahmad et le Koweïtien me suivaient. J'ouvris la portière avant de ma voiture et le poussai à l'intérieur, je me mis rapidement au volant et lançai le moteur. Il protestait : "Je donne des leçons aux enfants, je leur apprends leur religion, je diffuse les connaissances en groupe." J'étais encore irrité, je lui répondis en criant : "Que le Seigneur se venge de toi, et de ton groupe !"

Lorsque je fus arrivé au poste de police, l'officier de garde me reconnut, il me salua par mon nom. Il me dit de lâcher l'homme et de le laisser avec eux. Il appela un de ses collègues, qui l'emmena avec lui. J'expliquai la situation à l'officier, je lui dis que cet homme était un simple comptable, qu'il utilisait la mosquée pour faire du lavage de cerveau auprès des enfants, avec des idées extrémistes, potentiellement dangereuses. Le policier resta silencieux quelques instants, avant de dire : "Malheureusement, je n'ai pas le pouvoir de le retenir ici, ni de motif légal pour le faire." Comme je le regardais avec étonnement, il poursuivit : "Comme vous le savez, notre rôle est d'appliquer la loi, il faut pour arrêter un homme qu'il y ait une accusation portée contre lui, un délit quelconque.

— Pouvez-vous au moins le garder en détention jusqu'à demain ?

— C'est difficile.

— Je vais appeler le chef de district, ou l'adjoint du ministre.

— Comme vous voulez."

Je me souvins alors que j'avais toujours le document d'Abdel-Shafi dans ma poche. Je demandai au policier de le garder une heure, jusqu'à ce que je revienne. Et sans même écouter sa réponse, je me levai en lui disant merci.

On frappe à la porte du bureau. Après avoir dit "Entrez", je vois le gardien, venu me demander poliment si je veux quelque chose, thé ou café. Gêné par son irruption je lui réponds assez brutalement, sur un ton irrité : "Retourne à ton poste, et ne reviens pas ici avant d'être appelé, compris ?"

Il est reparti immédiatement en s'excusant, l'air troublé.

Seul dans mon bureau, je regarde la mer, qui est comme une confidente pour moi.

Lorsque je revins du poste de police, je pensais retrouver Ahmad à la maison, mais Sheykha me dit qu'il n'était pas rentré.

Cela fait six ans que mon fils a quitté le Koweït, sans rien dire à personne sur ses intentions. Othayman m'a simplement dit qu'il avait des informations selon lesquelles il était d'abord allé en Jordanie, et qu'il avait rencontré là-bas un jeune Saoudien, avec lequel il s'était rendu en Turquie, puis de là était entré en territoire syrien, par Idlib. Je ne sais rien de lui aujourd'hui, sinon qu'il a pris un nom de guerre, et qu'il est le chef d'un groupe djihadiste, il vit dans la clandestinité, se déplaçant sans cesse entre la Syrie, l'Irak et la Turquie.

Le silence règne dans la pièce, j'entends le vent souffler de l'autre côté de la grande baie vitrée, la mer est houleuse.

J'ai l'impression d'être environné du parfum de Farnaz… Qu'est-ce qui m'arrive ? En l'espace de quelques jours je suis redevenu un adolescent, je suis obsédé par l'image d'une fille plus jeune que mes propres filles ! Je ne sais pas comment entrer en contact avec elle, et d'ailleurs je ne sais pas exactement ce que je veux d'elle. Ces mots m'ont échappé, et voilà qu'elle est là, devant moi, sur la table du bureau. J'ai même l'impression qu'elle m'a cligné de l'œil. C'est une rose, son regard m'ensorcelle, elle a la peau douce, un sourire irrésistible, un grain de beauté au-dessus de la lèvre, un parfum de jasmin, citron et gardénia. J'éprouve le désir de la voir, d'être à côté d'elle, de respirer son parfum. Je jette les yeux à nouveau sur sa photo dans le dossier, je perçois un secret derrière son regard, je voudrais m'expliquer le mystère de la fascination qu'elle exerce sur moi… Je me retourne vers la mer, je m'entends dire à moi-même : te voilà redevenu enfant, Yacoub, tu cherches à déchiffrer ce qui est inscrit sur la tablette de ton cœur…

Pourquoi, depuis des années déjà, est-ce que j'éprouve de l'aversion par rapport à tout contact physique avec Sheykha ? Pourquoi la flamme de la passion mutuelle s'est-elle éteinte, nous laissant à l'obscurité, au silence, aux regards hostiles ?

Sami a un appartement privé où il reçoit ses amies, parfois je l'appelle et je vais le voir, pour changer. Je suis arrivé chez lui l'autre jour, il était heureux de me voir, il m'a dit gaiement : "Ta visite est de bon augure !" Et comme je souriais : "Siham est en route, elle sera là dans quelques instants."

La joie se peignait sur son visage, il m'a dit : "C'est ma nouvelle amie, j'ai eu du mal à la convaincre, elle s'est enfin décidée à venir ici." Je me suis levé pour partir, et dans le hall de l'immeuble j'ai vu une femme qui entrait discrètement, j'étais sûr que c'était Siham.

J'ai en face de moi l'horloge Cartier du bureau, cela fait maintenant plus d'une heure que je suis là, à regarder la photo de Farnaz, comme pris dans les filets de son secret ! Une fille que je ne connaissais pas, qu'a-t-elle pu émouvoir dans mon cœur et mon esprit ? Pourquoi cet intérêt passionné pour elle ?

Pour la première fois de ma vie, je ressens le poids du temps, je ne sais pas comment va se passer la nuit, ni comment se déroulera la journée de demain.

L'apparition de cette fille dans ma vie a eu pour effet de rallumer les braises d'Ahmad dans mon cœur, comme si, d'une certaine façon, mon désir pour elle nourrissait l'amour que j'ai pour mon fils. Serait-elle le chemin qui me conduira vers lui ? Je ne comprends pas ce qui m'arrive, je me sens oppressé, j'ai envie de pleurer…

Je ne pense pas qu'elle soit apparue par hasard, c'est au moment où ma société signe un contrat avec l'Irak, à ce moment précis que je me prends de passion pour une fille iranienne. Mon cœur abrite simultanément l'Irak et l'Iran, quel paradoxe ! Si je parle d'elle à Sami, il me dira simplement : "Amène-la à l'appartement !"

Non, je ne parlerai pas d'elle à Sami, ni à quiconque ; son numéro de téléphone est indiqué sur son dossier, vais-je l'appeler ? Mais pour lui dire quoi ? Je pourrais lui présenter mes excuses pour le dérangement que cette entrevue lui a causé… mais pourquoi elle en particulier ? Comment va-t-elle le prendre, que dira-t-elle aux autres employés ? Quelle sera la réaction d'Othayman, et qu'est-ce qu'Isma'il va imaginer, lui qui est très religieux ?

Je dois oublier tout cela… Je me sens mal, mon téléphone sonne, un instant je me dis que c'est Farnaz. “Allô ?

— Où es-tu ?”

C'est la voix de Sheykha.

“Au bureau.

— Tu viens au bungalow ?”

J'hésite quelques instants : “J'ai du travail, je viens dès que j'ai terminé.”

7

S'il y a quelque chose que je déteste, c'est faire des rangements dans mes placards.

Aujourd'hui je suis rentrée plus tôt du bungalow, comme le soleil se couchait ; j'ai dit à mes filles, Abrar et Sahar : "Je rentre à la maison." Et comme Abrar me regardait l'air étonné, j'ai ajouté : "Pour faire quelque chose que j'aurais dû faire depuis un an au moins.

— Un rendez-vous amoureux avec papa ? a dit Sahar en plaisantant.

— Espérons… En fait je dois mettre de l'ordre dans mes armoires.

— Quelle corvée !" a commenté Abrar.

La pièce où se trouvent les placards est vaste ; j'ai appelé la servante : "Jaya ! Viens m'aider !"

Je ne sais par où commencer. Yacoub m'a dit une fois : "Tu as plus de robes qu'il n'y a de jours dans l'année !"

Je vais d'abord m'attaquer au placard des vêtements que je porte tous les jours, puis je verrai celui des robes mises pour les grandes occasions, et enfin celui des robes de soirée ; restera le placard à chaussures. Je me rends compte que je n'ai pas beaucoup de robes liées à des occasions de sortie avec Yacoub. Pendant notre voyage de noces, nous avons passé la première semaine à faire du shopping, avant qu'il ne me dise : "Excuse-moi, je déteste le shopping, c'est du temps perdu."

Depuis lors, je suis seule à choisir mes vêtements, il me demande même de lui acheter ses costumes et ses chaussures. Je me souviens qu'il y a quatre ans, à Londres, où nous avons un appartement, je lui ai demandé s'il voulait sortir prendre une tasse de café. Nous sommes allés en ville, et le chauffeur nous a déposés chez Harrods, nous nous sommes promenés dans les rayons, une fois n'est pas coutume, et il m'a montré une robe en me disant : "Je pense qu'elle t'ira bien."

Mon cœur s'est mis à battre plus fort, je n'en croyais pas mes oreilles, et lorsque je suis sortie de la cabine d'essayage, il m'a souri et fait un compliment.

Où donc est cette robe ? La plupart d'entre elles sont des robes de tous les jours, je choisis les mêmes couleurs depuis mes années d'université, je n'aime pas changer. Cette robe, que Sahar m'avait offerte, je ne l'ai mise qu'une fois, ou deux fois, pas davantage. Je la donne à Jaya.

Une odeur particulière flotte dans cette pièce. Ahmad m'a dit une fois : "Maman, j'aime ton odeur." Il a beaucoup changé ces dernières années, sa personnalité s'est modifiée. Je craignais de passer devant lui, ainsi que mes filles. Il est allé jusqu'à me lancer des paroles de menaces : "Tout ce que l'on voit de ton corps, Dieu le brûlera du feu de l'enfer !" J'en ai été profondément blessée. Il a ajouté, le regard plein de fureur : "Dieu te châtiera, toi et tes filles !

— Tu n'as pas honte de me parler de cette façon ? ai-je crié, hors de moi, mais lui, sans détourner le regard, m'a simplement répondu :

— Que j'aie honte ? Et toi tu n'as pas honte devant Dieu ?

— Je parlerai à ton père, tu t'expliqueras avec lui.

— Mais oui, cet homme tyrannique, qui ne craint pas Dieu, qui pratique l'usure, qui chasse les prédicateurs !"

Ce jour-là, je me suis rendu compte que j'avais peur de lui, de ses regards, de ses paroles, et même de son silence, de son odeur… Je ne sais pas comment ce malheur est arrivé, mon cœur me dit qu'il ne reviendra pas, et c'est cela aussi, peut-être, qui a brisé le cœur de Yacoub.

J'aime beaucoup cette robe ; je l'ai beaucoup portée lorsque je travaillais au ministère. J'ai l'impression que certains vêtements ne veulent pas être mis au rebut, ils font partie de moi-même, je ne peux pas m'en débarrasser. Je vais donner cette robe à Jaya, comme ça je ne la verrai plus pendre inutilement sur le cintre.

Lorsque je travaillais au ministère, je ne partais jamais en voyage sans revenir avec un cadeau pour mon mari ; lui, en revanche, partait et revenait, c'était une routine dont il avait pris l'habitude. Une fois, à son retour, il m'a offert un sac Chanel, j'ai été heureuse comme une enfant, tout en étant surprise de ce qu'il s'était souvenu de mon anniversaire. Je l'ai embrassé, tout en pensant soudainement que sans doute une des filles lui avait rappelé la date. J'ai pensé le leur demander, puis je me suis ravisée, pour ne pas gâcher ma joie d'avoir reçu un cadeau de mon mari.

Cette robe ne me va plus, elle me serre, je tends le bras vers Jaya, toujours silencieuse, le regard plein de tendresse. Elle est indienne, elle n'avait pas vingt ans lorsqu'elle est venue travailler chez moi, elle s'est dévouée à l'éducation de mes quatre enfants, elle ne comptait pas ses veilles ni sa peine, mes sœurs et certaines de mes amies s'étonnent de voir mes filles la traiter avec bonté. Elle a un garçon et une fille, son mari est mort du cancer l'année dernière, lorsqu'elle est revenue après les funérailles, elle m'a confié en pleurant : "Je ne retournerai plus là-bas, je n'ai plus de maison, ma fille s'est fait construire sa propre maison avec mon argent, mon fils de même, et d'ailleurs... – les sanglots l'étouffaient – mes enfants et mes petits-enfants vivent leur vie, ils veulent que je reste ici, pour continuer à leur envoyer de l'argent et des cadeaux..."

J'en ai été profondément attristée. "Eh bien, reste ici avec nous aussi longtemps que tu le voudras, même sans travailler."

Parfois je me demande : pour qui j'achète toutes ces robes, si mon mari n'y prête pas attention ? Bien sûr je les mets dans les grandes occasions, une femme éprouve du plaisir à revêtir une belle robe, mais ce qu'elle attend surtout, c'est un compliment de celui qu'elle aime ou de son mari...

Comment se fait-il que l'indifférence se soit installée entre nous deux ? Un mélange de regrets et de ressentiment s'empare de moi parfois, je me sens triste, pourquoi notre relation s'est-elle dégradée, affaiblie ? Nous n'échangeons plus que des fragments de formules de politesse convenue, c'est là notre seul dialogue...

Parfois lorsque j'entends mes amies se plaindre et faire état de leurs disputes conjugales, je me surprends à les envier... Il est sain d'avoir des disputes avec son conjoint, c'est la passion d'une certaine façon et le désir de l'autre qui s'expriment là. Ce qui me désole, c'est justement qu'il n'y ait jamais aucune dispute entre nous. À vrai dire, il n'y a pas de conversation ni même de dialogue !

Au début de notre mariage, il était occupé à constituer sa société, et moi j'étais accaparée par les grossesses, les naissances, l'éducation des petits. Mais quand Sahar, la benjamine, fut entrée à l'école, je me suis sentie accablée par un sentiment de vide et de solitude. L'ennui s'est emparé de ma vie. J'étais sortie parmi les premières de la faculté de commerce, j'ai dit à Yacoub : "J'en ai assez de rester à la maison."

Il m'a fait nommer au ministère des Finances, et il a veillé, par ses relations, à ce que je grimpe les échelons assez vite. Le jour où j'ai été promue au poste de secrétaire d'État adjoint, j'ai pris conscience de ma valeur en tant que femme et en tant que personne. J'ai vu aussi à quel point les gens sont sensibles au pouvoir que confèrent les positions officielles, et comment ils cherchent à s'approcher de leurs titulaires. Mes activités professionnelles étaient prenantes, je revenais chez moi à trois heures de l'après-midi, je déjeunais avec les enfants, je les aidais dans leurs leçons, et je terminais la journée complètement épuisée.

Les années passant, je me suis éloignée de Yacoub, lui-même ayant déjà pris ses distances. Notre relation s'est anémiée, desséchée. Nos rapports s'étaient réduits à leur plus simple expression lorsqu'il a décidé de faire chambre à part. J'en ai beaucoup souffert, combien de fois le désir me tenait-il éveillée la nuit ! Je m'enduisais le corps de lotions à base de miel ou de rose, je mettais une chemise de nuit, je me parfumais, je me dirigeais, poussée par le désir, vers sa chambre… Je le trouvais en train de lire, ou de regarder la télévision, je m'asseyais à côté de lui, je l'enlaçais, mais il restait de marbre, nous échangions quelques mots sans saveur, j'essayais de lui suggérer, par l'emploi de telle ou telle expression, l'intensité de mon désir, sans pouvoir franchir les limites de la pudeur… Puis je battais en retraite, découragée. Je retournais dans ma chambre, à mon lit solitaire, et me réveillais le lendemain matin avec la migraine.

Une amie m'a fait part de son expérience, à voix basse et en souriant : "Les hommes sont bêtes, ils ne comprennent pas ces choses-là à demi-mot, il faut entrer dans la chambre, enlever la couverture et se glisser dans le lit…" Ce conseil m'a plu, je l'ai suivi à plusieurs reprises, mais sans pouvoir le convaincre de céder à mes instances…

Pauvres femmes ! Elles doivent subir la grossesse, l'enfantement, s'occuper des enfants, de leur ménage, aller travailler, tout en veillant à leur beauté, de façon à rester attirantes pour leur époux, à le rendre heureux, à entretenir le lien amoureux…

Cette robe, je ne l'ai mise qu'une fois, la première et la dernière fois, je l'offre aussi à Jaya, qui s'étonne : "Toutes vos robes sont neuves, madame !" Un sourire affectueux éclaire son visage.

"C'est vrai, mais je ne veux pas qu'elles restent suspendues dans l'armoire, inutiles, cela me fait mal de voir ça !"

Parfois une question me traverse l'esprit : comment nos serviteurs nous voient-ils ? Ils connaissent parfaitement nos secrets les plus intimes, mais savent-ils le prix exact de nos achats ? Savent-ils que nous sommes gênés par le fait que nous jouissons des plaisirs que la vie peut offrir, alors que leurs familles ont à peine de quoi manger ? Nous ne cessons de faire des achats, ils nous regardent et portent les paquets, puis jettent les cartons aux ordures. Yacoub a une phrase qu'il aime à répéter, car elle correspond sans doute à ses convictions : "Le sort de chacun est scellé à sa naissance !"

Pendant des années il aura refusé de m'accompagner à l'école de nos enfants. "J'ai une réunion", disait-il, jusqu'au jour où je lui ai lancé : "Considère que ta présence à l'école parmi les parents d'élèves fait partie de tes réunions !" Cela lui a déplu, et comme d'habitude il s'est réfugié dans le silence. "Il y a des gens qui pensent que je suis divorcée, ou que nous sommes séparés de facto…"

Après cela, il a consenti à venir une fois par an à la cérémonie de fin d'année.

Cette robe est encore enveloppée, je ne l'ai jamais mise depuis que je l'ai achetée, il y a un an ou deux, je ne sais même plus où, cela m'arrive d'ailleurs souvent, de ne plus savoir où ni pourquoi j'ai fait l'acquisition d'une robe ou d'une paire de chaussures. Ce sera pour Jaya…

Quel est ce plaisir irrésistible et fugace qui nous vient à acheter des objets ? Au Koweït, les gens vont dans les espaces commerciaux, ils s'observent les uns les autres, ils n'ont rien d'autre à faire qu'à entrer dans les magasins et les restaurants. Parfois je m'interroge : se peut-il vraiment que son activité professionnelle soit le seul plaisir que Yacoub trouve dans la vie ? Ces derniers temps, je le vois contrarié en permanence, nerveux… J'ai l'impression qu'il n'aime pas que je sois près de lui. Qu'est-ce qui le préoccupe ? Se pourrait-il qu'il y ait une femme dans sa vie ? Je me suis empressée de répondre : cela n'est pas possible ; il ne trouve déjà pas de temps à nous consacrer, à moi et aux enfants, il ne pense jour et nuit qu'à deux choses : les affaires de sa société et la situation tragique où se trouve Ahmad, notre fils. Cette idée m'obsède : comment une femme peut-elle s'assurer d'être la seule dans le cœur de son époux ? Qu'elle n'est pas trahie ? Lorsque je me trouve avec lui dans un *mall* ou en voyage, je vois bien qu'il regarde les passantes, mais après tout, c'est ce que font tous les hommes. Et je me répète : aucune femme ne pourra supporter, comme je le fais, son air sérieux et taciturne, ses accès de colère, sa négligence vis-à-vis de sa compagne…

Encore une robe que je n'ai jamais mise ; c'est ma fille cadette Sahar qui l'avait choisie pour moi, l'année dernière ; c'est une passionnée de shopping, elle est folle de son corps, elle surveille son poids en permanence, et voudrait garder une silhouette de mannequin, elle a engagé une conseillère sportive qui ne s'occupe que d'elle, elle change fréquemment de fournisseur pour la préparation de ses repas diététiques, et je ne parle pas des produits cosmétiques, des crèmes pour la peau, des parfums… J'ai l'impression que lorsqu'elle m'achète des vêtements, elle le fait pour mettre un peu de joie et de gaieté dans ma vie, ma chère Sahar !

À ce propos, je pense qu'il serait souhaitable pour moi de n'avoir qu'un seul placard à vêtements, de petite taille.

Lorsque je travaillais au ministère, je prenais soin, avant de me coucher, de préparer la robe que je mettrais le lendemain. Ma collègue Tahani m'a dit une fois, mi-sérieuse mi-rieuse : “Ton salaire tout entier doit passer en vêtements et en sacs !” Puis elle a ajouté en riant : “Ton mari est millionnaire !”

Cette remarque m'a fait réfléchir, et je me suis rendu compte, à observer la tenue de mes collègues, que certaines d'entre elles venaient avec la même robe plusieurs jours de suite. J'ai fait en sorte moi aussi de me montrer plusieurs fois avec la même robe.

Yacoub est généreux de son argent, mais avare de ses sentiments, avec moi comme avec ses enfants. Je le connais bien, et je constate aussi qu'il peut être bouleversé si l'un d'entre eux se trouve exposé à un accident. Je me souviens de ce jour où Sahar est tombée de bicyclette et s'est cassé la jambe. Ce jour-là, il avait préparé ses bagages pour partir en voyage, mais quand il l'a vue souffrir, il s'est précipité à l'hôpital avec moi, il avait l'air hagard, et lorsque nous sommes rentrés à la maison, avec la petite qui avait la jambe dans le plâtre, il a annulé son voyage et bredouillé quelque chose comme : "Je reste avec vous."

Il considère qu'il est de son devoir de donner à ses enfants tout ce dont ils ont besoin. Il veut leur offrir toutes les conditions de la réussite, dans leurs études et dans la vie. Mais cet amour et cette bienveillance à leur égard, il les pratique de loin, et en silence. Il m'a dit un jour : "Chacun aime à sa façon." Puis, après un moment de silence, comme s'il avalait son amertume : "Je n'ai pas été heureux dans mon amour pour Ahmad."

Grand Dieu ! J'ai gardé cette robe si longtemps ! Jaya !

Je vais essayer de ranger mes robes par couleurs.

Ces dernières années, Abrar et Sahar insistent pour que leur père soit présent lors des fêtes familiales, il vient et passe davantage de temps avec ses petits-enfants, les enfants de Do'eij et d'Abrar, il redevient lui-même enfant en jouant avec eux. Cela me fait plaisir de l'entendre rire, de le voir, le temps d'un jeu, oublier toutes ses préoccupations.

Nous avons, lui et moi, négligé notre relation, qui s'est affaiblie. J'en suis maintenant persuadée : un homme ne porte de l'intérêt à sa femme que dans la mesure où celle-ci lui témoigne son amour. Peut-être d'ailleurs l'intelligence d'une femme consiste-t-elle à savoir entrer doucement dans l'univers de son mari. Il est trop facile autrement pour celui-ci de s'échapper et de quitter la sphère du foyer, au motif "qu'il est occupé" !

Je n'aurais jamais dû l'écouter, je n'aurais pas dû le laisser à ce monstre dévorant qu'est le milieu professionnel. Depuis des semaines je me répète : je vais l'embrasser, je vais le reprendre tout entier pour moi ; mais je sens bien qu'il s'éloigne toujours davantage. Je sais que ces derniers temps il est rongé par un souci : l'absence d'Ahmad. Mais une voix secrète me dit aussi qu'autre chose occupe l'esprit de mon mari.

8

Je ne comprends pas moi-même cette passion soudaine…

Mon cœur s'est mis à palpiter alors que j'arrêtais la voiture devant l'entrée des bureaux. C'est ce bâtiment que je partage avec elle, mais je ne sais comment l'approcher. Une appréhension m'a saisi à l'idée qu'elle pourrait ne pas être là aujourd'hui ; un instant, j'ai pensé faire le tour des différents services, mais comment les employés allaient-ils le prendre ? Je n'ai jamais pris ce genre d'initiative… et voilà que jeudi dernier je les convoque tous dans mon bureau par petits groupes, et dimanche je viendrais faire une tournée d'inspection ? Ils finiraient assurément par se douter de quelque chose… Et puis, si je la vois, en quoi cela m'avancerait-il ?

Je m'étais à peine assis à mon bureau que Marwan m'informa de ce que l'ambassade d'Irak avait organisé un dîner le soir même en l'honneur du contrat signé avec la société de Bagdad, et que j'étais invité. Comme je ne disais rien, il me demanda : “Je confirme votre présence ?

— Non, tu m'excuseras. Isma'il ira là-bas, c'est suffisant.”

Le dossier de Farnaz est toujours dans le tiroir de mon bureau. J'aimerais tant savoir si elle est là, dans le bâtiment… Les bureaux de la société se répartissent sur quatre étages, mais le service des programmes et du développement se trouve à un autre étage que le mien.

Est-ce possible ? À peine arrivé au bureau, je ne pense plus qu'à elle, je désire la voir… Je ne suis plus capable de contrôler ni même simplement de comprendre le flux de mes sentiments, je me sens déchiré, enflammé du désir de la voir. Je n'ai plus aucune envie de rester assis tranquillement dans mon fauteuil.

Hier samedi, comme j'arrivais au bungalow, Sheykha remarqua le changement de ma physionomie : "Qu'est-ce que tu as ?" J'ai été surpris de sa question, et me suis empressé de répondre, à mon habitude : "Rien du tout.

— Mais si, il y a quelque chose !"

Elle m'observait attentivement, et finit par dire, sur un ton inquiet : "Il y a quelque chose qui te préoccupe, j'en suis certaine !"

J'ai eu un bref sourire, comme pour dissimuler mon obsession. "Je suis fatigué. Cette semaine a été pénible, à cause de la négociation avec Bagdad."

Elle me regardait, semblant mesurer la véracité de mes propos, et son regard me disait : tu mens !

"Yacoub, tu dois te reposer. Combien de temps encore vas-tu passer à courir derrière les contrats, les uns après les autres ? Ça suffit ! Nous avons besoin de ta présence, plus que d'argent !"

Je me suis levé pour échapper à son regard inquisiteur. J'ai demandé : "Où sont les enfants ?"

C'est en 1971 que j'ai quitté le Koweït, pour aller étudier en Amérique, où j'ai passé cinq ans, à New York. Je ne suis revenu qu'en 1976. À cette époque, malgré la dissolution de l'Assemblée et les tensions politiques, le Koweït vibrait d'activité, dans tous les domaines : social, économique, intellectuel, dans le journalisme, le théâtre, le sport… Parfois j'ai la nostalgie de ces années-là.

À la suite d'une intervention de mon père auprès d'un de ses amis à la Banque nationale, je me suis retrouvé employé de banque. Je me souviens que le changement social s'est produit pendant les dix années suivantes. Je voyais avec stupéfaction la progression du port du voile dans ma famille, et d'abord mes tantes, du côté paternel et maternel, et celle de la barbe chez nombre de mes amis. Puis ce fut au tour des couleurs vives de s'effacer des vêtements des femmes, devenus moins légers, plus sombres, plus longs, jusqu'à ce que le noir finisse par dominer les groupes féminins dans les services publics, à l'université, sur les marchés…

C'est à mon retour d'Amérique que j'ai fait la connaissance de Sheykha, elle avait huit ans de moins que moi, elle n'était pas voilée ; c'était une amie de ma sœur Dalal. Je l'avais remarquée, je la regardais discrètement, nous échangions des paroles superficielles, c'était une jeune fille moderne et attirante. Lorsque j'ai interrogé Dalal à son propos, elle a souri en disant : "C'est la plus jolie des filles de l'université du Koweït, elle a tout pour elle : moralité, beauté, culture." Elle m'a donné l'occasion de parler avec elle, en sa présence, et enfin je lui ai avoué que je trouvais cette jeune fille extraordinaire.

Nous nous sommes mariés en 1983, elle était alors en dernière année d'études.

Hier matin, alors que je prenais mon petit-déjeuner seul – elle dormait encore –, j'ai eu l'impression de revoir comme un film toute notre vie commune. Il n'y a pas eu de dispute majeure entre nous, mais je ne me souviens pas non plus de moments de passion intense. Après quelques mois de vie commune, je me suis aperçu qu'elle était extrêmement sensible aux remarques, même anodines, que je pouvais lui faire, un mot lancé imprudemment pouvait effacer des heures de tendresse partagée. "Tu es trop sensible !"

Cela s'est produit maintes fois. Nous étions invités à une soirée, elle mettait du temps à se préparer, je l'appelais sur un ton d'agacement, elle arrivait l'air troublé, et se mettait à justifier son retard de toutes les façons possibles, avec une nervosité qui me paraissait hors de propos, nous sortions de la maison dans des dispositions d'esprit négatives, et la soirée était gâchée.

Je me souviens aussi de lui avoir fait remarquer que les petites tables dans le salon n'étaient pas rangées comme il faut, elle s'est montrée contrariée et a tenté de me convaincre que cette disposition, recommandée dans un magazine de décoration, était la meilleure possible, que d'ailleurs toutes ses amies louaient la justesse de son goût en la matière. J'ai été surpris de son insistance, et j'ai fini par admettre que ces tables étaient parfaitement à leur place, "… et qu'on n'en parle plus !

— Tu dis ça pour me calmer !

— Oui, sans doute. D'ailleurs je déteste ces tables, je déteste ce salon, et je déteste…"

Je n'ai pas complété la phrase, et suis sorti.

Toute parole impliquant la moindre critique à son égard a pour effet de la bouleverser, ses yeux s'assombrissent, sa voix devient aiguë, sa respiration se fait haletante, et j'éprouve dès lors pour elle une sorte d'aversion.

Le temps passant, je me suis rendu compte que je ne pouvais pas changer son caractère, et que toute remarque de ma part risquait de mettre le feu aux poudres. J'ai donc pris mon parti de tout accepter, et de garder pour moi mes observations. Après deux années de mariage et la venue d'Abrar, j'ai constaté qu'elle se montrait tranquille et satisfaite, aussi longtemps que je ne manifestais pas la moindre opposition à ce qu'elle disait ou faisait. Je me disais cependant : comment une relation conjugale peut-elle rester harmonieuse quand toute discussion conduit à un conflit ?

Mon ami le Dr Fadel, qui a une clinique de soins psychiatriques, m'a dit un jour : "Le problème insoluble de toute relation conjugale est que celle-ci se constitue spontanément, mais en secret, à l'insu des principaux intéressés, et surtout pendant les premières années, par une sorte de stratification inconsciente, chacun se construit de l'autre une image particulière et emploie toutes ses ressources psychologiques pour cette construction, qui ne pourra plus être modifiée."

Le Dr Fadel me rend visite de temps à autre, au bureau ou à la maison, et j'ai toujours plaisir à le voir, à l'entendre interpréter les situations : "La vérité d'une relation conjugale demeure cachée dans le subconscient des époux, elle ne se manifeste que lors des crises."

Je suis étonné par ce qui m'arrive, j'ai passé ma vie jusqu'à présent à tenter de profiter au mieux de chaque instant, je suis dans mon bureau pris en permanence par les contrats, les réunions, le courrier, les rendez-vous, la lecture des rapports, la consultation des indices boursiers, l'écoute de conférences sur YouTube, la lecture, aussi, de textes littéraires ; dès que je suis entré dans mon bureau, j'oublie tout le reste, le travail s'empare de moi despotiquement.

Et à côté de moi, la mer, toujours présente…

Il y a une grande différence entre l'amour et la simple familiarité. Ces derniers jours, je me suis rendu compte du fait qu'il n'y a plus rien entre nous deux, Sheykha et moi, nous habitons ensemble, c'est tout. Mari et femme, des enfants, des petits-enfants, de l'argent, une vie confortable… rien d'autre ! J'avais l'impression de voir se dessécher la plante du mariage, faute de la sève de l'amour !

Cette idée m'a fait de la peine et, comme un bâton, la question s'est dressée devant moi : comment donc as-tu vécu toutes ces dernières années ?

La sonnerie du téléphone m'a arraché à ces pensées moroses : "Bonjour, Isma'il !

— Marwan m'a dit que tu ne venais pas à la soirée de l'ambassade.

— En effet." J'ai laissé passer quelques secondes avant de m'expliquer. "Tu me connais, avec les Irakiens, je préfère garder mes distances.

— Je sais, Yacoub, c'est ton caractère."

Il avait l'air de faire allusion à quelque chose qui m'échappait.

Je me sentais troublé. Comment cette fille peut-elle ainsi régir ma vie ? Cela me fait mal de penser que je n'attends plus rien de Sheykha, à nouveau cette question revient, menaçante : que reste-t-il d'une relation conjugale, si l'un des époux cesse d'avoir du désir pour l'autre ? Le mariage devrait être fait de passion et de tendresse renouvelées l'un pour l'autre, mais si cette passion se gâte et s'affaiblit, la relation se sclérose et finit par se paralyser.

Nos rapports sexuels sont épisodiques, dictés par la simple nécessité, c'est une façon de manifester, non sans une certaine gêne, mon désir pour la femme qu'elle est, et ma virilité. Parfois je l'entends s'avancer vers ma chambre, mais je me sens indifférent, lointain, j'essaie de dissimuler ce que je ressens, de retenir ma respiration. Elle se retire, et je m'interroge : pourquoi cela, Yacoub ? Sheykha était ta bien-aimée… Je me perds en conjectures, puis je me lève, mal à l'aise, chagriné, laissant derrière moi cette question : pourquoi ma relation avec mon épouse s'est-elle éteinte ?

Un appel de Marwan interrompt ma méditation : "Le courrier est prêt pour la signature." Il entre avec les documents à parapher, qu'il dépose devant moi. Avant de se retirer, il me rappelle que le voyage à Massira est prévu pour le jeudi suivant.

"Je ne pars pas. Annule les billets. Je téléphonerai à Sami."

Je ne sais pas ce qui me pousse à cela. Est-ce la pensée de Farnaz ? Si le fruit mort de mon esprit n'attendait pour tomber qu'une secousse sur la branche ? Il ne tenait plus que par un fil, je ne m'en rendais pas compte… Une voix cachée ne cesse de me dire en murmurant : suis la trace ! Vois où cette fille va te mener !

Je vais appeler Sami, et m'excuserai sur le fait qu'avec la signature du contrat irakien, je dois impérativement rester au Koweït ces jours-ci.

Je n'ai pas souvenir que Sheykha soit venue m'accompagner à l'aéroport pour un seul de mes nombreux voyages, ni d'avoir vu son visage dans la foule de ceux qui m'accueillaient à mon retour. Lorsque je lui dis que je vais partir en voyage, elle me répond toujours avec la formule habituelle : “Dieu te garde !” Elle ne cherche même pas à savoir ma destination. Une fois, je lui en ai fait le reproche, elle m’a répondu : “Mon chéri, j’ai confiance en toi.” Comme je la regardais, elle a continué : “C’est toi qui m’as appris cela”, puis, imitant ma voix : “Je ne veux pas qu’on se mêle de mes affaires !”

Il me semble, rétrospectivement, que notre mariage aura été comme un voyage dans une voiture confortable, sur une route qui traverse le désert, le même paysage à droite et à gauche, immuable, avec pour effet l’ennui et la somnolence… Nous avons deux garçons et deux filles, je souffre de voir qu’une des branches de l’arbre familial a été rompue, mon fils est maintenant perdu, il risque sa vie tous les jours au combat…

Le jour où j’ai laissé Abdel-Shafi, le cheikh égyptien, au poste de police, je suis retourné à ma voiture, en ayant gardé ses papiers d’identité dans la poche, et je m’étais à peine assis au volant qu’Ahmad m’a appelé au téléphone : “Ce que tu viens de faire est une injustice, qui provoquera la colère de Dieu et de Son Prophète. Tu as emmené le cheikh Abdel-Shafi au poste de police !”

J’entendais, au ton de sa voix, qu’il était profondément affecté. Je lui ai répondu : “Viens à la maison, on va s’expliquer.

— Je ne reviendrai pas à la maison tant que tu n’auras pas fait libérer le cheikh, avec tes excuses !”

J’ai trouvé cette réponse détestable mais, pour l’apaiser, je lui ai dit à nouveau : “Viens, on va s’expliquer.

— Je ne viendrai pas !”

Il a raccroché, et je pense que ce fut là le commencement de la fin de nos relations.

Moins d'une heure après, j'avais au téléphone mon ami le chef du district : "Mon frère Yacoub, Dieu t'accorde une bonne soirée !

— Bonsoir !"

Il me dit qu'un homme important s'était rendu au poste, accompagné d'un avocat, pour demander la libération immédiate de l'Égyptien, au motif que sa détention était illégale, en l'absence de délit ou de crime. Il avait même menacé d'appeler le ministre de l'Intérieur, ce qu'avait d'ailleurs déjà fait le chef de poste.

Je l'ai écouté sans l'interrompre, et quand il eut fini, je lui ai raconté comment j'avais voulu empêcher cet Égyptien de bourrer le crâne de jeunes enfants avec des idées terroristes, subversives, dangereuses. "Car enfin, quel rapport y a-t-il entre la profession de comptable et le bourrage de crâne avec des idées extrémistes ?

— Ça relève du ministère des Affaires religieuses. Nous leur avons dit maintes fois qu'il fallait fermer les mosquées après chaque prière. Mais sans succès." Le ton de sa voix changea. "Je ne peux pas retenir cet homme sans accusation précise.

— Et moi je vais de ce pas au poste de police enregistrer une plainte contre lui.

— Je t'attends."

Après quoi je me suis couché et j'ai somnolé une demi-heure, le téléphone éteint. Quand je me suis réveillé, j'ai vu avec étonnement que j'avais reçu trois appels successifs d'Isma'il. Je l'ai rappelé, pour l'entendre me dire qu'il s'apprêtait à venir me voir.

Il m'a dit qu'il avait lui-même reçu un appel d'un homme important, qui me demandait de laisser tomber cette affaire. Comme je m'étonnais de cette intervention, il me pria de renoncer, "pour mon propre intérêt".

"Mais, Isma'il, cet homme est dangereux !

— Yacoub ! C'est un homme qui explique le Coran aux enfants, dans la maison de Dieu ! Comment peux-tu le considérer comme un saboteur ?

— Il emplit la tête des enfants avec des idées de révolte contre les familles, il les incite à la violence et au terrorisme !

— Yacoub ! Je t'en prie ! Ne dramatise pas les choses !"

Contraint et forcé, j'ai envoyé le chauffeur au poste de police avec les papiers d'Abdel-Shafi. Je comprenais avec inquiétude que l'affaire dépassait celui-ci, qu'il ne s'agissait pas simplement de cours du soir dans une mosquée. Il y avait derrière tout ça des gens qui organisaient, qui suivaient l'affaire, qui donnaient généreusement, qui protégeaient !

C'est quelques jours après cet incident que Sheykha m'a dit qu'elle voulait se reposer et prendre sa retraite. Je lui ai dit : "Le travail, c'est la vie !

— La vie, ce n'est pas que le travail ! Je suis fatiguée des plaintes et des contrôles, cela me démoralise !

— Et comment vas-tu passer le temps ?

— Comme beaucoup de mes amies : je me réveille quand je veux, je m'occupe de moi, de ma maison, de mes filles et de mes petits-enfants."

Maintenant que je me rappelle ses paroles, je m'aperçois qu'elle n'a pas fait allusion à nous, qu'elle n'a pas ajouté : mon mari.

La mer est agitée aujourd'hui…

J'entends cette phrase résonner dans ma tête : notre mariage est un mort vivant… Depuis mon séjour en

Amérique, j'ai pris l'habitude de vivre seul, et même après mon mariage, je suis resté seul avec mes pensées et mes projets… tout cela pour que j'éprouve maintenant le désir lancinant de connaître Farnaz !

Je murmurais ces mots en regardant la mer, et je me suis trouvé environné d'un parfum de gardénia, venu de je ne sais où !

Il y a un an environ, ou un peu plus, Sheykha m'a demandé que nous allions dîner ensemble dehors. J'ai été un peu surpris, mais quelque chose en moi me disait d'accepter.

Nous sommes allés à l'hôtel Jemira, qui venait d'ouvrir. Nous n'avions pas encore commencé de dîner qu'elle m'a demandé : "Que penses-tu du hijab ?" La question m'a piqué au vif ; j'ai voulu abréger le débat : "Tu veux parler du voile de tête que l'on voit porté aujourd'hui par la plupart des femmes ?

— Ma mère et mes sœurs sont voilées, et moi je suis maintenant grand-mère."

J'ai repoussé mon assiette, et suis resté silencieux.

"À quoi penses-tu ? m'a-t-elle demandé.

— Je pense à Ahmad. Je déteste le hijab. Je n'imagine pas te voir voilée !

— Avec toi je ne le serai pas. Je le serai seulement devant les autres.

— Et pourquoi ?

— Le hijab est un devoir.

— Qui donc a dit cela ?

— Le Coran et le hadith.

— Ce n'est pas vrai.

— Comment cela, ce n'est pas vrai ?" a-t-elle répondu en souriant.

Je me suis tu, en la regardant j'ai compris que cette invitation n'avait rien à voir avec l'idée de nous réconcilier, ni avec le plaisir de passer une soirée ensemble à bavarder, ni même avec l'intention de demander mon avis ; si elle m'avait invité, c'était simplement pour me faire part de sa décision. J'ai fait signe au garçon pour qu'il apporte la note de ce dîner qui allait me rester sur l'estomac !

Je suis resté silencieux sur le chemin du retour, mais au moment d'entrer dans la maison, je lui ai dit : "Ma conviction est que le hijab n'est pas un devoir religieux. Interroge les gens autour de toi, informe-toi." Et comme elle me regardait, surprise de ma réaction, je lui ai dit clairement : "Je ne supporte pas les femmes voilées, libre à toi de faire ce que tu veux."

Farnaz porte un tissu léger sur les cheveux, mon cœur bondit dans ma poitrine quand je la vois, son regard, son visage… Qu'est-ce qui m'attire chez elle ? Je me laissais aller à cette interrogation quand une autre question est venue me piquer de sa pointe : combien de temps encore vas-tu penser à elle ? Ne reste pas inerte, va la voir, et tu sauras alors ce que te dit ton cœur…

Le silence régnait dans le bureau. J'ai regardé le siège où elle s'était assise, et soudainement j'ai été assailli par son parfum !

9

“Peux-tu convoquer une employée qui se trouve au service des programmes et du développement ? Elle s’appelle Farnaz, je crois.”

J’ai appelé Marwan au téléphone, il était presque midi. Cela faisait une semaine que je l’avais rencontrée, avec un groupe d’employés. Je devenais fou, j’avais besoin de la revoir. Je ne pouvais plus rester assis à mon bureau, alors qu’elle se trouvait à proximité, dans le même bâtiment, invisible… Je ne parvenais pas à la chasser de ma pensée, encore moins à réfréner le désir douloureux que j’avais de la voir, de parler avec elle. Je ne savais pas comment se passerait cette nouvelle rencontre. Marwan m’a appelé : “L’employée est là.

— Fais-la entrer.”

J’ai senti mon cœur battre la chamade, je n’étais plus le même. J’ai entendu qu’on frappait doucement à la porte, puis j’ai vu apparaître son visage : “Bonjour, monsieur !” Elle restait immobile. Je la regardais, comme pour m’assurer qu’elle était bien là, cette jeune fille aux traits réguliers, à la bouche finement dessinée, un petit grain de beauté sur la lèvre supérieure, les yeux noirs, les sourcils… comment se fait-il qu’un homme boive du regard une fille que son cœur désire ? J'aurais voulu me précipiter sur elle et la serrer contre moi, respirer son parfum, et même peut-être l'embrasser !

J'ai senti un peu de crainte dans son regard et, sans attendre, j'ai révélé le motif de mon invitation : "Je veux ouvrir un compte sur Twitter, pouvez-vous m'aider à le faire ?"

J'avais préparé mon plan. Quand elle eut remis en place le voile diaphane qui avait un peu glissé, découvrant la partie antérieure de sa chevelure, elle me demanda : "Tout de suite ?", sur ce ton très doux qu'elle avait eu lors de notre première rencontre, ce qui eut pour effet immédiat de calmer les battements de mon cœur : "Oui."

Elle avança de quelques pas dans la pièce pour me demander : "Sur votre ordinateur portable, ou celui du bureau ?

— Sur le portable."

Joignant le geste à la parole, j'ai pris un support et me suis dirigé vers la grande table de réunion, en l'invitant à venir m'y rejoindre. Elle est restée à sa place en attendant que je sois assis au bout de la table, puis elle est venue s'asseoir à côté de moi, m'enveloppant de son parfum capiteux, fleur de jasmin, citronnelle et gardénia !

J'ai poussé vers elle le portable, j'avais l'impression qu'elle cherchait à dissimuler le léger tremblement de ses doigts fins. Je l'ai observée ouvrir la page Twitter et demander l'ouverture d'un nouveau compte, avant de s'enquérir du nom qu'elle allait y inscrire, le mien, celui de la société, ou bien un autre.

"Mettez le nom : al-Khayyam." Elle eut un bref éclat, un peu étrange, dans les yeux. "Et quelle image voulez-vous associer au compte ?"

J'étais obsédé par cette idée : comment la boire, l'absorber ? Je la regardais, elle respirait doucement, ses doigts tremblaient un peu.

"Choisis un élément naturel", puis, comme elle levait les yeux avec une expression de légère incompréhension, j'ai dit rapidement : "Mets une image de la mer du Koweït."

Elle est allée sur Google, et à ce nom, plusieurs images sont sorties ; elle a rapproché l'appareil en me disant : "Choisissez l'image que vous préférez."

Après un bref examen de la galerie, j'ai choisi une image qui ressemblait beaucoup au paysage que l'on voit de notre bungalow : "Celle-ci."

Elle a installé l'image pendant que je m'efforçais de saisir son souffle.

"Et quelle phrase voudriez-vous inscrire à titre de définition de vous-même ?

— « L'instant qui vient est enveloppé du manteau du secret ! »"

Elle a organisé la page, m'a montré comment je pouvais suivre ceux dont les tweets me plaisaient, et comment exclure ceux dont je ne voulais pas sur mon compte. Elle a dit à voix basse : "Le premier tweet sera une salutation de votre part.

— Écris-le toi-même."

J'ai remarqué un sourire qui partait de ses lèvres et passait dans son regard pour illuminer tout son visage.

"Écris ce qui te plaît."

Son petit grain de beauté semblait monter la garde sur sa lèvre supérieure, pendant que lettre à lettre elle écrivait : "Le soleil se lève et donne sa lumière à tous !" Puis, se tournant vers moi : "Cette phrase vous plaît ?

— Tout à fait !”

Je sentais à nouveau mon cœur s’affoler, j’étais sous son emprise, son parfum m’environnait, je voyais le léger tremblement de ses doigts, le rose de son vernis à ongles, sa petite main aux veines apparentes, bien différente de celles de Sheykha, la simple idée de les comparer me causait de la gêne.

Elle s’est appuyée sur le dossier du siège, à nouveau son voile a glissé légèrement, découvrant ses cheveux brillants. Je contemplais, le cœur ayant quasiment cessé de battre, sa silhouette dévoilée, ses cheveux noirs, très frisés, coupés court, et ses boucles d’oreilles.

À nouveau j’ai pensé : comment la garder pour moi ? Qu’elle reste auprès de moi, avec son parfum, son grain de beauté, son regard, ses cheveux frisés… J’ai pensé me lever, mais j’étais comme retenu à mon siège. Je m’étonnais de me voir à ce point affamé de sa présence, et plus encore de sentir l’emballement de mon cœur, comme si j’étais un autre homme.

Elle s’est empressée de remettre en place son voile de tête, nos regards se sont croisés, mon cœur me murmurait : cette fille a bien senti que je l’épiais, elle s’est rendu compte de mon désir.

“Désirez-vous autre chose ?” Elle évitait de me regarder. Je répondis : “Si j’ai besoin de votre aide, je vous appelle.” J’avais l’impression que le tremblement de ses doigts se communiquait aux miens.

“À vos ordres.” Puis elle s’est levée : “Permettez-moi de prendre congé.

— Merci beaucoup, Farnaz.” J’ai pris plaisir à prononcer son nom, en la regardant bien en face. “Je n’ai fait que mon devoir”, a-t-elle répondu en me jetant un regard amusé.

Elle allait vers la porte, j'aurais voulu la retenir. Je l'ai appelée par son nom, à nouveau : "Farnaz ! Est-ce que je peux prendre votre numéro de téléphone, au cas où j'aurais besoin de votre aide ?"

Après une fraction de seconde où je l'ai sentie hésiter, elle m'a dit : "Bien sûr", et m'a dicté son numéro de portable, que j'ai enregistré dans le mien, avant de lui envoyer un message : "Voilà mon numéro.

— Excusez-moi, j'ai laissé mon téléphone dans mon bureau."

Elle restait debout, comme dans l'attente d'autres instructions. "Je vous appellerai en cas de besoin, lui ai-je dit.

— Bien volontiers." Elle m'a lancé ces mots, a vivement ouvert la porte de mon bureau, et a disparu, comme si elle s'enfuyait, laissant derrière elle une traînée de parfum.

Je me suis fait la réflexion qu'elle parlait avec l'accent koweïtien, même si l'on discernait une pointe d'intonation persane. Pour la première fois de ma vie, je me suis dit que cette intonation persane me plaisait ! Cette question en moi, insistante : qu'est-ce qui t'arrive, Yacoub ? Tu vas tomber amoureux d'une fille iranienne ?

Je suis revenu à mon fauteuil, je regardais au loin, comme étourdi par la fragrance du parfum de Farnaz. Le téléphone a sonné, c'était Marwan : "Monsieur Othayman veut vous voir."

Un pressentiment me disait qu'il était avec Marwan depuis le moment où Farnaz était entrée dans mon bureau… Il est apparu, avec sa barbe noire, les registres des employés à la main. Il m'a dit qu'il avait noté les commentaires et les questions de certains d'entre eux : "Est-ce que tu veux prendre une décision administrative ou une mesure quelconque ?"

Je lui ai répondu d'un signe de tête négatif, je le regardais d'un air contrarié, pour lui faire comprendre que j'avais deviné son manège, et que je n'étais pas dupe de sa manœuvre grossière.

"Je vais te laisser les registres." Puis il s'est retiré, j'ai gardé le silence jusqu'au moment où il eut quitté la pièce et refermé la porte derrière lui.

Qu'est-ce que je veux de cette fille ? Je sentais que quelque chose de plus important, de plus fort que le désir sexuel, m'attirait vers elle et disposait de moi…

Comme je restais plongé dans mes pensées, j'eus soudain la vision d'Ahmad, et avec elle l'odeur du sang m'emplit les narines et me troubla profondément…

Il s'est révolté, il a quitté la maison paternelle, il s'est jeté de son plein gré dans ce combat sanglant et mortel… Et de nouveau cette idée fixe : y a-t-il un lien quelconque entre Farnaz et Ahmad ? Je me suis levé pour marcher le long de la grande baie vitrée qui surplombait la mer, en me faisant de violents reproches : à ton âge, te voilà redevenu adolescent, et ton cœur te porte vers une fille iranienne ! Je me trouvais comme partagé en deux personnes, l'une qui brûlait du désir de courir derrière cette fille et de tenter l'aventure, et l'autre qui me retenait et m'empêchait de me perdre !

Ahmad est perdu pour moi, depuis cet épisode du poste de police, il s'est mis à partir de ce moment à nous éviter, à garder les yeux fixés au sol pour ne pas nous regarder, à entrer et sortir comme s'il se trouvait dans un lieu étranger. Un soir, cependant, je suis allé à sa chambre, avec l'intention de lui parler, mais j'ai trouvé la porte close : "Tu t'enfermes à clé dans ta chambre ?” Je ne comprenais pas son attitude.

“Oui.” Le ton de sa voix n’avait rien d’accueillant.

“Je peux entrer ?”

Lorsque je fus entré, je sentis une odeur de renfermé, la fenêtre était close, la chambre était en désordre, des livres s’empilaient sur la table. Une natte de prière était étalée sur le sol.

“Qu’est-ce que c’est que ça ?

— Une natte.

— Et les meubles de ta chambre, ils ne sont plus là ?

— Je les ai enlevés, je n’en ai plus besoin. Je m’assieds par terre, sur la natte de palmes, comme faisait notre Prophète Mohammed (PSL*).

— Et la télévision, tu l’as jetée aussi ?”

Son apparence, l’état de sa chambre, le ton de sa voix, tout en lui me blessait et m’attristait.

“Je n’aime pas l’immoralité et le péché que l’on voit dans les programmes télévisés et dans les films, d’ailleurs tout cela est interdit, il ne faut pas distraire son âme du rappel de Dieu et de son obéissance.”

Le silence s’installa entre nous. Cet isolement volontaire où se confinait mon fils me faisait mal ; il se privait volontairement de la compagnie de sa mère et de ses sœurs, et du confort de notre maison. Je ressentais douloureusement sa solitude, prisonnier qu’il était de cette chambre sentant le renfermé, j’étais effrayé par son changement d’état d’esprit.

Je fis un signe vers la table couverte de livres : “Ce sont les livres du programme ?

* “La Paix et le Salut soient sur Lui” : eulogie (abrégée en arabe par une simple lettre) que les musulmans pieux joignent systématiquement à la mention du nom du prophète.

— Oui, et d'autres aussi."

Je savais que c'étaient des livres religieux, mais je ne voulais pas me lever pour les examiner, de crainte de le contrarier. J'aurais voulu le prendre dans les bras, le serrer contre ma poitrine.

"Ahmad !" Je lui parlais doucement, en le regardant bien en face. "Je suis ton père, dis-moi sincèrement ce que tu as dans la tête."

À nouveau le silence, puis : "Rien.

— Qui était cet homme avec vous dans la mosquée ?"

Je ne sais pas pourquoi j'ai posé cette question.

"C'était le professeur Omar.

— Un professeur de ton école ?

— Oui."

Je ne voulais pas lui donner à penser que j'étais venu dans sa chambre pour lui faire subir un interrogatoire. "Allez, viens dîner avec nous.

— J'ai déjà mangé."

La réponse était préparée, visiblement.

"Qu'est-ce que tu as mangé ?"

Il me montra un petit frigidaire que je n'avais pas remarqué : "Toutes mes provisions sont là."

Je me levai pour ouvrir la porte du frigidaire, où je trouvai un sac avec du pain, un morceau de fromage et deux concombres, ainsi qu'une bouteille de jus de fruit. "Tu manges tout seul ?" Un malaise soudain m'avait envahi. Il était silencieux, replié sur lui-même.

Qui donc s'est emparé de mon fils ? La question s'envola à travers la fenêtre de mon bureau, pour planer au-dessus de l'étendue marine, avant de se poser sur les flots mouvants… J'avais cette légère odeur de sang dans les narines.

J'ai entendu quelqu'un frapper doucement à la porte, Isma'il a passé la tête : "Bonjour !" Il s'est assis en face de moi : "Après-demain nous allons à Bagdad, l'ingénieur Karim, le nouveau chef de projet, l'ingénieur Azmi, et moi."

Pour la première fois, je me sentais très loin de la société, de ses projets, de son agenda… "Vous allez déposer les cautions, et recevoir la première avance.

— Oui, je vais rester là-bas sans doute trois jours, l'ingénieur Karim et l'ingénieur Azmi vont aller sur le site et superviser la mise en route du projet.

— Avant votre départ, je vais appeler notre ambassadeur à Bagdad, pour organiser les choses avec lui."

J'ai remarqué sur son visage une expression un peu curieuse, il m'a dit : "J'espère que tout va bien, tu as l'air préoccupé."

Il disait cela sur un ton affirmatif, ce n'était pas une question. Je suis resté silencieux, aurait-il appris quelque chose à propos d'Ahmad auprès d'Othayman ? Ou à propos de Farnaz ?

"Oui, c'est l'absence d'Ahmad qui m'affecte beaucoup.

— Il n'y a de force et de puissance qu'en Dieu ! As-tu des nouvelles récentes ?

— Je pense que c'est Othayman qui a des informations."

Je ne sais pourquoi, ma réponse a paru le gêner, il s'est levé, murmurant une prière : "Dieu le garde, où qu'il soit !"

Ce soir-là, après que j'eus rendu visite à Ahmad, la souffrance m'étreignait, j'avais parlé à Sheykha, qui s'était mise à pleurer et m'avait dit qu'elle lui portait de la nourriture, mais qu'il la laissait derrière la porte ; une fois, elle avait attendu plus d'un quart d'heure devant la porte avant qu'il ne finisse par ouvrir, mais il ne l'avait pas laissée entrer. Comme elle lui avait demandé pourquoi il refusait de prendre la nourriture, il avait répondu que la cuisinière était chrétienne, et peut-être incroyante… Elle avait été choquée par ces paroles, et n'avait su comment réagir. Elle m'avait dit finalement, la voix enrouée, pleine de larmes : “Sa sœur et moi avons peur de lui !”

Je pris conscience du calme qui régnait dans mon bureau, je regardai le siège où s'était assise Farnaz, et son parfum revint m'assaillir, avec cette question : quand pourrai-je la revoir ?

10

Le regard de monsieur Yacoub me faisait peur.

Pendant l'hiver, des zones d'ombre froide s'étendent au pied de l'immeuble, sur le parking. Entre mon lieu de travail et chez nous, le trajet est d'environ une demi-heure. J'aime beaucoup ma petite voiture, qui m'évite tous les désagréments que je subissais pour aller à mon travail et en revenir.

Pauvre Papa ! Son véhicule, de type camionnette, est tombé en panne ; il rêvait d'acquérir une voiture neuve. Lorsque j'ai été recrutée, j'ai dû prendre un abonnement de taxi pour mes allers-retours quotidiens, car j'étais gênée de me rendre au travail avec le vieux minibus de mon père. Je lui ai dit : "La journée commence là-bas à huit heures du matin." Il a fait un signe de tête compréhensif, et il m'a dit, d'un ton las : "C'est comme tu voudras !" J'ai bien senti qu'il avait compris que j'aurais honte de venir au travail dans son minibus, il n'a pas insisté. D'ailleurs le salaire mensuel de monsieur Yacoub est sans doute supérieur au prix de la voiture dont rêve mon père…

Arrivée à notre immeuble, j'entends la voix du gardien égyptien, qui me dit gentiment bonsoir, en m'appelant "ma fille". Puis il ajoute, avec un regard affectueux qui me rappelle celui de mon père : “L’ascenseur est en maintenance.”

Nous habitons au troisième. Avant même que je n’arrive à l’étage par l’escalier, ma mère a ouvert la porte. Je l’ai regardée, un peu surprise, elle a souri : “Je t’ai vue par la fenêtre.” Je l’ai embrassée avant d’aller dans ma chambre. “Je vais réchauffer le déjeuner.

— J’ai très faim !”

J’ai dit bonsoir à Safi, qui me regardait, son enfant dans les bras. Elle m’a répondu : “Comment s’est passée ta journée ?

— Grâces à Dieu !”

Je me suis approchée d’elle, j’ai pris Hossein contre ma poitrine, j’ai embrassé sa petite main, respirant son odeur ; j’aime beaucoup l’odeur des enfants, cela me donne une sorte d’ivresse.

J’ai enfilé une tenue d’intérieur, je me suis lavé les mains et assise à table sans attendre. J’aime beaucoup la cuisine de ma mère, d’ailleurs nos proches, lorsqu’ils sont invités chez nous, ne tarissent pas d’éloges à ce propos. Je lui dis : “Le *shabzi* est délicieux !

— Bon appétit !” J’ai senti qu’elle avait quelque chose à dire. Je lui ai demandé si Reza avait téléphoné.

“Oui.” Elle s’est tue un instant, préparant la suite : “Il a besoin d’argent.”

Je lui ai demandé en souriant : “De combien a-t-il besoin ?” Elle restait silencieuse. “Je peux lui envoyer cinquante dinars, à peu près cent cinquante dollars.”

La joie s’est peinte sur son visage, elle s’est levée pour m’embrasser. “Merci, ma chérie. Après le déjeuner nous irons faire le mandat, avant que ton père ne revienne.”

Mon cher Reza, il est dans la gêne. Lorsque nous sommes allés le voir à Téhéran, il m’a dit à voix basse :

"Ici c'est l'enfer, la vie est insupportable !" Puis, sur un ton douloureux : "Ils m'appellent le Koweïtien, ils me traitent en étranger, ils jouent avec moi comme avec un ballon, je change d'affectation tous les mois." Il a conclu, avec un sourire amer : "Je suis devenu expert en géographie, je connais le territoire de la République iranienne pouce par pouce…"

J'ai environ quatre cents dinars sur mon compte, chaque mois je mets de côté une petite somme. Aujourd'hui j'avais l'impression que le président cherchait un prétexte pour me voir. Lorsque je suis revenue dans le bureau, Mervat s'est levée et, s'approchant vivement de moi, elle m'a demandé : "Qu'est-ce qu'il te voulait ?"

J'avais scrupule à lui mentir, mais plus encore à lui parler franchement : "C'était un problème d'ordinateur." Et comme elle me fixait, j'ai ajouté : "Une des applications était en panne."

Visiblement, ma réponse ne l'a pas convaincue, elle sentait bien que je lui cachais quelque chose. La sonnerie du téléphone intérieur m'a sauvée, je me suis levée en disant : "Monsieur Othayman veut me voir." Elle ne dissimulait plus son étonnement : "C'est drôle quand même, tout à l'heure le président, et maintenant le directeur adjoint…"

Sans prendre le temps de lui répondre, je me suis hâtée de me rendre au bureau de monsieur Othayman.

Depuis que nos regards se sont croisés dans l'ascenseur, mon cœur me dit des choses à propos de monsieur Yacoub, que j'ai du mal à comprendre. Aujourd'hui j'ai bien senti qu'il cherchait n'importe quel prétexte pour se rapprocher de moi, car il était parfaitement capable d'ouvrir un compte sur Twitter, je pense…

Othayman semblait contrarié. Il m'a demandé : "Qu'est-ce que monsieur le président te voulait ?
— Il m'a demandé de lui ouvrir un compte Twitter.
— Et après ?"
J'ai été effrayée par le ton de sa question.
"Rien de particulier."
Il me regardait fixement, en passant les doigts dans sa barbe noire, comme s'il pesait la sincérité de mes paroles. J'évitais de le regarder en face.
"Les prochaines fois, tu me demandes l'autorisation avant d'aller à son bureau, et après l'entretien, tu reviens me voir.
— À vos ordres."
Je restais immobile, attendant qu'il me libère.
Que dira monsieur Yacoub s'il apprend qu'Othayman m'a parlé ainsi ?
J'aime beaucoup le *shabzi*, cette soupe savoureuse de légumes verts, avec du riz safrané, accompagnée d'un verre de lait.
J'ai donc eu la surprise ce matin de m'entendre convoquer par monsieur Yacoub. J'en ai été troublée, effrayée. Après avoir installé son compte Twitter, j'avais l'impression qu'il me dévorait des yeux, en quelque sorte. J'allais lui donner mon numéro, mais c'est lui qui m'a devancée en me le demandant.
Voilà que le président manifeste son admiration pour une petite employée comme moi… Est-ce qu'il peut se passer quelque chose entre nous ? Je me surprends moi-même à poser cette question. Un homme marié, plus âgé que mon père, ne peut pas avoir des vues sur quelqu'un comme moi, d'ailleurs s'il voulait connaître des jeunes filles, il aurait cent façons de parvenir à ses fins. Est-il amoureux de moi ? Si seulement… Une fille iranienne épouse

un millionnaire koweïtien... Il va me donner la nationalité, je serai koweïtienne, je vivrai comme une reine...

Lorsque je suis retournée dans le bureau, Mervat m'a dit à voix basse : "Tu as beaucoup de chance !" Je n'ai pas compris ce qu'elle voulait dire. Elle a ajouté : "C'est une bonne chose pour toi que le président ait fait ta connaissance, il va s'intéresser à toi."

Pour écarter tout soupçon, j'ai dit que le motif de cette convocation était une simple question d'application à rétablir. Comment d'ailleurs pourrait-il s'intéresser à moi ? Je suis là depuis moins d'un an. Je ne pense pas qu'il songe à augmenter mon salaire, ni à me donner une promotion. Je n'ai pas de diplôme universitaire. J'aurais voulu aller plus loin dans mes études, mais je ne peux pas entrer à l'université du Koweït, et je n'ai pas l'argent nécessaire pour intégrer une école privée. Pourrait-il m'aider à poursuivre mes études ? Ma mère espère pour moi que j'épouserai un Koweïtien.

Mais lui... ce n'est pas possible. Il est plus âgé que mon père ; et puis, qu'est-ce qui le pousse à s'intéresser à moi ?

Ma mère m'attend avec Safi pour m'accompagner au bureau de change et envoyer le mandat à mon frère.

Mon père est fatigué, il ne peut pas financer le visa de mon frère. En général, un Iranien n'a pas le droit de venir au Koweït, mais Reza est né ici, au Koweït, il y a de la famille, il pourrait donc en théorie obtenir un visa, mais il faudrait pour cela une intervention en haut lieu, et de l'argent.

Sans doute le président pourrait intervenir en ce sens.

La dernière fois que je lui ai parlé au téléphone, Reza m'a dit : "Si je reviens au Koweït, je ne retournerai plus en Iran. J'accepterai n'importe quel emploi, mais je n'y retournerai pas."

Si monsieur Yacoub augmente mon salaire à cinq cents, je serai heureuse. Quelque chose m'effraie dans son regard. Les employés de la société le craignent et le respectent, la plupart d'entre eux ne l'avaient jamais vu avant de le rencontrer, lors de cette réunion organisée dernièrement dans son bureau. D'ordinaire c'est son adjoint, Isma'il, qui suit les affaires de la société.

J'aimerais qu'il m'appelle et me pose des questions sur son compte Twitter… Non, je ne crois pas qu'il ait des vues sur moi. Je suis plus jeune que sa fille aînée. Se pourrait-il qu'il veuille s'amuser avec moi ? Absurde !

J'ai du mal à avaler. En tout cas, je dois rester prudente, en toutes circonstances.

J'ai envie de faire plus ample connaissance avec lui, mais j'ai peur. Mohendi frappait Safi, il l'a répudiée. Et lui, s'il se dispute avec moi, ou bien se lasse de moi, il me licenciera, il fera annuler mon permis de séjour, et peut-être même qu'il me fera expulser du pays.

Pourquoi m'a-t-il choisie moi, et non pas une autre fille ? Est-ce que je lui plais ?

Ma mère sort de la chambre et me dit : "J'ai demandé à Safi de nous accompagner, elle ne veut pas.

— Elle n'aime pas sortir avec l'enfant.

— Peut-être." Elle hoche la tête en signe d'assentiment. Puis : "Je m'habille ?

— Oui. Je finis la vaisselle et nous sortons."

Avant de le rencontrer, je ne savais rien du président. J'ai l'impression que je m'imagine des choses.

Je ne pense pas qu'un homme comme lui, de son importance, avec sa richesse, ses voyages, ait besoin d'entretenir une relation avec une petite employée de sa propre société. D'ailleurs il est trop occupé pour cela. Il part en voyage pratiquement tous les mois, il a sans doute des amies partout dans le monde… Si je peux l'approcher, je le prierai de m'accorder son aide, afin que mon père puisse obtenir un visa pour mon frère. Depuis un an, ma mère ne cesse de pleurer, du chagrin de ne pas le voir. Il pourrait aussi m'aider un peu pour le salaire… Mais ce sera un scandale si l'on voit que mon salaire a été augmenté, et non pas celui des autres, on va murmurer que Farnaz est l'amie du président ! Ni Othayman ni Isma'il ne seront d'accord, ils pourront me nuire. Je suis persuadée que Othayman ne m'aime pas.

Dieu merci ! J'ai bien mangé aujourd'hui. Je ne veux pas grossir : cinquante-neuf kilos, pour un mètre soixante-huit.

Je vais faire la vaisselle rapidement. Ma mère me demande si elle peut m'aider. "Non, merci !

— Je te prépare un thé ?

— Plus tard."

Je n'imagine pas vivre loin de ma famille. Notre voisin libanais voulait m'emmener au Liban du Sud. Ce chien de Mohendi n'a pas cessé de battre Safi tout le temps qu'ils étaient mariés. Assurément le président est heureux dans sa vie conjugale, il ne leur manque rien. Mervat m'a dit, sur le ton de la plaisanterie, après notre rencontre dans son bureau : "Je serais d'accord pour l'épouser !" Et comme je la regardais, elle a ajouté : "C'est un homme qui en vaut cent !"

J'ai souri et ce sourire lui a déplu semble-t-il car elle m'a dit très sérieusement, sans la légèreté dont elle venait de faire preuve : “Chez bien des hommes, la virilité n’est qu’apparence.”

Je n’ai pas très bien saisi ce qu’elle voulait dire. L’atmosphère entre nous devenait électrique. Elle a repris, sur un ton mélancolique, le regard triste : “Elles ne sont pas nombreuses, les femmes qui trouvent le bonheur dans ce monde.”

Je serai une femme heureuse, si le président fait de moi son amie. Ce sera pour moi une seconde naissance. Je serai une nouvelle Farnaz ! Mais jouer avec quelqu’un comme lui peut être dangereux, il me briserait les reins ! Non, non…

J’ai fini la vaisselle, je vais bien nettoyer l’évier, qu’il reste sec.

J’entre dans la salle de bains, je vais m’habiller et sortir avec ma mère.

11

"Je voudrais que la mer m'accompagne tout le temps."

Telle était l'instruction que j'avais transmise à l'ingénieur Karim, lorsque les travaux eurent commencé pour la construction de notre immeuble sur la parcelle que j'avais achetée. Je voulais que la fenêtre de mon bureau donne sur l'étendue marine. Lorsqu'on en vint à l'ameublement, c'est à Sheykha et Abrar que je transmis mes instructions : de la simplicité, le minimum de meubles, et surtout une étagère où mettre les livres que j'aime.

Depuis mon enfance, je suis passionné de lecture, et je suis fasciné par la mer. Mon grand-père était capitaine de navire et négociant, mon père avait suivi la même carrière. J'éprouve pour le monde marin une attirance mystérieuse, je l'associe à mon enfance, à la simplicité de la vie d'alors, j'ai l'impression de respirer l'odeur du passé, je revois mes grands-parents, mon père et ma mère, mes oncles et mes tantes, mes cousins… la vaste maison de mon grand-père, cette société humaine chaleureuse qu'elle abritait, et qui n'existe plus…

Bien souvent, lorsque nous allons au bungalow, je crois entendre l'appel des flots, mes pas me portent d'eux-mêmes jusqu'au rivage… Je ne me lasse pas de faire avec Sami des expéditions de pêche en haute mer.

Ce matin j'ai passé deux heures en réunion avec Isma'il et l'ingénieur Karim, pour réviser le texte du contrat, article par article, et préciser les premières étapes du projet à Bagdad. Lorsque l'ingénieur fut sorti, nous laissant seuls, Isma'il et moi, je lui ai fait cet avertissement : "Je ne veux en aucun cas que mon nom apparaisse sur le document." Et comme il m'écoutait attentivement : "N'importe qui pourrait venir fouiller dans les zones d'ombre du passé, pour dire ensuite que la société appartient à un obligé de Saddam !

— C'est compris."

Il est sorti du bureau et je ne sais pourquoi mes narines ont été assaillies par une âcre odeur de sang… Où se trouve Ahmad, à l'heure qu'il est ? Avec qui ? Ces questions me poursuivent. D'ailleurs, les chaînes satellitaires et les journaux ne parlent que de cela : terrorisme, combats… Pour échapper à l'atmosphère oppressante du bureau et au ressassement douloureux de mes pensées, j'ai dit à Marwan que j'avais une réunion à l'extérieur, que je serais de retour dans une heure.

J'ai trouvé Bayoumi à l'entrée de l'immeuble, qui m'attendait, je l'ai remercié et me suis mis moi-même au volant. Il y avait de la musique à la radio, le trafic était fluide sur l'avenue du Golfe-Arabe, lorsque je suis arrivé au carrefour de l'hôpital al-Amiri, j'ai tourné à gauche, jusqu'au marché de Sharq, où j'ai laissé la voiture dans le parking. Je suis descendu à pied jusqu'au rivage, où j'ai croisé un jeune homme barbu qui m'a immédiatement évoqué Ahmad.

Lorsque je me suis rendu à son école pour la première fois, le directeur m'a accueilli d'un air maussade ; c'était un homme dans la quarantaine, le visage encadré d'une légère barbe noire, il parlait avec une lenteur étudiée, cherchant à mettre en valeur chaque mot. Je lui ai dit sans détour que je désirais avoir des éléments d'information sur mon fils Ahmad, sur ses résultats scolaires, sur son comportement. Comme s'il s'était préparé à ma visite, il m'a immédiatement répondu : "Louange à Dieu ! Ahmad est un élève exceptionnel !" Et comme je le regardais, gardant le silence, dubitatif : "C'est un jeune homme calme et pieux, un futur leader, à l'évidence, il est aimé de ses camarades et de ses professeurs." Il n'en a pas dit plus, et il s'est tu, comme s'il attendait une autre question. Je restais de mon côté silencieux, et je sais que cela irrite beaucoup de gens. Il a dit enfin, sur le ton de la conclusion : "Monsieur Yacoub, je suis très heureux de votre visite, en général les hommes d'affaires ne trouvent pas le temps de venir prendre des nouvelles de leurs enfants.

— À vrai dire, je voudrais voir le professeur Omar." J'ai bien senti que ma demande le heurtait, son visage s'est crispé, il m'a dit qu'il était là pour répondre à toutes mes questions. Je n'ai pas voulu le gêner davantage en restant silencieux, et j'ai simplement répété ma demande.

Quelques instants plus tard, le professeur Omar entrait dans le bureau, *dishdasha* courte, barbe hirsute, sandales poussiéreuses, talons fendillés. Il avait l'air contrarié, le regard fuyant. Je l'ai immédiatement reconnu, c'était l'homme qui accompagnait Abdel-Shafi dans la mosquée, mon cœur s'est mis à palpiter, saisi de crainte.

Il a salué, ne regardant que le principal, et s'est assis, comme ramassé sur lui-même. J'ai dissimulé ma colère naissante et lui ai dit calmement : "Je suis venu en espérant que vous pourrez m'aider."

Il a paru surpris, j'ai poursuivi en lui disant qu'Ahmad restait prostré dans sa chambre en permanence, qu'il ne se mêlait plus à sa famille, ne partageait plus nos repas, qu'il s'isolait dans sa chambre, porte close.

"Grâces soient rendues à Dieu !, qui lui a prodigué les signes de Sa guidance ! Le Prophète de Dieu a dit : « Un temps viendra parmi les hommes, où ceux qui garderont la foi seront comme ceux qui tiennent une braise dans la main. »

— Ce qui signifie ? ai-je demandé, cherchant à paraître calme.

— Que Dieu le récompense pour la patience dont il fait preuve, en acceptant l'existence pénible qui est la sienne dans votre maison, parmi vos serviteurs."

J'ai été offensé par cette dernière phrase, mes sourcils se sont froncés, mon regard s'est assombri. J'avais désormais la certitude qu'il jouait un rôle déterminant dans la transformation d'Ahmad.

"Et qu'est-ce que vous connaissez de notre maison ?

— Ce sont des chrétiens et des impies qui s'occupent de la nourriture et de la boisson, et qui conduisent les voitures." Me disant cela, il me regardait avec une colère qui transparaissait dans sa voix. "Mais Dieu est venu en aide à notre fils Ahmad, qui ne peut établir la loi divine dans sa propre famille !"

La fureur me faisait grincer des dents. Je me suis tourné vers le directeur, mais je sentais bien qu'il faisait cause commune avec son collègue. J'avais envie de lui sauter à la gorge et de l'étrangler. Je voyais qu'ils étaient tous les deux, lui et l'Égyptien, derrière la destruction mentale de mon fils ! La sonnerie a retenti, il s'est levé, en disant au directeur : "J'ai cours.

— Mais nous n'avons pas terminé notre discussion." Je me suis levé à mon tour pour l'empêcher de sortir. "Qu'est-ce qui vous a donné le droit d'intervenir dans la vie de mon fils et dans nos affaires familiales ?

— C'est l'appel à établir la Loi divine et la pratique du Prophète. C'est là le devoir de tout musulman, on n'a besoin de l'autorisation de personne !" Disant cela, il tremblait de colère. Il tentait de passer, mais je me suis interposé en criant : "Je vous conseille de laisser mon fils tranquille !

— Vous me menacez ? Par Dieu ! Le blâme ne m'atteint pas !"

Il me jetait ces paroles à la figure, j'entendais la voix du directeur : "Monsieur Yacoub, il ne convient pas de menacer un fonctionnaire sur son lieu de travail !"

Le professeur Omar réussit à s'échapper, me laissant seul face au directeur. Mes pensées se bousculaient. Je me rendais compte cependant que ce n'était pas en discutant avec lui que j'allais pouvoir sauver Ahmad. Je me suis levé, dans le chagrin et la colère. "Que Dieu aide le Koweït, et ceux qui instruisent ses enfants !

— Monsieur Yacoub ! Ce n'est pas bien de parler ainsi !"

Ma colère croissait d'instant en instant : "Ce qui n'est pas bien, c'est de détruire l'esprit de nos enfants avec vos idées obscurantistes, arriérées, morbides !" Nos regards se sont croisés, et j'ai senti qu'il se recroquevillait comme un rat, se cachant derrière le masque de son sourire odieux, je l'ai planté là, et suis sorti, bouillant de fureur.

Le quartier de Souq Sharq était tranquille, et douce la lumière de février, le souffle d'un vent léger brisait les vagues contre la digue, le mouvement régulier des flots, la rumeur marine me touchaient et m'apaisaient.

Je me sentais déchiré, je marchais en traînant les pieds, je ne savais plus où aller porter plainte contre Omar, ce malfaisant, et contre le directeur, son complice. Inscrire Ahmad dans une autre école ? Toutes sortes d'idées m'assaillaient. Je pouvais jouer de mes relations pour parler au président du Conseil, au ministre de l'Éducation, à son adjoint… mais j'avais l'impression qu'une épaisse corde de tristesse était passée autour de mon cou, et le serrait jusqu'à m'étrangler.

Il y a des gens qui poussent mon fils à l'extrémisme et à la violence, il me file entre les doigts… Je ne peux rien faire contre cela ! J'ai appelé mon ami le Dr Fadel : "Bonsoir !"

Il m'a répondu immédiatement, avec son habituelle courtoisie, il a vite compris pourquoi je l'appelais : "Tu es préoccupé, me semble-t-il.

— Tu es à la clinique ?"

Quelques minutes plus tard, j'étais en face de lui, lui expliquant la situation. Après quelques instants de silence, il m'a dit : "La situation est difficile ! À l'évidence, tu as beaucoup tardé à t'apercevoir qu'ils avaient empoisonné l'esprit de ton fils, dont ils ont fait une recrue…"

Ses paroles m'ont choqué, un lourd silence s'est établi entre nous, avant qu'il ne poursuive : "Ce problème avec ton fils, il existe dans de nombreux foyers au Koweït."

C'est toujours une expérience gênante de voir exposées ses pensées les plus intimes.

“Ce que vit le Koweït aujourd’hui, c’est le résultat de ce qui se passe depuis au moins trente ans.” Le Dr Fadel parlait doucement, comme pour me faciliter l’absorption de ses paroles. “Après la déroute des nationalistes, et leur dispersion, suite à la défaite de 1967, après la neutralisation du mouvement éclairé moderniste, et la disparition pure et simple de toute proposition sociale et humaniste, certains représentants de l’islam politique fondamentaliste ont jugé bon de saisir l’occasion et se sont introduits, revêtus de l’habit religieux, au sein de l’école, de la mosquée, de la famille, ils se sont frayé un chemin jusqu’à la jeunesse au moyen des programmes scolaires et des groupes d’étude dans les mosquées, ils sont entrés dans les maisons, au prétexte de la piété et des bonnes œuvres, accomplies en vue de gagner la vie éternelle.”

Je le regardais, et ce qu’il disait faisait écho en moi : “De nombreux jeunes gens se sont laissé persuader que l’appartenance à un courant religieux les mettrait sur le bon chemin, celui de la vertu et de la droiture ; certains d’entre eux, plus intelligents, ont vite compris que c’était là un accès direct et facile à un emploi et à une carrière éventuelle de ministre ou de député. La plupart des jeunes filles ont compris que le hijab était pour elles le moyen de respecter la loi divine, de satisfaire leur famille et de se marier.”

Je l’ai interrompu, angoissé : “Mais enfin, qu’est-ce que mon fils attend d’eux ? Je pourrais lui donner bien plus que ce qu’ils lui promettent.

— Tu te trompes ! Il attend d’eux qu’ils lui montrent la bonne voie, il désire voir la Face divine, il demande le martyre, il veut rencontrer le Prophète de Dieu, il veut trouver sa place au paradis, et obtenir la jouissance des *houris* !”

La voix de mon ami me révélait ce que je savais déjà, mais que je craignais de m'avouer, et d'affronter. Cette révélation avait sur moi l'effet d'une brûlure !

"Ils visent surtout les jeunes gens, ils cherchent leurs proies parmi les élèves et les étudiants, parmi ceux qui fréquentent les mosquées, ils en font des soldats qu'ils envoient au combat à leur place… Les familles les aident financièrement, riches ou pauvres, ils ont des moyens considérables, grâce aux collectes, à la *zakât* et aux aumônes."

Il s'est arrêté pour reprendre son souffle avant de s'adresser directement à moi : "Ces groupes profitent de la démission des familles pour prendre le contrôle de leurs victimes."

Après deux heures d'entretien, je suis sorti avec un seul conseil : "Ne laissez pas partir votre fils, si possible, embrassez-le bien fort !"

Je me suis senti triste quand il a pris congé de moi en me souhaitant simplement bonne chance…

La mer sait bien que je n'ai jamais pu embrasser véritablement Ahmad, et que lorsque j'ai voulu me rapprocher de lui, il se trouvait engagé auprès de ce groupe par des liens bien plus forts que ceux qui le liaient à nous, à sa mère et à moi-même.

L'air est vif, je voudrais bien me promener dans le souk. J'ai soudain eu l'idée, sortie de nulle part, d'appeler Farnaz et de lui demander de venir prendre un café avec moi. Mais immédiatement j'ai eu l'impression que les flots eux-mêmes me demandaient : de quel droit ? Qu'y a-t-il entre toi et elle ? Et suppose un seul instant que Sheykha ou l'une de tes filles vous voie, ou bien la femme de ton fils Do'eij ?

Je me suis rendu compte que c'était la première fois, depuis mon retour d'Amérique, que je quittais mon bureau pendant les heures de travail, simplement pour me changer les idées, m'asseoir au bord de l'eau, je voulais même aller flâner dans le souk… Une idée fixe me hantait : je n'ai pas vraiment vécu ! Cette idée me blessait, mais je me disais aussi, en même temps, que mon épouse était là, que je devais penser à Sheykha ; et puis, qu'est-ce qui m'autorisait à inviter une petite employée de ma société à s'afficher avec moi dans un lieu public ?

Ce n'est pas convenable d'abuser ainsi de sa position… Quatre décennies quasiment passées à m'immerger dans le travail, sans aucun dérivatif… Me voilà bloqué dans une situation peu enviable : Sheykha est à la maison, elle ne s'occupe que de ses filles et ses petits-enfants, Do'eij est accaparé par sa famille et ses propres sociétés, Abrar est avec son mari, Sahar est en dernière année d'université, Ahmad combat en Syrie… et moi je suis là, devant la mer, ballotté par les flots de mon désarroi…

Farnaz avait allumé un feu dans mes veines !

Comment faire en sorte que nous nous retrouvions seuls ? Je pourrais l'emmener dans l'appartement de Sami, mais qui dit qu'elle acceptera, qu'elle cédera à mon désir ? Et que lui dirai-je ? Que se passera-t-il entre nous ? D'ailleurs, qu'est-ce que je veux exactement d'une fille qui a l'âge des miennes ? Est-ce l'amour que je cherche auprès d'elle, ou est-ce que je veux seulement la posséder ? Que dira Sheykha si elle apprend cela ? Sans doute notre relation s'est-elle affaiblie, mais ma trahison la rendra folle, elle poussera son frère Othayman à se venger sur la personne de Farnaz. Sans doute était-ce une erreur de ma part de recruter mon beau-frère… Mais comment une jeune fille ordinaire peut-elle à ce point bouleverser ma vie et ruiner mon foyer ? Que va dire Isma'il ? Que Yacoub est tombé amoureux d'une jeune fille chi'ite, et qu'il s'est attaché à elle ?

La vie est curieuse, autant je suis attristé par le sort de mon fils, autant je me sens captif de cette relation naissante qui me fait battre le cœur.

Peut-être devrais-je rompre avec cette fille dès maintenant, sans attendre ; mais quelque chose en elle, son regard, son sourire, le grain de beauté sur sa lèvre, me parle et m'attire, me fait désirer la voir, m'amène à suivre tous les signes qui me conduisent à elle… J'ai maintenant dépassé l'âge de soixante ans, jusqu'à quand vais-je continuer à travailler ainsi comme un taureau attelé à la *saqqieh* ? Je tourne sans fin pour tirer de l'argent, encore de l'argent… Est-ce que je ne mérite pas quelques moments accordés aux sentiments ?

J'ai l'impression que la mer écoute en silence mon monologue intérieur et l'expression de mes tourments… Je ne vais pas rester là, je vais reprendre la voiture et retourner à mon bureau.

12

Je suis seul dans mon bureau, tranquille, à l'écoute de mes voix intérieures.

Je l'ai donc vue deux fois, d'abord avec d'autres employés, dans mon bureau, et ensuite ici même lorsqu'elle est venue à ma demande m'ouvrir un compte Twitter. Elle m'a paru un peu gênée. Marwan l'a vue entrer chez moi, il aura sans doute mesuré le temps qu'elle a passé dans mon bureau, d'ailleurs je n'y avais jamais jusqu'à présent fait venir d'employé, ni a fortiori ne m'étais trouvé seul avec une femme. Il aura sûrement informé Othayman, lequel s'est mis à la surveiller, tout cela peut conduire à un scandale si en plus Isma'il s'en mêle, subodorant que quelque chose se passe entre cette fille et moi.

Pour la première fois dans ma vie, je me sens en rupture d'équilibre, je n'arrive plus à me concentrer sur mon travail. Dès que j'arrive à mon bureau, j'éprouve le désir de la voir et de lui parler, je me pose inlassablement la question : quel est le mystère qui enveloppe cette fille ?

J'ai pris l'habitude, depuis longtemps, de faire attention aux signes, ceux que m'envoient les rêves, les événements, les rencontres, voire un article de journal ou une image dans un film… J'entends alors une voix intérieure me dire : attends un peu, ou bien : avance !, ou : refuse !, ou : retire-toi !, ou encore : achète immédiatement ! et ainsi de suite… Et je me trompe rarement dans mon interprétation de ces signes. Messages de l'invisible ? de l'avenir ? Messages de miséricorde ? Messages secrets ? Je ne sais comment les nommer, mais je ne peux plus m'en passer, je les reçois et les interprète, et depuis que j'ai vu Farnaz, je ne cesse de m'interroger : que recèle donc ma passion pour elle, cette attirance irrésistible ?

La semaine dernière, j'ai envisagé de la mettre à pied, pour me libérer de cette obsession de sa présence auprès de moi, dans le même bâtiment, de mon désir ardent de la voir…

Sonnerie du téléphone interne, c'est Marwan qui me demande si j'ai signé le courrier : “Pas encore.” À peine ai-je raccroché que mon portable sonne à son tour, c'est Isma'il, qui m'appelle de Bagdad pour me dire que tout va bien, qu'il a à ses côtés l'ingénieur Karim et le chef des travaux, l'ingénieur Azmi, qui ont pris tous les contacts avec les ingénieurs locaux ; lui-même revient sans doute dans deux jours, et l'ingénieur Karim restera encore une semaine, le temps de s'assurer que l'ingénieur Azmi a pris les choses en main, et commencé le gros œuvre.

“As-tu rencontré l'ambassadeur du Koweït ?

— Oui, il était très cordial, et tout à fait disposé à nous aider, tout se passe comme prévu.”

Je lui ai demandé aussi s'ils avaient reçu la première avance, il m'a répondu par l'affirmative. Il a conclu la conversation par ces mots : “Tout va bien, Dieu merci !”

Lorsque Marwan est venu chercher le courrier signé, j'ai glissé le dossier de Farnaz dans le parapheur, je ne veux pas le garder avec moi ; je me suis retourné, et j'ai laissé courir mon regard sur l'horizon marin, avant d'appeler Bayoumi pour rentrer à la maison.

Après le déjeuner, pris avec Sheykha, je suis allé dans ma chambre pour me reposer.

Je me suis réveillé autour de six heures, en allant dans le salon je me suis aperçu que j'étais seul dans la maison. J'ai eu l'impression que le spectre de Farnaz profitait de l'occasion pour venir m'assaillir et m'assiéger. Comme je n'arrivais pas à m'en libérer, j'ai décidé, après un moment d'hésitation, de lui envoyer un court message : "Bonsoir !" Le message parti, je suis resté suspendu à ces quelques lettres, attendant avec impatience le retour d'une réponse portée par les ondes. Je sentais que les battements de mon cœur s'étaient ralentis. Les minutes aussi semblaient gagnées par l'immobilité, comme prises dans un marécage. Au bout de dix minutes, mon téléphone a vibré, alors que ce message s'inscrivait : "Bonsoir, monsieur !" J'ai éprouvé une joie d'enfant, je me suis levé, le téléphone à la main, ne sachant quoi répondre. Un second message a suivi : "Excusez-moi, je n'étais pas à côté de mon téléphone." Quelque chose me disait, derrière les lettres du message, discrètement, qu'elle avait volontairement tardé à me répondre, pour accroître mon impatience… J'ai répondu par une simple question : "Puis-je vous parler ?" Cette fois-ci la réponse m'est parvenue dans l'instant : "Je vous en prie."

"Allô ?"

Elle avait ce ton que j'aime tant.

"Bonjour, Farnaz."

J'ai commencé par m'excuser de l'appeler à un moment où elle était peut-être occupée, mais elle m'a répondu qu'elle était disponible. Je me suis alors rendu compte que je ne savais pas quoi lui dire exactement, je ne trouvais plus mes mots, et je me suis surpris à lui poser cette question : "Nous pouvons nous voir ?" Question hâtive, dont je ne savais si c'était moi qui l'avais prononcée, ou quelqu'un d'autre… Je n'ai pas pu évaluer la durée du silence après lequel elle m'a répondu, sur le mode interrogatif : "Demain au bureau ?

— Non, à l'extérieur, plutôt." Je me suis rendu compte que j'étais toujours debout. Un filet de sueur coulait de mes aisselles jusqu'à la taille, malgré la fraîcheur ambiante.

Elle m'a dit, à voix basse : "C'est un peu difficile. Lorsque je ne suis pas à mon travail, je suis à la maison, et je ne peux pas sortir." Je sentais au son de sa voix qu'elle était embarrassée, que peut-être elle avait peur de moi, qui étais en train de faire pression sur une fille que je ne connaissais pas, et que je forçais à me faire une place dans sa vie ; après tout, elle était peut-être fiancée, ou elle avait un petit ami… J'ai fait marche arrière : "Comme tu voudras."

Elle s'est hâtée de dire : "Je vous en prie ! Nous pouvons continuer à parler." Mais j'étais moi-même embarrassé, je ne savais que lui dire, je suis resté silencieux, inerte, quelques secondes, avant de lui dire au revoir et de raccrocher.

J'étais contrarié, mécontent de moi-même, je me suis rassis, pour mieux réfléchir à ce qui venait de se passer, je me faisais des reproches à moi-même : Yacoub ! Tu te comportes comme un adolescent irréfléchi ! Tu cours après une gamine plus jeune que ta fille ! Que veux-tu d'elle ? J'étais en plein désarroi, incapable de trouver des réponses aux questions que je me posais. Cela faisait maintenant près de deux semaines que je pensais à elle, et tout le monde autour de moi s'était rendu compte que j'avais changé.

Lassée de mon silence obstiné, Sheykha m'a envoyé Sahar hier dans la soirée. J'étais en train de lire un rapport lorsque j'ai entendu sa voix qui me disait bonsoir. Elle avait dans son regard, que j'aime tant, une expression indéfinissable. Je sais qu'elle vient me voir lorsqu'elle veut me témoigner son affection, ou bien acheter quelque chose. Comme d'habitude j'ai pris les devants, un léger sourire sur les lèvres : "Que me demandes-tu ?" Elle a souri à son tour et elle est venue s'asseoir à mes côtés. "Rien du tout !" Puis, sur un ton que je ne lui connaissais pas : "Papa, tu te sens bien ?" Brusquement sa voix s'est assourdie, et ses yeux se sont remplis de larmes. "Tu es malade ?" Une sorte de crainte assombrissait son visage.

"Ma chérie !" Je l'ai prise contre moi et l'ai embrassée. Elle s'est mise à pleurer vraiment : "Maman me dit que tu es malade et que tu le lui caches !

— Ma chère Sahar ! Je suis en pleine forme, Dieu merci !

— Maman me dit aussi que tu lui caches un secret !"

J'ai détourné le regard : "Ta mère est très sensible, elle se fait toutes sortes d'idées." Je l'ai rassurée, je lui ai juré que je ne souffrais d'aucune maladie, que je ne pensais qu'à mon travail, et que d'ailleurs la société mettait en route un nouveau projet à Bagdad, je l'ai serrée contre moi, la crainte qu'elle manifestait me causait de l'émotion, je me disais : depuis combien de temps je n'ai pas serré ma fille dans mes bras ? Et ma femme ? Qu'est-ce qui peut amener un homme à négliger ainsi sa femme, à s'éloigner de la compagne de sa vie ?

Je suis dans le salon, tout seul, l'obscurité envahit le jardin. Sonnerie de mon téléphone, le nom de Farnaz s'affiche sur l'écran. "Je veux m'excuser encore une fois, monsieur. Ma famille ne me permet pas de ressortir, une fois que je suis rentrée du travail." J'ai pensé qu'il vaudrait mieux que je change le nom sur le répertoire, il ne faut pas courir de risques, Sheykha ou l'une de mes filles pourrait le voir, ou même Othayman.

La pauvre, elle s'excuse auprès de celui qui la harcèle, qui s'introduit de force dans sa vie… Je ne peux m'empêcher de penser que je suis en train d'abuser de ma situation pour m'imposer à une jeune fille dont je ne sais rien. En tout cas j'ai modifié son nom sur mon téléphone, en le remplaçant par al-Khayyam ; cette garantie apportée ainsi au secret de notre correspondance m'a soulagé.

J'ai voulu écrire un nouveau message : "Il n'y a aucune raison de s'excuser." Puis un autre : "C'est moi qui suis désolé de te déranger." Mais en relisant ces deux lignes, je me suis surpris à me dire à moi-même : qu'est-ce que je fais là ? Qu'est-ce qui m'arrive ? Je ne me reconnaissais plus, je n'étais plus celui que tout le monde connaît… J'ai effacé le message et mis de côté l'appareil. Tout à coup, venu je ne sais d'où, le spectre d'Ahmad m'est apparu, une odeur de sang m'a assailli et mon cœur s'est serré.

Je me souviens de la dernière fois où j'ai parlé avec lui ; ce soir-là, la servante avait préparé le dîner et, lorsque Sheykha a demandé où il était, elle avait répondu, en faisant la grimace : "Dans sa chambre." Je me suis levé, connaissant bien l'état des relations entre Ahmad et les domestiques, et suis allé frapper à la porte de sa chambre, mais la porte restait fermée, et mes appels se heurtaient à un mur de silence. Comme je répétais son nom, j'ai vu que la clé tournait dans la serrure, et la porte entrouverte m'a tout juste permis de voir son visage. Quelque chose dans son regard et sa barbe m'a touché. J'ai pris sur moi, et je lui ai dit de venir nous rejoindre pour le dîner. Il m'a simplement répondu qu'il avait mangé, grâce à Dieu !

"J'ai envie de te voir et de te parler, mon fils, viens donc et reste un peu avec nous !"

Il m'a dit en me regardant, après un silence : "Je dois étudier.

— Tu me fuis, tu ne veux pas parler avec moi !

— Ce n'est pas à toi que j'en veux !"

J'ai compris ce qu'il voulait dire, car je savais le différend qui l'opposait à sa mère et à ses sœurs. Je n'avais plus faim, j'ai tendu le bras et j'ai ouvert la porte de sa chambre. Je suis entré, lui s'est précipité pour refermer derrière moi. Il y avait une odeur de renfermé qui me gênait, d'ailleurs on voyait bien que le ménage n'avait pas été fait depuis longtemps. Des livres étaient dispersés par terre autour de la natte où il s'asseyait. Pour éviter de le contrarier avec ce genre d'observations, j'ai fait un geste en direction du jardin : "Viens, on va s'asseoir dehors."

Il m'a suivi, dans sa *dishdasha* raccourcie, la tête baissée. Une fois assis dans le jardin, je lui ai demandé sans attendre : "Qu'est-ce qui te contrarie ?"

Après un moment de silence, il finit par dire : "Il y a tant de choses qui provoquent la colère de Dieu !"

Cette façon de parler me heurtait, mais je voulais lui donner l'occasion d'exprimer le fond de sa pensée. Il poursuivit : "Ma mère et mes deux sœurs ne s'habillent pas de façon islamique, elles ont la tête nue, les bras et les jambes découverts ! Les loups qui marchent dans la rue se repaissent de leur chair avec des regards concupiscents ! Mais le paradis est refusé au proxénète, ô mon père !" Il se tut un instant, comme pour avaler sa colère, puis reprit sur le même ton : "Les servantes, le cuisinier, le jardinier, le chauffeur… ce sont tous des chrétiens, qui manifestent parmi nous leur christianisme, ma mère leur permet d'aller à l'église et leur donne de l'argent ; et nous mangeons, nous nous habillons par le travail de leurs mains, ce n'est pas licite !" Puis, sur un ton où la plainte se mêlait à la colère : "Dans notre maison se trouve une pièce où se commet le péché, ô mon père ! Une pièce avec un écran de cinéma où l'on projette des films étrangers immoraux !

— Mon fils, c'est une pièce où l'on se détend en famille devant un grand écran avec le son en stéréo…"

Il m'interrompit avec colère : "Un grand écran où l'on projette des films impies, avec des femmes vêtues de façon provocante ou carrément nues, c'est un péché, c'est de la perversion ! Ceci n'est pas agréé par Dieu ni par son Prophète, on ne peut pas tolérer cela !"

Il me regarda en face, d'un air réprobateur : "Et toi, mon père, Dieu te pardonne !, tu as des relations avec des banques qui pratiquent l'usure, tes bénéfices sont illicites, ce sont des profits mal acquis, toute la famille mange et boit de ces revenus mal acquis, ceci, par Dieu !, est manifeste !"

Je le regardais avec douleur, le cœur serré, je prenais la mesure de son éloignement, je le voyais immergé jusqu'à la poitrine dans les eaux du fondamentalisme le plus radical. Il reprit : “J’ai de la peine pour vous, et je prie pour que la colère divine vous épargne !” Après un bref silence : “Je sais que tu pries, mais c’est à la mosquée que tu devrais prier, peut-être Dieu va-t-il t’épargner, en tout cas je Lui demande de te guider sur la voie droite dans tous tes actes et tes affaires.”

Nous étions silencieux, immobiles, chacun sur son siège, comme pétrifiés. J’ai repris la parole : “Mon fils, tu te fais du mal à toi-même, tu devrais savoir pourtant que la religion veut la facilité, non pas la difficulté, et que Dieu est enclin au pardon, et à la miséricorde.” Il gardait les yeux fixés devant lui, dans le vide. “D’ailleurs ta mère aussi fait la prière, et elle souffre beaucoup à cause de ta dureté, qui la fait pleurer.

— Ma mère ?” Il s’insurgea, sa voix reprenant un ton vindicatif : “Elle ne prie pas selon les rites prescrits, ni dans les temps fixés. Un hadith rapporte que le Prophète (PSL) a dit : « La première chose dont le serviteur doive rendre compte, au jour du jugement, c’est sa prière ; si celle-ci a été accomplie convenablement, il est sauvé, sinon, il est perdu. »

— Ahmad, tu es beaucoup trop sévère à l’égard de toi-même d’abord, et aussi vis-à-vis de moi et de ta mère.”

Il me jeta un regard de colère, sa voix se faisait de plus en plus tendue : “Que Dieu récompense le professeur Omar pour tout le bien qu’il fait ! C’est lui qui pourvoit à mes dépenses.”

J’ai été comme foudroyé par ces paroles : “Comment ça ? Qu’est-ce que tu veux dire ?

— Il me donne ce dont j’ai besoin au début de chaque semaine, j’ai de quoi me nourrir.

— Et ton compte en banque, où sont déposées tes mensualités ?

— C'est un compte usuraire, de l'argent illicite, je prie Dieu qu'Il m'écarte de cela."

Nous avons parlé de bien des choses, je m'apercevais que le jeune homme avec qui je m'entretenais n'avait plus rien de commun avec mon fils Ahmad, les idées extrémistes qu'il professait m'irritaient profondément. Il me dit encore qu'après avoir fini le lycée, à la fin de l'année, il irait à l'université, où il résiderait. Un long silence s'installa entre nous, je le regardais, incapable de décider quoi que ce soit à son sujet.

"Mon père, ne te fâche pas contre moi, je t'en prie." Puis, après un instant de silence, où sa phrase était comme suspendue, il compléta : "Mais la religion, c'est le conseil ; et je dois me justifier devant Dieu, c'est pour cela que je t'avertis : tu seras en position d'accusé.

— Accusé de quoi ?

— Tu es un homme fort, puissant, mais tu te trouves en dehors du chemin de Dieu."

J'ai été comme souffleté par ces paroles, mais j'ai fait comme si de rien n'était, pour savoir ce qu'il pensait vraiment : "Oui, tu es fort en affaires, mais tu fais obstacle à l'application de la loi divine dans ta propre famille, et parmi tes employés, il n'y a même pas de salle de prière dans les bâtiments de tes sociétés ! Toi-même tu ne te rends jamais à la mosquée, tu ne paies pas la *zakât* sur tes revenus, alors que c'est une obligation incontestable !"

La colère me gagnait, je me suis mis à crier : "Mon petit Ahmad ! Est-ce que tu sais ce que tu dis ? On t'a mis des phrases dans la tête, et tu me les répètes comme un perroquet !"

J'ai senti qu'il se refermait sur lui-même. "Je ne te permets pas, ni à toi ni à tes amis, de me dire comment je dois vivre, j'étais musulman avant ta naissance, avant que tu ne deviennes un derviche !... Tu m'entends ?"

Il a voulu se lever, mais je l'ai retenu par la main, fortement : "Reste assis ! Je n'ai pas terminé !" Il s'est rassis et est resté inerte. Je ressentais désormais de l'aversion à son égard, je ne supportais plus sa présence, son odeur, son haleine. Après quelques instants de silence, je l'ai laissé à son enfermement volontaire, et je suis revenu à l'intérieur.

Je ne sais pas combien de temps s'était écoulé lorsque la voix de Sheykha m'a tiré de ma rêverie. "Bonsoir !" Sahar était avec elle, elle est venue vivement jusqu'à moi, et tout en m'embrassant elle a dit à voix haute : "Papa passe la soirée avec nous, on regardera un film !" Je lui ai souri, elle s'est penchée vers moi et m'a pris la main pour me conduire à la salle de cinéma.

13

Mes pleurs étaient comme enfermés dans ma poitrine, je ne voulais pas montrer mon chagrin à mes collègues, mais dès que je fus assise dans ma voiture, et que j'eus refermé la portière, la jarre de mon chagrin se brisa et je versai un torrent de larmes. Je ne voulais pour rien au monde retourner à l'appartement familial, mais je n'avais nulle part ailleurs où aller.

"Qu'as-tu donc ?" Ce fut la première question de ma mère, dès que j'eus ouvert la porte.

"Rien du tout."

Elle ne fit pas attention à ma réponse et me regarda longuement, attendant autre chose de ma part.

J'évitais de la regarder, mais elle me prit les deux bras et me secoua violemment. Ses yeux étaient emplis d'une sorte de terreur : "Qu'est-ce qui est arrivé ?

— Je me suis disputée avec le directeur."

Elle continuait à me dévorer des yeux, mais je n'osais pas lui dire la vérité : on m'avait licenciée.

"Tu t'es disputée ?" Elle relâcha son étreinte : "Dis plutôt qu'ils t'ont mise dehors."

Nos regards se croisèrent, et comme elle est ma mère, et qu'elle comprend ce que dit mon regard, elle me laissa debout devant la porte et s'éloigna, versant des larmes amères : "C'est mon triste destin !"

Je suis seule dans ma chambre, Safi vient de sortir avec son bébé pour s'asseoir avec ma mère dans le salon. Il est sept heures moins le quart, ou un peu plus. Je voudrais téléphoner à monsieur Yacoub, mais j'hésite à le faire, et cela me torture. Comment réagira-t-il ? Que pensera-t-il de moi ? Un simple employé ne peut pas prendre contact avec le président de la société en dehors des heures de travail. D'ailleurs il n'y a rien entre nous qui puisse le justifier. Mais il est le chef suprême, et dans la situation où je me trouve, le seul qui puisse m'aider ! L'adjoint de monsieur Othayman m'a fait venir dans son bureau cinq minutes avant la fin du service et m'a donné le document mettant fin à mon contrat. Tout cela est parfaitement calculé, mon licenciement intervient à la veille du week-end, de sorte que je n'ai aucune possibilité de faire appel auprès du président, qui d'ailleurs est sans doute parti, comme beaucoup de Koweïtiens, ou bien il est avec sa famille au bord de la mer.

Je vais passer ces deux jours en proie à l'angoisse et aux idées noires. J'avais l'intention d'emmener ma mère et Safi au marché d'al-Moubarakiya, il ne faut plus y songer. Je vais attendre dimanche matin.

Que faire ? Recommencer la quête humiliante et sans espoir d'un nouvel emploi ? Je ne peux pas attendre jusqu'à dimanche. Quelque chose m'oppresse… Je n'ai commis aucune faute. Je voudrais sortir sur le balcon et crier le plus fort possible : Injustice ! Injustice ! C'est un crime ! Je retiens mes sanglots à grand-peine… Je vais envoyer un court message à monsieur Yacoub, je verrai ce qu'il me répond. “Bonsoir, monsieur Yacoub !” Le doigt appuie légèrement sur l'écran et le message est parti.

Lors de notre dernier échange, il m'a demandé si on pouvait se voir en dehors de son bureau. Cela m'a étonnée, effrayée aussi. J'ai tout de suite opposé un refus. Serait-ce lui qui a ordonné mon renvoi ? Il aura chargé Othayman de l'exécution… Je n'ai rien dit à ma mère de ce qui s'était passé entre nous, elle aurait jugé négativement sa conduite, et elle m'aurait demandé de quitter la société sans attendre. Elle n'aurait pas permis que sa fille rencontre un homme en tête à tête.

Comment vais-je payer les traites de la voiture ? Je commençais à peine à éprouver la joie de vivre. Ça fait moins d'un an que je travaille dans cette société. Lorsque j'ai lu la lettre de licenciement, j'ai manqué m'évanouir.

Mervat n'en croyait pas ses yeux. J'ai demandé à revoir monsieur Othayman, j'avais des larmes dans la voix, il a refusé tout net.

"Bonsoir !"

Mon portable a vibré, apportant la réponse de monsieur Yacoub. J'ai senti mon cœur palpiter. Il a peut-être pensé que j'acceptais de le voir, je ne sais pas comment lui apprendre la nouvelle, il vaudrait mieux que je lui parle directement : "Puis-je vous parler ?

— Je vous appelle dans quelques instants."

Sa réponse était arrivée rapidement. Assurément, ce misérable Othayman ne l'aura pas averti. Ce qui me contrarie le plus, et me déconcerte, c'est que je n'ai commis aucune faute, je ne me suis disputée avec personne, je n'ai jamais rendu un travail en retard, j'arrive tous les matins avant l'ouverture des portes.

C'est peut-être une erreur d'avoir voulu parler avec monsieur Yacoub, ici à la maison. Si ma mère m'entend, et qu'elle me demande à qui je parle, je lui dirai que je demande l'aide du président. Je vais parler à voix basse. Je ne vois aucun motif à mon licenciement, sinon peut-être qu'Othayman se sera offusqué de mes visites dans le bureau du président, qu'il aura soupçonné l'amorce d'une liaison entre nous…

Lorsque j'étais dans le bureau d'Othayman, je lui ai dit : “Je ne vais dans le bureau de monsieur Yacoub que lorsqu'il me demande de venir.”

À vrai dire, depuis que j'ai été recrutée, la haine dans son regard ne m'a pas échappé.

Mon téléphone vibre à nouveau : “Allô !

— Bonsoir Farnaz !”

Sa voix est très calme. Je ne sais par où commencer, j'ai peur, je me mets à transpirer.

“Je suis désolée de vous déranger, monsieur Yacoub.

— Ta voix tremble, qu'y a-t-il ?

— Monsieur Yacoub, aujourd'hui en fin de matinée, j'ai reçu une lettre de licenciement.

— Comment cela ?”

Il a l'air surpris.

“Monsieur, je vous en prie, aidez-moi ! Ma situation…” Ma voix se brise, je pleure… “Je vous en prie !

— Ne pleure pas, s'il te plaît. Qui a pris cette décision ?

— Je ne sais pas, cette lettre portait la signature de monsieur Othayman.”

Quelques instants de silence. Je crains que ma mère n'entre dans la chambre.

“Après le week-end, tu viendras dans mon bureau.”

Il parlait toujours avec le plus grand calme.

“Je suis désolée de vous déranger.

— Il n'y a aucun dérangement.”

Je voulais lui demander ce qu'il comptait faire. Il m'a simplement confirmé : "Dimanche, donc, à dix heures et demie, je t'attends."

J'étais troublée, ne sachant que répondre. Il m'a dit au revoir et il a raccroché. Je restais avec l'appareil à la main, tremblante de sanglots refoulés, je me demandais : c'est tout ? Comment peut-il être si calme ? Mervat m'avait dit : "C'est un homme fascinant !" Je n'avais pu percevoir aucune émotion ni même une volonté de m'aider dans sa voix. Qu'allait-il faire ? Entrer en conflit avec Othayman, ou avec monsieur Isma'il, afin de me réintégrer ? Mais si c'était lui, au fond, qui avait organisé tout cela, de façon à m'amener à me soumettre à sa volonté ? Non, je ne pense pas qu'il soit si pervers. Il m'a demandé de le rencontrer en dehors de la société, moi qui suis plus jeune que ses filles, est-ce qu'il pense à une relation sexuelle ? C'est un homme puissant, il peut facilement connaître de nombreuses femmes, pourquoi m'a-t-il choisie, moi ?

Lorsque j'ai demandé à Mervat pourquoi, à son avis, j'avais été licenciée, elle est restée silencieuse quelques minutes, avant de dire qu'elle ne savait pas. Après quelques instants, elle m'a demandé si j'étais la seule, ou bien si d'autres employés avaient été licenciés en même temps que moi. Je lui ai dit que non, et lorsque j'ai posé la même question à Abdallah, le chef du département, un ami d'Othayman, il s'est borné à me répondre sèchement : "Instructions venues d'en haut !"

Que va faire monsieur Yacoub ? Il vient de me donner rendez-vous à son bureau dimanche.

Comment peut-on ainsi disposer du sort d'autrui ? Qu'on puisse, à volonté, le mener à sa perte, ou bien lui tendre une main secourable…

Le jour où j'ai fait le virement à Reza, ma mère m'a embrassée, visiblement émue : "Ma chérie, est-ce que tu peux aider ton frère tous les mois ?

— Bien sûr", ai-je répondu en souriant.

Aujourd'hui ce n'est plus sûr du tout, comment vais-je aider mon frère ? Et payer les traites de la voiture ? Et mes propres dépenses ? Le retour de Safi avec son bébé a augmenté la charge qui pèse sur mon père. Que dira-t-il lorsqu'il apprendra ça ? Je vais demander à ma mère de ne rien lui dire, d'attendre dimanche. Entre-temps je vais lui dire que je dois rencontrer le président, qui pourra m'aider – sans lui dire quoi que ce soit sur ce qui s'est passé entre nous.

Qu'est-ce qui pousse un homme à chercher à séduire une jeune fille ? Est-ce que les relations humaines sont gouvernées à ce point par la sexualité ? J'ai éprouvé de la crainte lorsqu'il m'a demandé de me voir en dehors du bureau. Je ne pouvais pas m'imaginer seule avec lui. Je me suis rappelé la phrase de Fares : "Dans mon appartement nous pourrons prendre du plaisir, en toute tranquillité." Est-ce que le président lui aussi veut prendre du plaisir avec moi ? Peut-être m'a-t-il choisie parce que je suis iranienne et chiite, et qu'il pense ainsi faire avec moi un mariage temporaire.

Lorsque je l'ai mis au courant, il n'a manifesté – au ton de sa voix en tout cas – aucune émotion particulière, il a gardé son calme, pourquoi viendrait-il à mon secours ? Plus personne aujourd'hui ne fait le bien *pro Deo*. Il m'a demandé de lui ouvrir un compte Twitter, il aurait très bien pu le faire lui-même, il connaît parfaitement l'informatique. D'ailleurs j'ai consulté plusieurs fois son compte, je n'y ai vu aucun tweet, ni l'ajout d'aucun autre nom. Il doit avoir une idée derrière la tête.

Que ferai-je dimanche s'il me propose un marché : ma réintégration contre mon consentement à coucher avec lui ? Qu'il aille au diable, lui et sa société ! Si je vois qu'il a de mauvaises intentions, je quitte son bureau, pour ne jamais revenir… Mais si la société supprime mon visa de résident et refuse de me donner un autre garant ?

Si mon père apprend qu'on me renvoie en Iran, il deviendra fou. Il faut absolument que je parle à monsieur Yacoub de mon permis de séjour. Le risque est que la direction des ressources humaines annule mon permis.

Mon pauvre père ! Il devra aller supplier ses amis koweïtiens pour m'obtenir un nouveau permis… Le jour où j'ai été recrutée, il s'est réjoui et il m'a dit : “Le plus important, c'est le permis de séjour.” Puis, après quelques instants de silence : “Ce n'est pas facile de trouver une société qui accepte de recruter un Iranien, par les temps qui courent…”

Mais pourquoi tout cela m'est-il arrivé ? Pourquoi Safi ? Ma pauvre mère, son teint est devenu cireux depuis qu'elle m'a vue entrer le visage baigné de larmes… Ces derniers temps, elle pleurait avec Safi, et maintenant c'est mon tour d'apporter le malheur dans cette famille. Comment se fait-il que certains en ce monde jouissent du bonheur et de la chance, et d'autres non ? Je rêvais de voir mon salaire augmenté grâce au président. Je dois dire à ma mère de se rafraîchir pour accueillir mon père avec le sourire.

Le pauvre, il rentre épuisé, toute sa vie il l'a passée à souffrir, à se fatiguer. Cela fait trente ans qu'il est ici. Il est arrivé jeune homme, il a d'abord travaillé comme portefaix au marché d'al-Moubarakiya, puis à la briqueterie, puis, des années durant, dans un garage, puis chauffeur dans une société, et enfin il a acheté un minibus, où il passe ses journées.

Cela fait trente ans qu'il est au Koweït et il n'a pas mille dinars sur son compte en banque. Au début, il travaillait pour entretenir son père et sa famille en Iran, puis lorsqu'il est revenu au Koweït avec ma mère, il s'est trouvé partagé entre ses obligations vis-à-vis de ses deux familles, là-bas et ici. Quelle vie difficile et ingrate !

Qu'est-ce que mon père a gagné au Koweït ? Il a le dos voûté, la vue basse, le visage ridé, et à son âge il doit toujours courir après le pain quotidien !

Je dois être clairvoyante : Yacoub pourrait être la clé d'or qui m'ouvrira la porte de la richesse et du bonheur, qui changera ma vie et celle de ma famille. Je n'ai pour moi que ma jeunesse, et mon corps. Mohendi a joué avec le corps de ma sœur, il a saccagé sa jeunesse, je crains de me trouver à mon tour dans cette situation et de voir ma vie détruite par le premier venu.

S'il me propose un marché – me voir, contre ma réintégration –, j'accepterai, après tout pourquoi ne pas le rencontrer ? Je n'ai pas peur de lui, et je ne lui permettrai pas de prendre des libertés avec moi. Bien des jeunes filles et des femmes ne désirent que cela : avoir l'occasion de s'approcher d'un homme riche et important. Il possède plusieurs sociétés, il est millionnaire, il pourrait me placer dans une de ses sociétés, de plus il est bel homme, il a quelque chose d'irrésistible…

Peut-être Dieu a-t-il voulu me sauver, ma famille et moi, en m'envoyant cet homme ! Nous sommes une famille pauvre, la situation des Iraniens au Koweït est difficile, et en Iran c'est bien pire ! Le destin me fait un cadeau, je ne serai pas sotte au point de le négliger. Si je l'épouse, il me donnera la nationalité koweïtienne, il m'installera dans un palais, mon père pourra enfin se reposer, j'aurai de l'argent à dépenser, je voyagerai, je ferai des achats…

Ou bien j'attendrai un mari comme Mohendi ? Yacoub est celui qui me permettra de vivre une autre vie, bien différente, je ne vais pas le lâcher. Combien de temps vais-je rester dans cette misère ? Peut-être aurais-je dû accepter sa première proposition. Tout me montre qu'il a pour moi de la bienveillance et de l'admiration. Un homme de son importance et de sa richesse, n'importe quelle femme voudra s'en approcher. Mervat a dit en toute franchise : "J'aimerais beaucoup l'épouser !" Puis, changeant de voix, et me faisant un clin d'œil en riant : "Ou bien devenir sa maîtresse !"

Mon père a passé sa vie dans la souffrance, l'injustice et l'humiliation. Ma sœur Safi s'est trouvée sous la coupe d'un homme cruel et méprisable.

Je vais voir ce qu'il me dira dimanche, et s'il me propose un rendez-vous à l'extérieur, j'accepterai.

J'ai besoin d'un homme fort sur lequel je puisse m'appuyer, pour vivre en sécurité. Je ne trouverai pas mieux que lui. Heureuse celle qui trouve un homme fort sur qui s'appuyer, qui se tienne auprès d'elle, qui la défende, et si cet homme a la puissance et la richesse de monsieur Yacoub, alors elle est mille fois plus heureuse, celle qui marche à ses côtés.

S'il arrive quelque chose à mon père, comment pourrons-nous continuer à vivre ici ? Il n'est pas possible d'aller vivre en Iran. Reza m'a dit : "La vie ici est impossible", et il a ajouté : "Les Iraniens m'humilient constamment." Il répétait, à mon intention : "Malgré tout, le Koweït est un paradis !"

Peut-être devrais-je envoyer un autre message à monsieur Yacoub, pour le prier d'empêcher Othayman de supprimer mon permis de séjour.

14

Grâces Lui soient rendues ! Dieu merci ! C'est par Dieu seul que me vient le succès, c'est en Lui que je trouve le secours, en Lui que je place mon recours et ma confiance. Au nom de Dieu, par Son nom qui protège de tout mal, sur la terre comme au ciel, Il est l'Entendant, le Savant. Seigneur ! J'ai pris Dieu pour seigneur, l'islam pour religion, et Mohammed (PSL) pour prophète !

Je vais lire la sourate *Ya-sin*, en priant Dieu de me protéger des atteintes de Satan le Lapidé. Je vais la lire, pour demander à Dieu Sa bénédiction pour cette nuit, où je célèbre mon mariage avec une nouvelle épouse, afin qu'Il me donne une descendance légitime.

Dieu merci ! Il n'y a de force qu'en Dieu ! J'ai pris l'habitude, lorsque je suis installé quelque part, de passer la période de la journée qui va de la prière du *maghrib* à celle de la nuit dans la solitude et le recueillement, je suis assis sur mon tapis de prière, le visage tourné vers la *qibla*, j'attends la venue de la nuit dans l'adoration, tout entier tourné vers Dieu, je purifie mon cœur par le repentir, jusqu'à laisser mes larmes couler, je lis le Coran, j'apprends par cœur certains versets, je m'instruis de la lecture de la vie du Prophète (PSL), et de celles de ses compagnons et des pieux ancêtres ; je me plonge aussi dans les ouvrages d'exégèse et de conseil juridique. "Un prophète est venu auprès de vous, issu de vos rangs, il prend à cœur vos souffrances, il veut votre bien, il est compatissant envers les croyants. Et s'ils se détournent, dites : Dieu me suffit, il n'y a de dieu que Lui, en Lui est mon recours, Il est le maître du Trône splendide." (*Le Désaveu* – v. 128.)

Tout à l'heure j'ai dit à Ibrahim : "Je vais méditer, nous célébrerons le mariage après la prière de la nuit."

Dieu a voulu que je le rencontre à Istanbul, lorsque je suis arrivé là, venant d'Amman ; les instructions étaient de me rendre, dès mon arrivée, au domicile du Hâjj Abou Othayman, dont j'avais l'adresse. L'homme m'a accueilli, barbe blanche, tout sourire, étreinte chaleureuse, me souhaitant la bienvenue d'une voix légèrement enrouée : "Bienvenue ! Les gens du Koweït sont les bienvenus !"

Il me traitait familièrement, il me dit qu'il aimait les Koweïtiens, qu'il avait un neveu qui travaillait là-bas, et après un moment de silence, il me dit à voix basse : "On m'a beaucoup parlé de toi, je t'attendais." Sa maison, sur deux étages, avait un grand nombre de pièces. Il s'était réfugié en Turquie à la fin de l'année 2012, après la mort en martyr de son frère et de deux de ses fils. C'est chez lui que venaient les moudjahidines dès leur arrivée à Istanbul. Il m'emmena dans une petite pièce où je fis la connaissance d'Ibrahim, qu'il m'avait présenté ainsi : "Ibrahim est un frère pour toi, un moudjahid arrivé hier d'Arabie saoudite." Il ajouta, en souriant : "Vous êtes tous les deux de la région du Golfe."

Le lendemain, il nous a accompagnés dans la visite des mosquées d'Istanbul, et je me souviens de mon éblouissement devant Aya Sofia et Sultan Ayyoub.

Je me suis rappelé le verset coranique : "Assurément, Dieu ne changera pas un peuple avant que celui-ci ne se change lui-même." (*Le Tonnerre* – v. 11.) Je ressentais de la souffrance à voir l'état où se trouvait réduite la communauté de l'islam. Puis Abou Othayman nous a dit en souriant : "Le kebab turc est bien connu !" Nous avons déjeuné dans un grand restaurant empli d'une foule de clients, et quand il eut réglé la note pour nous trois, il nous a dit : "Je ne le fais pas par générosité personnelle, je paye pour vous deux et pour les moudjahidines avec ce que la caisse de la mosquée met à ma disposition."

Le surlendemain, nous avons fait connaissance, moi et Ibrahim, avec un homme turc parlant l'arabe, qui avait une camionnette Volkswagen. Comme je prenais congé, il m'a dit à voix basse : "Ton oncle maternel, le cheikh Othayman, est un ami proche", et comme je le regardais, étonné, il a complété : "À chaque fois qu'il vient à Istanbul, il descend chez moi, et nous passons tout notre temps ensemble."

C'est à ce moment-là que j'ai commencé à comprendre les relations de mon oncle avec les moudjahidines, j'ai appris qu'ils avaient un réseau d'agents qui les accueillaient, et opéraient la coordination avec les passeurs à la frontière syrienne, tout cela se faisait au vu et au su des autorités turques, et avec leur accord.

La mission de cet homme, en l'occurrence, était de nous conduire jusqu'à la province d'Idlib, où un passeur syrien nous a emmenés à des résidences qui se trouvaient dans la zone frontière, tout cela en coordination avec le groupe. À partir de ce moment, Ibrahim ne m'a plus quitté, il m'accompagnait comme mon ombre, c'était un combattant loyal et déterminé, sans peur et sans reproche, ne recherchant que le martyre, mon frère en Dieu, mon ami fidèle, le dépositaire de mes secrets.

Gloire à Dieu ! Grâces Lui soient rendues ! Il y a cinq mois de cela, comme notre position dans cette ville se trouvait assurée, par la puissance de Dieu, je lui ai demandé de me chercher une demeure souterraine : "Dieu te bénisse ! Plus profonde sera cette demeure, mieux ce sera ! Qu'elle soit loin des regards et hors de portée de voix !" Je lui ai donné des instructions précises : "Je veux pouvoir disposer de trois logements différents, où je me déplacerai, de façon à ne pas être repéré." À l'ingénieur qui s'enquérait de mes exigences, j'ai dit : "Je veux une pièce toute simple, au sol de terre battue, aucun autre meuble qu'une natte et un tapis de prière, ainsi qu'une étagère en bois pour mes livres, et une table toute simple, où je puisse lire et poser mon ordinateur."

Grâces à Dieu ! Il n'y a de force qu'en Lui ! Je Te demande pardon, et je me repens !

C'est là ma chambre, et ma demeure bénie.

Mon oncle Othayman m'a envoyé de l'encens du Koweït, Oum Omar, mon épouse – que Dieu la récompense ! – a appris comment balayer le sol et y jeter de l'eau, puis brûler de l'encens et disposer correctement la natte et le tapis de prière. Grâces soient rendues à Dieu, Il donne et personne ne peut reprendre Ses dons ! Mon esprit s'apaise lorsque je m'assieds sur mon tapis de prière, je perçois alors, comme un parfum, les paroles de l'Aimé (PSL) s'adressant à Bilâl : "Lance l'appel à la prière, apporte-nous le repos !" Je me tourne vers la *qibla*, je quitte le monde et ses plaisirs illusoires, je me concentre sur la Création divine, et sur les bienfaits dont Il m'a comblé, sur l'honneur qui m'est fait, à moi qui suis désormais un glaive menaçant les têtes des ennemis de la religion, pour établir Sa loi sur terre, et appliquer Ses châtiments parmi les hommes !

Seigneur ! Grâces te soient rendues avant d'obtenir Ta satisfaction, et si Tu es satisfait, et lorsque nous avons obtenu Ta satisfaction !

Hier le Hâjj Abou Bilâl m'a fait une visite surprise, accompagné de son voisin et de la fille de celui-ci, qui est en âge d'être mariée ; nous étions tous occupés, moi-même et les autres émirs, à préparer notre prochaine campagne contre les diables de Daech ; leur prétention à s'approprier les revenus du pétrole et à nous en redistribuer des miettes avec parcimonie a épuisé notre patience et nous allons, avec l'aide de Dieu, faire trembler le sol sous leurs pieds, et leur briser l'échine.

C'est Dieu qui a conduit Abou Bilâl, celui-ci ne m'a pas laissé la moindre issue… Je me souviens comment il est entré en matière avec moi : "Cheikh Ahmad ! J'ai une femme pour toi qui peut dire à la lune : Ôte-toi de là que je m'asseye à ta place !" Je me suis contenté de sourire, sans lui répondre. Il a poursuivi : "C'est une véritable *houri* ! Elle n'a pas dix-huit ans, et son ombre même dit sa beauté !" Il m'a dit que son père était son voisin et son ami depuis plus de trente ans, que c'était un homme pieux, un vrai croyant, digne de confiance. D'abord je l'ai éconduit, mais il est revenu à la charge, Dieu le conduisait, il ne lâchait pas l'affaire : "Les combattants dans le chemin de Dieu doivent pouvoir trouver le repos, le Prophète (PSL) a dit : « Mariez-vous, je vais par vous accroître les nations, et ne prenez pas exemple sur les moines chrétiens ! » Dieu a fait de la femme un repos pour son époux, qui demeure auprès d'elle, et retrouve son calme."

Ce jour-là je lui ai répondu : "J'ai déjà, Dieu merci !, une épouse admirable !

— Et qui t'empêche d'en avoir deux ? De plus tu viendras ainsi en aide à une famille musulmane dans le besoin. Le Prophète (PSL) a dit : « Celui qui est venu en aide à un musulman en difficulté, Dieu lui viendra en aide le Jour du Jugement, et celui qui a protégé un musulman, Dieu le protégera ce Jour-là. »"

Il m'a expliqué que son ami Abou Khalil vivait dans la gêne, et que l'aide mensuelle que j'allais lui donner, sur le compte du Trésor de l'État islamique, le sauverait lui et sa famille, ses épouses et ses enfants, outre que cela aurait pour effet de resserrer les liens entre le groupe et ses membres, les jeunes combattants. Après quelques instants de silence, il a ajouté : "Si Dieu a décidé pour toi ce mariage, ton futur beau-père a droit à deux cents dollars par mois, au bas mot, et puis le Trésor est riche, Dieu soit loué !"

J'aurais voulu tempérer cet optimisme, mais je n'ai rien dit, et j'ai abordé le sujet avec mon épouse, la mère de mon fils Omar : "Je sais que c'est permis par la Loi divine, mais je ne veux pas me marier avec une seconde épouse sans ton accord et ton aval."

Elle a répondu à voix basse, pleine de pudeur : "Tu seras obéi, mon cheikh ! Je ne m'opposerai pas à la parole de Dieu : « deux, trois, ou quatre » ! (*Les Femmes* – v. 3.)

— Dieu te bénisse ! Tu seras toujours ma chère Oum Omar. D'ailleurs, je crois qu'elle a deux ans de moins que toi.

— Elle sera pour moi comme une sœur, si Dieu le veut nous travaillerons ensemble à ton bonheur."

Je lui ai dit qu'Abou Bilâl s'était entremis dans l'affaire, et que la fille d'Abou Khalil était de Daraa, comme elle, la joie se manifesta sur son visage, peut-être la connaissait-elle, tous les gens de Daraa se connaissent. Elle ajouta : "Que Dieu te récompense, et qu'Il te comble de Ses bienfaits ! Tu vas avoir chez toi deux jeunes filles, en toute légalité !"

"Il n'y a de dieu que Toi, gloire à Toi ! Vraiment j'étais au nombre des injustes." (*Les Prophètes* – v. 87.) "Et dis : Seigneur, fais-moi entrer en vérité, fais-moi sortir en vérité, et donne-moi, venu de toi, un pouvoir victorieux." (*Le Voyage nocturne* – v. 80.) Seigneur ! Fais de mon mariage un bienfait pour moi, dans cette vie et dans l'autre, et permets-moi, par Ta générosité, de venir en aide à la famille de mon épouse, selon Ta volonté ! Il n'y a de dieu que Toi, gloire à Toi, vraiment j'étais, à l'instar de Jonas, au nombre des injustes !

À notre réunion d'hier, nous avons discuté des modalités et du moment de notre attaque contre les positions des ennemis de Dieu, ces diables de Daech, c'est sans doute pour demain ; nous allons réviser en détail, pour la dernière fois, les préparatifs de l'assaut, et fixer l'heure de départ, en la gardant secrète. Comme d'habitude à la veille d'un combat, j'observe que mes frères combattants se livrent à la prière avec une ferveur renouvelée, certains se sont mis à jeûner, pour se rapprocher de Dieu, par désir du martyre, pour se préparer à rencontrer l'Aimé, le Prophète de Dieu, et à entrer dans le Jardin, vaste comme le ciel et la terre…

Pour la seconde fois, je vais me marier dans la clandestinité, loin de mon pays, sans que personne de ma famille soit présent. Parfois j'ai envie de voir mon père. Mon oncle Othayman, certes, reste en contact avec moi, Dieu le récompense pour tout ce qu'il fait pour nous ! C'est l'un de nos contributeurs, il nous fait parvenir les dons des bienfaiteurs, sur divers comptes, dans plusieurs pays. Je n'oublie pas sa générosité. C'est lui qui m'a pris par la main, pour me conduire à la mosquée voisine de la maison, il m'a présenté au cheikh Abdel-Shâfi, et m'a recommandé auprès de lui. Je me souviens bien de ce qu'il a dit à cette occasion : "Ahmad est comme mon fils, Dieu soit loué ! C'est un flambeau d'intelligence et de maîtrise de soi, nous plaçons en lui de grands espoirs." Puis il m'a dit, en guise d'avertissement, de ne pas en parler à mon père, et comme je lui en demandais la raison, il m'a simplement répondu que mon père n'aimait pas les groupes islamiques, qu'il n'avait pas de sympathie pour leurs idées, et qu'il risquait de se fâcher contre moi et contre lui.

C'est le cheikh Abdel-Shâfi – Dieu le récompense ! – qui m'a d'abord formé, en commençant par la lecture et l'apprentissage des versets courts, bien expliqués, puis il m'a introduit à l'étude du hadith, et peu à peu il a infléchi son enseignement dans la direction de ma vie personnelle et familiale, il m'a indiqué ce dit prophétique : "Vient le temps où celui qui reste constant dans sa religion sera semblable à qui tient de la braise dans la main !" Je me rappelle aussi cette autre phrase qu'il répétait souvent : "Il y a des gens qui vivent comme des animaux, ils ne font pas de distinction entre le licite et l'interdit."

Monsieur Omar m'a suivi tout le temps que j'étais à l'école. Grand fut mon étonnement de découvrir qu'il était ami avec Abdel-Shâfi, et que l'un et l'autre étaient des amis de mon oncle. Je me souviens que celui-ci m'a dit un jour : "Tu es la fierté de la famille !" Je lui ai alors demandé : "Et Hamad ?" C'était son fils, nous étions à la même école, et lui aussi était un bon élève. Il m'a répondu : "C'est Dieu qui guide qui Il veut." Il m'a fait ainsi comprendre que Dieu m'avait "ouvert le cœur" à Ses commandements, qu'Il m'avait mis sur le chemin de Son amour et de la vertu. À cette époque, j'étais plongé dans la lecture de deux livres de Sayyed Qutb : *À l'ombre du Coran* et *Signes de piste.* C'est le cheikh Abdel-Shâfi qui me les expliquait.

Je remets mon sort entre les mains de Dieu, Il voit parfaitement Ses serviteurs. Seigneur ! Répands sur moi Tes bienfaits et Ta guidance ! Secours-moi contre Tes ennemis, les ennemis de la religion ! Ô miséricordieux, ô compatissant !

Je me demande ce que ma mère va penser de mon second mariage, qui fait de moi un homme avec deux épouses. Dieu lui pardonne ! et qu'Il soit bienveillant à son égard ! Comme j'ai souffert de son attitude immorale, ainsi que celle de ma sœur Sahar. Il n'y a de force et de puissance qu'en Dieu !

Je m'en suis plaint auprès du cheikh Abdel-Shâfi, qui m'a simplement répondu : "Appelle les gens à suivre le chemin de ton Seigneur, par la sagesse et le juste conseil, et discute avec eux de la meilleure façon."

Il me répétait toujours sa formule favorite : "Fais attention, mon fils, fais attention !"

Ma mère, à vrai dire, Dieu lui pardonne !, n'était pas disposée à écouter de justes conseils, elle refusait de se voiler. Lorsque j'en ai parlé à mon père, et que je lui ai dit sans détour : "Le paradis sera refusé aux proxénètes", il s'est mis en colère, et n'a pas voulu appliquer la loi divine dans sa propre maison. J'étais éprouvé dans la personne de mes proches : ma mère, mon père et mes deux sœurs. J'ai détesté mon père, obstiné dans son refus de la Loi divine, je l'ai détesté aussi lorsqu'il a humilié le cheikh Abdel-Shâfi, et plus encore quand mon oncle Othayman m'a dit que c'était un homme tyrannique et que tous ses employés le craignaient. Cependant, Dieu m'est témoin !, je lui ai donné de justes conseils, et j'ai souhaité que Dieu lui ouvre le cœur à la vérité, j'ai prié pour lui, mais…

Seigneur, je Te demande pardon, je me repens ! Gloire à Dieu, grâces Lui soient rendues ! Mon Dieu, Tu m'as comblé de Tes bienfaits, Seigneur, permets-moi de Te remercier pour Tes nombreuses grâces, Seigneur ! Pardonne-moi, ainsi qu'à mes parents et aux croyants, le Jour du Jugement !

C'est Monsieur Omar, mon professeur, qui m'a ouvert les yeux sur l'authentique mode de vie islamique, il m'a invité chez lui, j'ai pris part à des réunions, j'ai mangé à sa table, j'ai vu ses enfants, son épouse et ses filles, protégées par le *niqâb*, même la servante philippine était voilée, elle s'était convertie auprès de lui, il n'y avait pas de télévision, la seule distraction consistait à lire le Livre de Dieu et la Vie du Prophète, par l'étude en groupe des hadiths.

Dieu le récompense ! C'est lui qui a illuminé mon chemin, qui m'a mis en garde contre le fait de consommer de la nourriture préparée par des chrétiens ou des “mages”, des adeptes de Zoroastre, et m’a conseillé l’achat d’un petit frigidaire qui m’épargnerait la nécessité de prendre mes repas en famille, et pourvoirait à mes besoins. Lorsque je lui ai avoué que je n’avais pas de quoi l’acheter – à ce moment-là j’avais cessé de recevoir le moindre dinar de la fortune de mon père, acquise par usure –, il m’a spontanément donné la somme, et m’a tiré des larmes, en récitant ce hadith : “Ils sont sept, ceux que Dieu couvrira de Son ombre, le Jour où il n’y aura pas d’autre ombre que la Sienne”, et parmi eux : “deux hommes qui se sont aimés sincèrement en Dieu”.

Il y a quelques mois, il a repris contact avec moi, par l’entremise d’Abou Bilâl, il m’a salué, et m’a félicité pour les victoires des moudjahidines remportées contre leurs ennemis, dont le bruit est parvenu jusqu’au Koweït, il m’a annoncé la bonne nouvelle du succès de notre cause auprès de la jeunesse koweïtienne, qui brûle de rejoindre notre combat, certains sont même déjà en route.

Je demande secours à Dieu contre Satan le Lapidé ! Plongé dans mes pensées, je n’ai pas eu le temps de lire la sourate *Ya-sin*. Seigneur ! Facilite notre mariage, et défends-nous, par des actes permis, de tout acte interdit ! Ô Dieu, ô Généreux, ô Seigneur du Trône glorieux ! Mon père, que Dieu lui pardonne !, s’est fait tort à lui-même, il n’a pas su maintenir la moralité islamique dans sa famille, il ne s’est pas abstenu des pratiques usuraires. Il m’empêchait de faire respecter la Loi divine au sein de ma famille. Je pleurais de me voir si faible et démuni, j’ai confié mon sort à Dieu, et je m’en suis tenu au conseil de mon professeur Omar : “Supporte les épreuves en bon croyant, reste seul dans ta chambre, tu n’es pas de leur nombre, et eux n'ont rien de commun avec toi !" Il me consolait : "Bientôt tu recevras un signe de la générosité divine, et tu émigreras, tu les laisseras là, pour aller sur le chemin de la foi, qui conduit au paradis et à ses *houris* !"

Seigneur ! Je Te demande une foi constante, un cœur contrit, une science utile, une vraie certitude, une religion solide, et la guérison de tout mal !

Ce matin j'ai rencontré le Hâjj Abou Bilâl, qui m'a présenté à son ami le Hâjj Abou Khalil, celui-ci m'a embrassé, et il m'a dit qu'il était honoré de me donner une de ses filles en mariage, et que cette alliance était pour eux une occasion de célébration, il avait élevé sa fille dans l'obéissance absolue, et elle était prête à mettre sa vie à mon service. Je lui ai souhaité la bienvenue, je l'ai chaleureusement remercié, et lui ai dit que j'avais déjà donné mes instructions au Trésorier pour lui verser une allocation mensuelle de deux cents dollars, de mon côté j'allais offrir à ma nouvelle épouse une avance sur le douaire d'un montant de mille dollars.

Je pensais la voir, même voilée, j'aime chez une femme qu'elle soit petite et bien en chair, je n'ai pas de désir pour les grandes et les maigres. Il m'a dit tout de suite : "Tu verras la mariée ce soir, tes yeux se réjouiront de sa beauté !" Je m'attendais à ce qu'Abou Bilâl la fasse venir, pour que je puisse avoir un aperçu de sa silhouette, de son corps, de son regard… tout cela bien sûr dans les limites du licite, mais il n'en a rien fait.

Gloire à Dieu ! La nuit contient le jour, et le jour contient la nuit, Il a soumis le Soleil et la Lune à des périodes et des phases déterminées, Il est le Fort, l'Indulgent !

Les années passent si vite… Je me souviens de mon départ du Koweït, comme un misérable émigré dénué de tout, j'avais juste assez d'argent pour me rendre en Jordanie, où un certain Abou Ma'an m'a reçu chez lui à Amman, pendant trois jours, le temps d'organiser mon voyage à Istanbul, où j'ai rencontré le bon Abou Othayman, de là je suis allé, accompagné de mon frère en Dieu Ibrahim, jusqu'à Idlib, après avoir franchi la frontière syrienne.

Dès mon arrivée au camp de l'organisation, un homme au visage dissimulé m'a accueilli et m'a demandé mon passeport, il m'a interrogé précisément sur mon départ du Koweït, sur les noms de ceux qui m'avaient aidé en Jordanie et en Turquie, il parlait avec l'accent saoudien. Il m'a aussi interrogé sur mes professeurs au Koweït, dans quel quartier j'habitais, quelle mosquée je fréquentais, ce que je pensais du phénomène religieux, et sur ma famille ; il s'est tu un instant lorsque je lui ai dit que mon père était millionnaire. Enfin il m'a demandé ce que je pensais du djihad et qui m'avait encouragé à rejoindre leurs rangs, si je connaissais des combattants.

Un vieux cheikh tunisien nous a donné des leçons pendant deux semaines, nous formions un groupe d'une dizaine de personnes, des Arabes et des frères étrangers. Il nous a parlé de l'Unité divine, de la foi, de l'impiété, des conditions du combat à mener contre les renégats, il s'est attardé sur cette catégorie de musulmans qui s'abstiennent délibérément de pratiquer un des rites habituels de l'islam, et qui ne seront ramenés au respect de la Loi divine que par la force.

La loi de la guerre, depuis toujours, c'est tuer ou être tué. Je devais répéter inlassablement : "Je suis dans l'obéissance." Après cela, j'ai été transféré avec mon frère Ibrahim dans un camp d'entraînement, où j'ai passé un mois environ, à apprendre comment utiliser une arme et la démonter. J'ai appris à distinguer les diverses sortes d'armes à feu : révolvers, kalachnikovs, RPG. À la fin du stage, le commandant nous a rassemblés et il a demandé qui, parmi nous, préférait faire le djihad sur le terrain, ou bien intégrer un bataillon de candidats au martyre, et rejoindre ces héros qui nous invitent à prendre le chemin du paradis, où nous rencontrerons l'Aimé, le Prophète de Dieu (PSL).

À la fin de la période, chaque moudjahid a reçu la somme de deux cent cinquante dollars.

J'ai alors pris conscience de la grâce que Dieu m'accordait, je me suis mis à rêver du martyre, du paradis, je me voyais en compagnie du Prophète de Dieu, avec les hommes de bien.

À Istanbul j'ai appris que mon oncle Othayman était de ceux qui financent le groupe. J'ai eu l'occasion plus tard de me plaindre à ce sujet, lorsqu'il m'a appelé, et il m'a répondu : "Dieu conduit les événements selon les délais fixés." Puis il a ajouté : "Je craignais pour toi que ton père ne te fasse du mal." Enfin il m'a prodigué des encouragements : "Tu vas rencontrer le succès, et tu seras traité comme tu le mérites." C'est lui, je pense, qui, par ses relations, m'a fait nommer émir du groupe djihadiste, il s'en est réjoui en tout cas, lorsque je le lui ai annoncé. "Louange à Dieu ! Louange à Dieu ! Dieu te bénisse ! Et qu'Il nous bénisse par toi ! Tu es notre fierté à tous, Aboul-Fath !"

"Cheikh Ahmad ! Cheikh Ahmad !" C'est la voix de mon frère Ibrahim, derrière la porte. "Nous t'attendons, je vais faire l'appel à la prière de la nuit."

Ô Vivant ! Ô Permanent ! nous trouvons en Toi le secours ! Nous nous en remettons à Dieu. Je vais diriger la prière collective, et après cela nous allons célébrer le mariage, et je dormirai cette nuit dans le lit de ma nouvelle épouse. Gloire à Celui qui a permis les choses licites, et interdit les choses illicites !

15

Cela fait presque une heure que je suis dans mon bureau, comme absent à moi-même, et à ma propre vie, j'ai bu mon café avec plaisir, et je contemple la mer qui s'étend devant moi.

Il y a plus de trente ans maintenant que je cours après les contrats, les banques, les réunions ; les voyages d'affaires absorbent mon existence, et je ne peux pas me détacher de ce mode de vie qui, au fond, me plaît beaucoup, qui est même, d'une certaine façon, devenu pour moi une seconde nature. Il est vrai que c'est Sheykha qui en paie le prix, cela a contribué pour beaucoup au refroidissement de nos relations, elle m'a laissé m'éloigner et, lorsqu'il m'arrivait de revenir auprès d'elle, je la trouvais indifférente.

J'ai l'impression de n'avoir pas connu l'amour, de n'en avoir aucune expérience ! J'ai lu quelque part : qui vit sans amour est déjà mort, il ne connaît pas le goût de la vie. C'est maintenant que je comprends cela : Sheykha m'a plu, je l'ai épousée, sans éprouver d'émotion particulière, pour ne pas parler de passion irrésistible… Dès le début de notre vie commune, Sheykha s'est contentée de voir en moi son époux, et moi je l'ai considérée comme la mère de mes enfants et la maîtresse de maison. Elle a suivi sa voie, et moi la mienne, de temps à autre les circonstances, tristes ou joyeuses, nous rassemblaient, un voyage, un anniversaire, une maladie, après quoi chacun d'entre nous retournait à ses activités loin de l'autre.

Aimes-tu Farnaz ? La question m'est venue par la vaste baie vitrée… Voilà que je me trouvais pris dans une histoire sentimentale avec une fille au parfum entêtant, une fille que j'avais vue comme en passant…

“Bonjour !” C'était Isma'il qui entrait dans le bureau, tout juste revenu de Bagdad. Je me suis levé pour l'accueillir : “Bienvenue ! Dieu soit loué pour ton retour !” Puis, après l'avoir embrassé : “Assieds-toi, raconte-moi tout.

— Dieu merci ! Tout s'est bien passé.” Il s'est tu un instant, avant d'ajouter, sur un ton de tristesse : “Bagdad n'est plus cette ville que j'avais connue pendant les années 1970 et 1980.”

Je le regardais, tout en voyant, par le regard de la mémoire, cette ville de Bagdad, le Tigre, Abou Nuwâs, sa profondeur historique et sa beauté, la rue Mutanabbi, les librairies, le parfum de science qui les imprégnait, les rencontres amicales dans les demeures généreuses, les tables couvertes de bonnes choses, l'atmosphère des cafés…

“Le chantier est situé dans la zone verte, il y a des mesures de sécurité renforcées, impossible d'entrer et de sortir sans franchir cinq ou six check-points.”

Pendant que je l'écoutais, mon cœur battait pour Bagdad, où ma dernière visite remontait à l'année 1990, cette année où Saddam avait ébranlé, détruit notre confiance, et révélé son visage de dictateur féroce, le jour où il avait occupé le Koweït, et l'avait foulé aux pieds, avec une cruauté, un cynisme rare…

“Je ne suis sorti qu’une fois, avec la voiture de l’ambassadeur du Koweït, pour me rendre à un dîner où m’invitait le directeur de la société irakienne.”

Isma’il m’a fait observer que le projet pourrait bien prendre du retard. L’ingénieur Karim devait rester encore une semaine là-bas avec le chef de travaux.

“Mais…, a-t-il ajouté, arborant une curieuse expression, la présence et l’influence iraniennes se font sentir très fortement, partout, les partisans de l’Iran et leurs milices contrôlent tous les services de la ville. Par exemple, il nous a fallu choisir un chef de travaux qui soit chiite.”

J’ai été surpris par ce qu’il disait : “C’était la condition pour qu’il soit accepté sur le terrain, pour qu’il puisse travailler avec eux, et garder de bonnes relations avec le gouvernement… Les milices chiites commandent !”

Je l’ai regardé un moment, avant de prendre mon téléphone et d’appeler l’ingénieur Karim : “Bonjour, monsieur l’ingénieur !” Je lui ai dit que je me trouvais avec Isma’il et lui ai communiqué mes instructions sur la nomination d’un chef de travaux adjoint qui soit chiite lui aussi. “Il devra venir au Koweït dès qu’il aura été nommé, je veux le rencontrer ici et m’entendre avec lui.”

Après avoir raccroché, je me suis tourné vers Isma’il : “Je t’en prie, suis l’affaire avec l’ingénieur Karim, et demande-lui de m’envoyer une copie du passeport de l’ingénieur chiite dès qu’il sera nommé, afin que je lui obtienne un visa.”

J’ai senti que ma décision le prenait de court. Je me disais que j’allais m’entendre avec cet ingénieur, que j’allais lui ouvrir un compte dans une banque étrangère, et lui remettre des sommes en dollars, dans la mesure où il coopérerait avec nous.

Isma'il m'a fait remarquer qu'il serait difficile d'obtenir un visa pour un Irakien. Je lui ai dit que je connaissais quelqu'un qui arrangerait cela en une heure.

"C'est entendu !" Il s'est levé, et a pris congé.

À dix heures et demie, j'attends Farnaz. J'ai décroché le téléphone pour dire à Marwan de faire venir Othayman.

Le jour où j'avais organisé cette réunion avec les employés dans mon bureau, j'avais observé qu'une bonne part d'entre eux étaient des Égyptiens, souvent barbus et portant sur le front la marque noire de la piété, ils parlaient avec cette voix caverneuse que je déteste, visiblement Othayman avait rempli la société de ses partisans…

J'entends qu'on frappe à la porte et je vois Othayman entrer. Nous nous saluons, il s'assied devant moi et, après quelques instants de silence, je lui demande : "Pourquoi as-tu mis fin au service de l'employée iranienne ?"

Il marque son étonnement.

"Le département d'informatique est complet, la société n'a pas besoin de ses services.

— A-t-elle commis une faute, une négligence quelconque ?

— Non.

— Quand avait-elle été recrutée ?

— Depuis moins d'un an, autant que je sache.

— Et qui l'avait recrutée ? Comment se fait-il qu'on mette fin au contrat d'un employé sans préavis ?"

Il bredouillait, ne sachant quoi répondre. J'ai repris : "Dès maintenant, je prends la décision de réintégrer cette employée, avec une augmentation de salaire de cinquante dinars. Je prends aussi une autre décision administrative, aux termes de laquelle tout recrutement dans la société, à quelque niveau que ce soit, ne se fera qu'avec mon accord et ma signature, de même que tout licenciement ne sera effectif qu'après mon approbation personnelle."

Il paraissait de plus en plus embarrassé. J'ai poursuivi : "Diffuse cette seconde décision à tous les directeurs de départements.

— Mais...

— Apporte-moi ces deux circulaires tout de suite, que je les signe." Je l'ai regardé, avant de conclure : "Il ne convient pas de faire la guerre aux gens en touchant à leurs moyens d'existence, ni de leur causer de préjudices moraux. Donne à cette employée un congé de trois jours, payé par la société."

Je le sentais bouillir de colère, il aurait voulu parler, mais j'ai mis fin à l'entretien : "J'attends les deux documents."

Il s'est levé pour partir, mais avant qu'il ne quitte le bureau je lui ai lancé : "Est-ce que la barbe est une condition pour être recruté dans ma société ?"

La question l'a gêné visiblement, il s'est retiré sans ajouter un mot.

Après quoi j'ai demandé à Marwan de venir, et lui ai dit qu'Othayman allait lui apporter deux documents, qu'il les prenne lui-même et me les apporte pour que je les signe.

Cette jeune fille toute simple va-t-elle changer ma vie ? C'est grâce à elle que je commence à découvrir ce qui se passe dans ma société. Je me dis à voix basse : j'avais bien raison de penser qu'un secret se cachait derrière elle. Othayman ne soupçonnait pas que le jour où il l'a licenciée, il me l'a rendue plus proche. Celui qui facilite les choses conduit les événements sur le chemin de leur réalisation. Ce n'est pas la première fois que je m'efforce de trouver une issue, et que celle-ci se présente là où je ne l'attendais pas.

Je voudrais voir Farnaz maintenant, respirer son parfum…

Mon téléphone portable sonne, un numéro inconnu apparaît sur l'écran, j'hésite quelques secondes avant de répondre.

“Que la paix soit avec vous !”

Mon cœur s'emballe à la voix d'Ahmad, que je reconnais immédiatement.

“Mon fils, où es-tu ?

— Tout va bien, Dieu merci !

— Dieu te pardonne ! Vraiment je ne sais que te dire. Quand reviens-tu ? Tu n'es pas lassé du combat ?

— Mon père, hier, je t'ai vu en rêve.

— Mon fils, où es-tu ? Dans quel pays ? Je suis inquiet…

— Je te l'ai dit : tout va bien pour moi, Dieu merci, et je te dis aussi…

— Avant de me dire quoi que ce soit, je t'en prie, mon fils, reviens au Koweït, aie pitié de moi !

— Mon père, je demande à Dieu qu'il me fasse bon accueil, et qu'il m'accorde le privilège du martyre.

— Mon fils, mon chéri !”

Je sentais mon cœur s'accélérer, j'avais la bouche sèche : “Tu es en Syrie actuellement ?

— Écoute-moi, Dieu m'a accordé déjà de grandes grâces, j'ai épousé deux femmes vertueuses, j'ai un fils, qui aura bientôt un an, il s'appelle Omar.

— Comment ? Tu as épousé deux femmes, et tu as un fils ?”

J'ai eu soudain l'impression que ma gorge serrée ne parvenait plus à contenir mes sanglots.

“Mon père, je t'ai appelé pour te dire, pour te supplier : repens-toi d'un repentir sincère, rapproche-toi de Dieu, et fais pour moi des prières, que je connaisse le martyre !

— Ahmad, je t'en supplie, reviens au Koweït, tu obtiendras de moi ce que tu veux !

— Mon père, Dieu m'a comblé de ses grâces, et je Le prie jour et nuit, pour qu'Il vous mette sur la voie droite, toi et ma mère.

— Mon fils, ta mère et moi nous avons besoin de toi, où es-tu ?

— Je suis dans le pays de Dieu, peut-être te conduira-t-Il sur le bon chemin, et m'accordera-t-Il un de ces deux bienfaits : la victoire ou le martyre !

— Mais je…

— La paix soit avec vous !”

La communication s'est interrompue, je haletais, le souffle coupé, j'ai essayé de refaire le numéro, mais sans parvenir à obtenir autre chose que des grésillements. Sa voix avait réveillé en moi le désir passionné de le voir. Il avait épousé deux femmes, il avait appelé son fils Omar, du nom de ce misérable professeur !

Je me suis retourné, face à la mer, une odeur de sang m'assaillait…

Marwan est entré avec les deux documents.

Je me remets à mon bureau, je lis le premier document, la décision de réintégrer Farnaz Sâdegh Qurmuzi, avec une augmentation de salaire de cinquante dinars mensuels, je signe, en ajoutant : approuvé, puis je passe au second document, que je signe aussi. Je dis à Marwan : “Photocopie les deux documents, l'employée concernée viendra te voir, tu lui remettras l'original, puis elle ira chez Othayman, pour signer son nouveau contrat de travail, elle a trois jours de congé." Il a pris le dossier et il est sorti.

J'entendais encore la voix d'Ahmad me disant adieu. Cette conversation téléphonique ne m'avait pas apaisé, loin de là, il m'avait informé de son mariage, et m'avait invité au repentir, et à prier pour son martyre… Je ne sais pas ce que dira Sheykha lorsqu'elle apprendra qu'il a épousé deux femmes…

Je me souviens de son chagrin, lorsqu'elle m'a dit que notre fils avait quitté la maison. Je ne savais que faire, il venait de terminer le lycée, j'étais moi-même affecté par cette disparition, mais ce n'était rien par rapport à l'effet qu'elle produisait sur Sheykha, qui sanglotait et gémissait comme s'il était mort.

J'avais appelé mon ami le gouverneur, qui m'avait demandé si j'avais une idée de l'endroit où il pouvait se trouver. Après un instant d'hésitation, j'avais répondu que je pensais à l'un de ses professeurs, Omar. Je ne connaissais pas son adresse, et les écoles étaient fermées pour les vacances d'été.

"Connais-tu son nom complet ?

— Omar Abdallah, ou Omar Ubayd, je crois."

Il avait noté le nom de l'école et son adresse, et m'avait demandé de ne rien faire, et d'attendre, il allait suivre le dossier personnellement, et m'appeler dès qu'il aurait des informations. Le lendemain, à huit heures du soir passé, il m'appelait : "Mon frère Yacoub, viens au commissariat tout de suite."

Lorsque j'étais arrivé, il m'attendait dans une voiture de police, dont il descendit pour me saluer. Au cours du trajet, il me dit que nous allions à un autre commissariat, dans le district d'al-Salibiya, où un détachement armé nous attendait, pour nous accompagner jusqu'à une ferme, dans le district de Kibd, qu'on allait investir.

Les véhicules de police avaient encerclé la ferme, et le commandant m'avait demandé de rester dans la voiture, au cas où il y aurait des échanges de coups de feu. Six policiers armés s'étaient avancés jusqu'au portail et l'avaient ouvert. Omar était sorti, avec Ahmad. Pendant l'interrogatoire, le professeur avait dit qu'il avait simplement recueilli Ahmad chez lui, dans la ferme, afin de lui prêter assistance *pro Deo*, car Dieu avait accordé au jeune homme Sa guidance, celui-ci ne supportait plus de voir, sans protester, le délitement qui se produisait au sein de sa famille.

Ahmad avait confirmé devant le commandant qu'il était venu habiter auprès de son frère le professeur Omar de son plein gré. Il s'était tourné vers moi et, de façon assez gênante, avait dit devant tout le monde qu'il était libre de ses décisions, qu'il ne reviendrait pas habiter à la maison, qu'il s'était inscrit à l'université, en faculté de droit islamique, et qu'il allait habiter en résidence universitaire.

J'avais demandé au commandant de parler seul à Ahmad. Tout en lui s'était modifié : son regard, sa façon de parler, sa physionomie, son physique, ses cheveux, son vêtement, son odeur même…

“Mon fils, nous sommes tes parents, ta famille.”

Il était resté silencieux, je ne savais même pas s'il m'entendait, ou s'il ignorait délibérément mes paroles, mais lorsque j'eus fini, il m'avait répondu, sur un ton ferme et résolu : “Je connais le chemin de la maison, je déteste tout ce qui a rapport avec elle, je connais la voie de Dieu, Il m'a accordé la grâce de cheminer vers Lui.”

Mon portable a vibré, c'était un message d'al-Khayyam : "Merci infiniment, monsieur, je ne sais comment exprimer ma gratitude."

J'hésitais sur la réponse à donner, je n'ai rien fait, mais, je ne sais pourquoi, une joie timide s'insinuait en moi.

Ahmad est au combat, recherchant le martyre, et moi, je suis occupé à une correspondance amoureuse !

Au bout d'un an, et même moins, après son départ, Sheykha ne prononçait plus son nom, elle avait nettoyé sa chambre, jeté tout ce qui s'y trouvait, repeint les murs, acheté des rideaux et de nouveaux meubles, Ahmad avait disparu de notre vie, on s'était fait à son absence, peut-être même était-on soulagé, je me demandais maintes fois : est-ce qu'ils l'ont tous oublié ?

Je ne me souviens pas que Do'eij, ou Abrar, ou Sahar, ait prononcé son nom, ils faisaient comme s'il était oublié, ou bien ils évitaient de mentionner son nom devant moi. Peut-être me ménageaient-ils, ne voulant pas me faire de peine. Tout le monde savait combien je lui étais attaché, d'ailleurs seule Farnaz aura pu, ces derniers jours, le remplacer dans mon esprit. Il faut que je la voie, que je parle avec elle…

Je prends mon téléphone pour appeler un de mes amis, partenaire de l'hôtel Sheraton.

"Bienvenue à mon frère Yacoub !

— S'il te plaît, appelle l'hôtel et demande-leur de me réserver un appartement pour un mois."

Il s'est tu quelques instants, apparemment surpris par ma demande, avant de me dire que j'allais recevoir un appel de la direction.

"Qu'ils m'appellent sur mon portable, pas au bureau."

J'ai du désir pour Farnaz, il faut que je la voie, je ne peux plus simplement rester là à penser à elle. D'un autre côté, je ne peux pas l'emmener à l'appartement de Sami, je veux que ce qu'il y a entre nous reste secret, ne serait-ce que pour protéger ma réputation.

Mon téléphone sonne, c'est le directeur du service des réservations, qui me demande si je veux une suite royale ou un appartement ordinaire.

"Un appartement ordinaire. Mettez la facture à mon nom, je paierai directement sur place.

— Entendu, monsieur Yacoub, dans une heure l'appartement sera prêt à vous recevoir."

J'ai raccroché, me disant que je n'allais pas emmener Farnaz dans un endroit suspect, le Sheraton n'était pas très loin des bureaux de la société. Je lui ai écrit un message : "Si tu es encore là, appelle-moi sur ma ligne intérieure, 1111."

Elle est encore là, puisque le téléphone sonne : "Ne prononce pas mon nom.

— Entendu.

— Je veux te voir."

Un moment de silence, j'entends son souffle : "Quand ?" Et avant de me donner le temps de répondre, elle ajoute : "Je ne peux pas sortir après les heures de bureau." Elle parle à voix basse, et la douceur de sa voix inquiète me touche profondément. Je reste silencieux.

"Je ne sais comment te remercier. Je viens d'être informée de ma réintégration."

Elle s'abstient de prononcer mon nom, mon cœur bat plus fort. Je lui dis : "J'ai tout organisé, j'ai demandé à la société de t'accorder un congé payé de trois jours, nous nous verrons demain matin."

J'entends une voix à proximité, dont il me semble que c'est celle d'Othayman, la communication s'interrompt.

Je la verrai pendant la matinée, à l'hôtel, et afin que l'on ne s'aperçoive pas de notre absence à nous deux, je dirai à Marwan que je vais à des réunions dans une banque pendant les jours qui viennent.

"Excusez-moi, j'ai raccroché." Je réponds à son message : "Organise-toi. Nous nous verrons demain dans la matinée." Réponse immédiate : "J'essaierai."

Que va-t-elle dire de moi ? Va-t-elle parler de moi à l'une de ses collègues ? Va-t-elle conserver mes messages pour les montrer à un avocat, et déposer plainte pour harcèlement ? Je me hâte de lui écrire : "Sois assurée que je n'ai aucune mauvaise intention." J'aurais voulu ajouter autre chose, mais je m'abstiens. Pendant quelques instants je me suis dit en moi-même : tu te comportes comme un adolescent, Yacoub ! Tu poursuis une jeune fille, qui est ton employée, et tu lui imposes ta volonté, tu profites de la situation !

Je lui écris : "Je t'en prie, que personne ne sache ce qu'il y a entre nous !" Réponse immédiate : "Je te le promets."

Assurément, si elle accepte ce que je lui propose, c'est parce que je l'ai reprise, avec augmentation de salaire, annulant la décision d'Othayman. C'est lui, au fond, qui a permis ce rapprochement, je n'aurais pu imaginer meilleur scénario, les choses se trouvent ainsi grandement facilitées !

Je n'avais plus la conscience nette du temps qui passe. Mon téléphone a sonné, affichant le nom de Sheykha.

"Où es-tu ?

— Au bureau.

— Au déjeuner il y a du poisson, du *zobeydi* comme tu aimes. Tu rentres quand ?"

J'ai eu un moment d'hésitation, ne sachant pas quoi répondre : "Je termine ce que j'ai à faire et j'arrive."

Comme je raccrochais, je me disais en mon for intérieur : qu'est-ce qui m'arrive ? J'organise un rendez-vous avec Farnaz, pendant que Sheykha essaie de me séduire en préparant mon plat préféré…

16

Mervat me regarde d'un air dubitatif, et moi je n'arrive pas encore à croire que je suis revenue travailler dans la société dont j'avais été licenciée. J'ai l'impression de rêver…

En me réveillant ce matin, je me disais tout en m'habillant et me préparant pour mon rendez-vous que j'aurais pu rester étendue dans mon lit sans autre perspective devant moi qu'une journée vide.

"Où vas-tu ? m'a demandé ma mère.

— J'ai un rendez-vous avec le président."

J'ai détourné le visage, de crainte qu'elle ne voie l'expression de mon regard. J'ai pris mon temps avant de sortir, car mon rendez-vous au bureau de monsieur Yacoub était fixé à dix heures et demie. Ma mère tournait autour de moi, elle me soupçonnait de lui cacher quelque chose. Safi était occupée par son nourrisson et son propre chagrin, elle avait toujours ce regard douloureux.

Lorsque finalement je suis montée dans ma voiture, j'ai constaté que la route était libre, sans les encombrements habituels du début de la matinée, le trafic tout à fait fluide, jusqu'aux feux du carrefour d'al-Nagra-Nord, qui d'ordinaire m'arrêtaient, avec leur couleur rouge irritante, et m'accueillaient ce matin avec du vert… J'ai considéré ce changement de couleur comme un signe de bon augure.

Je me demandais comment employer mon temps jusqu'à l'heure du rendez-vous, où je pourrais bien aller, j'aurais voulu mettre la main sur les aiguilles de l'horloge pour les avancer… Je me disais : pauvre de nous les mortels ! Nous voulons hâter le cours du temps, dans l'espoir que les heures amères que nous vivons feront place à des jours meilleurs…

Mais monsieur Yacoub est plus intelligent que cela, il ne gaspille pas les moments de sa vie. À vrai dire, je ne sais pas ce qu'il pense, ni même ce qu'il me demandera en contrepartie lorsque je le verrai. Où veut-il m'emmener ? Comment se passera la rencontre ? Que me dira-t-il ? Que va-t-il exiger de moi ? Sera-t-il le même homme que celui que j'ai déjà vu ces derniers temps ? C'est lui qui m'a réintégrée, il peut assurément faire de moi ce qu'il veut…

Depuis que je suis dans mon bureau, assise à ma place habituelle, Mervat me lance des regards énigmatiques.

J'ai fait des cauchemars effrayants ces deux derniers jours, pendant le week-end. Ma mère et Safi étaient tristes pour moi… mais me voici à nouveau à mon bureau, pleine de crainte et d'espoir à la fois. Je suis montée directement au bureau du président, en cherchant à éviter Othayman ou Mervat, ou quiconque de mes collègues. C'est Marwan, le chef de bureau, qui m'a reçue. Très poliment il m'a invitée à m'asseoir et m'a remis une copie de mon nouveau contrat, signé de la main de monsieur Yacoub, avec une augmentation de salaire de cinquante dinars. Je n'en croyais pas mes yeux, j'ai frissonné, une larme de joie m'est venue, que j'ai tenté de dissimuler. Marwan m'a dit ensuite d'aller voir Othayman, pour qu'il me remette un exemplaire du nouveau contrat, puis il a ajouté : "Ce sont les instructions du président."

Mervat m'a dit : "Tu as une chance formidable !"

Je n'ai pas voulu la mettre au courant des détails de mon contrat, craignant qu'elle n'interprète mal cette augmentation. Je lui ai dit que ce nouveau contrat faisait partie d'un ensemble de contrats, tous signés par le président. Elle a levé vers moi un visage interrogateur : "Alors c'est monsieur Yacoub lui-même qui a signé ton contrat ?" Puis, en souriant : "Que le Seigneur t'ouvre les portes du bonheur !"

Je me sens troublée, je n'ai pas voulu dire son nom, me contentant de le désigner par son titre de président. J'ai aperçu dans son regard une expression qui m'a déplu lorsqu'elle a su qu'il avait personnellement signé mon nouveau contrat. Depuis ce moment à vrai dire, j'entends en moi une voix qui me dit : sois gentille avec cet homme, et n'ajoute pas encore au fardeau de ton père, ni au chagrin de ta mère, sois gentille avec lui, car tu as besoin de lui, car il est le chef, et tu n'es qu'une petite employée… Puis une autre voix se fait entendre, qui me fait peur : et s'il allait me demander…

J'aurais voulu avoir une relation amoureuse avec un jeune homme, et voici que le président de la société où je travaille se présente devant moi… S'il me demande… je ne lui céderai pas, je m'échapperai… Qui sait s'il n'a pas pensé à un mariage temporaire ? Il a appris que j'étais chiite, et il a désiré m'épouser secrètement, pour y trouver une satisfaction personnelle… Je ne suis pour lui sans doute qu'un caprice passager, dans la masse de ses occupations, une fille qu'il a vue et qui lui a plu, pour une raison quelconque, il a voulu, comme tous les hommes, la connaître, la caresser, la goûter… Un homme dans sa position ne fera aucun sacrifice pour moi. Chacun de nous demande quelque chose de différent, lui me veut pour son plaisir et son amusement, moi je le veux pour survivre !

Au moment où Marwan m'a remis le document, un frisson invisible m'a parcouru le bras, et un pressentiment secret m'a avertie : rien n'est gratuit en ce monde. Voici que commence ton aventure avec le président ! Et quand j'ai appris qu'il m'avait accordé un congé de trois jours aux frais de la société, alors qu'il veut me voir, en dehors du bureau, mon cœur s'est mis à palpiter de crainte, et j'ai pensé qu'il pourrait bien se trouver derrière toute cette affaire.

Je sais bien qu'il a le pouvoir de faire ce qu'il veut. Mon destin était suspendu à sa volonté, d'un trait de plume il m'a réintégrée, avec augmentation de salaire. C'est la première fois que je me rends compte si clairement que ceux qui ont le pouvoir ne rencontrent aucune résistance, ils décident du sort des gens avec la plus grande facilité. Toute ma vie j'ai été pauvre, et voilà qu'un des hommes les plus riches du pays me poursuit, et demande à me voir. Parfois je m'interroge : quel est donc ce secret que possède le corps féminin ? Cette attraction qu'il exerce sur les hommes, et qui fait d'eux des suivants fascinés et dociles ?

Mais après tout, qu'est-ce qui empêche qu'il y ait une relation entre nous ? Et jusqu'où peut aller une relation entre une femme et un homme ? Je suis sincère avec lui, et il me fait la cour. Bien des jeunes filles partout dans le monde rêvent d'avoir une liaison avec un homme riche et âgé, qu'il soit généreux avec elles, qu'il leur fasse des cadeaux. J'ai éprouvé un plaisir étrange, tout en me répétant : qu'est-ce qui empêche… ? Mais un sombre pressentiment me hantait : tu pourrais bien le payer cher !

Avant de sortir de chez moi ce matin, j'ai été arrêtée par ma mère, qui m'a dit : "C'est Dieu qui accorde la richesse, Farnaz !", comme si elle s'était aperçue que je m'étais apprêtée avec plus de soin que d'ordinaire. Elle m'a donné ce conseil, tout en me regardant d'un œil inquisiteur : "Attention ! Ne t'abaisse pas, devant personne !"

Non, ma mère, je ne m'abaisserai pas ! Cet homme a été généreux avec moi au-delà de ce que j'attendais, il m'a rendu mon emploi et relevé mon salaire, il m'a accordé un congé payé. Yacoub est un bienfait que Dieu m'envoie ! Je ne dois pas négliger cette occasion, qui ne se présentera pas deux fois, heureux celui qui sait la voir et s'en saisir ! C'est toi, ma mère, qui m'as répété maintes fois : "Je souhaite te voir mariée." Mais qu'est-ce que le mariage a apporté à ma sœur Safi ? Une fois elle m'a montré son bras, où l'on voyait un cercle bleuâtre et rouge. J'ai demandé, choquée : "Qu'est-ce que c'est ?"

Elle m'a répondu, avec des sanglots et des larmes : "C'est Mohendi qui m'a pincée jusqu'au sang, il a manqué me faire mourir."

Yacoub est plus âgé que mon père, et tout en lui laisse à penser qu'il est doux et courtois, habile sans doute, mais quelle contrepartie va-t-il me demander ? Assurément il a quelque chose en tête. Où peut-il me voir ? Sans doute a-t-il chez lui des endroits réservés au plaisir et à la distraction… A-t-il l'habitude de choisir des jeunes filles ou des femmes parmi ses employées, ou bien la chance a voulu qu'il me remarque, moi ?

Les hommes sont curieux, leur force ne cède qu'au corps de la femme, et pour en jouir, ils font abandon de leur orgueil et leur domination, et redeviennent des enfants !

Qu'est-ce qui a pu lui plaire chez moi ? Où vais-je le voir ? Je lui ai dit que je ne pouvais pas le voir après les heures de travail, et il m'a donné un congé payé de trois jours. Je me demande : quelle sorte d'aventure m'attend avec lui ? Ma sœur Safia est plus belle que moi, elle avait beaucoup de prétendants, elle me disait, en grinçant des dents : "Les hommes sont des chiens, ils flairent chez une femme qu'elle est disposée à céder, et ils saisissent l'occasion pour s'emparer d'elle !"

Elle me parlait de Nidal, le fils de ses voisins palestiniens, qui avait été amoureux d'elle deux ans durant. Un soir, il lui avait donné rendez-vous chez lui, en famille, et lorsqu'elle s'était présentée, elle s'était rendu compte que sa famille n'était pas là, il était seul, il voulait la violer. Elle avait profité de son passage dans la salle de bains pour s'enfuir, tremblante de peur, au point d'être presque incapable de marcher. Elle ajoutait : "Lorsque l'instinct s'éveille en eux, ils ne voient plus rien, ils se transforment en animaux enragés."

Je voulais voir quelles étaient les intentions véritables du président, ce matin. Je m'étais coiffée avec soin, j'avais mis une touche légère de maquillage. Mais il ne m'a pas reçue, il s'est contenté de charger son chef de bureau de me remettre le nouveau contrat.

La nuit dernière j'ai mal dormi, je me réveillais toutes les heures, dans l'impatience de faire avancer plus vite les aiguilles de la montre, et de voir se lever le jour.

Je suis hantée par mes pressentiments. Je devrais peut-être quitter mon bureau, puisqu'officiellement je suis aujourd'hui en congé.

Il faut que je l'appelle, afin de savoir ce qu'il veut exactement de moi. Tout le monde va savoir que je suis réintégrée, avec augmentation de salaire ! Que vont penser mes collègues ? Bien sûr, ils vont jaser, raconter que je suis la maîtresse du président ! Et Mervat, que dira-t-elle ? Je ne lui en parlerai pas, ni à elle ni à personne, ce qu'il y a entre nous doit rester secret, je vais lui assurer que je ne dirai rien, pas un mot, pas même à ma sœur.

Après avoir quitté le bureau de Marwan, je suis allée voir Othayman, pleine de crainte. C'est le chef de bureau qui m'a reçue et m'a dit qu'il allait avertir Othayman de ma venue, d'un ton qui me laissait entendre que son patron était au courant. Après quelques instants, la porte s'est ouverte, et je suis entrée dans son bureau, nous nous sommes salués, moi lui disant simplement bonjour, et lui répondant plus cérémonieusement. Il paraissait contrarié : "Il y a eu une faute administrative en ce qui te concerne, considère cela comme nul et non avenu."

J'avais envie de crier de joie. Je lui ai dit : "Je retourne à mon travail dès maintenant ?

— La société t'accorde un congé payé de trois jours.

— Merci beaucoup, monsieur.

— Ce n'est rien."

Je me suis retirée sur la pointe des pieds.

Je ne sais pas ce que Mervat va penser si je pars plus tôt ce matin. Je devrais peut-être attendre l'heure habituelle de la fin du service. Je ne dois rien manifester, ne laisser deviner à personne ma relation avec monsieur Yacoub !

17

Une sensation de terreur m'a sorti de la torpeur de ma sieste, j'avais rêvé que j'oubliais de me rendre à un rendez-vous important. J'ai pris une gorgée d'eau du verre posé à mon chevet, et j'ai allumé le téléphone, que j'éteins pendant mon repos de l'après-midi : deux messages d'al-Khayyam m'attendaient, le premier : "Monsieur Yacoub, merci, merci, merci !" Puis le second, ouvert après un moment d'hésitation : "Désolée de vous avoir dérangé."

Je me suis assis un moment au bord de mon lit, puis je suis sorti de ma chambre, pour tomber sur Sheykha, qui allait et venait dans la maison, accompagnée d'une femme portant une valise. Elle la menait dans l'ancienne chambre d'Ahmad, puis, revenant vers moi rapidement : "Nous sommes invitées ce soir, moi et Sahar, à un mariage, c'est une employée du salon de beauté qui vient pour le maquillage et la coiffure."

Quelque chose me gênait, je la regardais en silence. "Le chauffeur vient nous prendre à huit heures pour nous emmener à l'hôtel." Après ces explications, elle est repartie avec l'esthéticienne.

Pendant ma sieste je ne voyais que le fantôme d'Ahmad, dans le lointain, mais dès que je fus réveillé, c'est l'image de Farnaz qui l'a remplacé, et la question de se dresser devant moi : quel rapport entre Ahmad et Farnaz ?

À huit heures, lorsque Sheykha et Sahar auront quitté la maison, j'essaierai de lui téléphoner. Je me suis assis sur le divan du salon, et j'ai demandé à la servante de m'apporter mon café. J'ai écrit un message à Farnaz : "Je t'appellerai après huit heures, si cela ne te dérange pas." Immédiatement la réponse est venue : "J'attendrai."

Mon cœur battait comme celui d'un enfant. J'ai tendu la main pour allumer la télévision, cherchant une station musicale. Mais dès qu'apparut l'image d'une chanteuse, qui bougeait lascivement, je baissai le son jusqu'au silence. Sheykha avait emmené l'esthéticienne dans l'ancienne chambre d'Ahmad ! Cela me gênait, j'aurais voulu me lever et faire partir cette femme. J'aurais dû sans doute me montrer plus ferme lorsqu'Ahmad était parti, et veiller à ce que sa chambre reste telle quelle jusqu'à son retour.

Je vais quitter le salon et aller faire quelques pas dans le jardin.

Comme je sortais de la pièce, mes hantises sont revenues, je me suis dit que j'allais retourner à la mosquée, pour voir si Abdel-Shâfi et Omar étaient toujours là, s'ils continuaient à embrigader l'élite de la jeunesse koweïtienne, pour en faire les instruments de leur terreur sanglante !

Je me suis assis dans le jardin, dissimulé aux regards, et après quelques instants, j'ai vu la servante qui venait m'apporter une tasse de café.

Quelque chose m'a atteint profondément, ces derniers jours, j'ai l'impression de ne plus être moi-même ! Je suis hanté par l'image d'Ahmad, pendant la veille et le sommeil ! Lors de ma conversation téléphonique avec lui tout à l'heure, j'ai ressenti comme une menace secrète, d'autant plus que cela coïncidait avec le début de nos opérations à Bagdad.

J'entends l'appel à la prière de la nuit, le son m'environne de tous côtés, car il y a plusieurs mosquées près de chez nous. Si Ahmad revient, ira-t-il à nouveau dans sa chambre ? Il a deux épouses, il faudra que je lui achète une maison pour y loger sa famille. Une maison, ou une parcelle, là où il voudra, je le laisserai organiser sa vie, comme j'ai fait déjà avec son frère aîné Do'eij.

Je vais aller faire quelques pas, j'aime beaucoup le palmier *barhi* que j'ai fait planter lorsque nous nous sommes installés ici, une espèce de palmier que l'on trouve à Bassorah, et dont le fruit a un goût de miel. Sheykha a la passion des plantes, elle choisit les arbustes et les jeunes pousses, elle les soigne et se réjouit comme un enfant de les voir fleurir. Moi j'aime beaucoup le parfum de la "Reine de la nuit", et je lui ai demandé d'en planter dans le jardin, son odeur me fait tourner la tête, ainsi que celle du jasmin sauvage, c'est peut-être là le secret de mon attirance pour Farnaz.

Souvent, à mon retour du travail, je vois des fleurs blanches de jasmin disposées dans un petit vase de cristal dans ma chambre, et Sheykha me demande : "Les fleurs te plaisent ?

— Beaucoup, leur parfum est enivrant."

Elle me regarde quelques instants, sourire aux lèvres : "Et pourquoi tu ne dis rien ? Pourquoi tu n'exprimes jamais ton bonheur ?"

Je n'ai su quoi répondre, une fois je lui ai dit : "C'est que je ne sais pas", puis j'ai ajouté : "C'est que je n'ai pas l'habitude", tout en pensant, dans mon for intérieur : la joie est une sorte de talent, que l'on doit pratiquer, mais moi… et j'avais envie de sortir le vase de la chambre.

Je vois Sheykha et Sahar sortir de la maison, il est à peine sept heures et quart. Sonnerie du téléphone, c'est Sheykha : "Nous allons passer prendre Abrar chez elle, avant d'aller à la soirée.

— Amusez-vous bien.

— Au revoir."

J'écris un message à Farnaz : "Je peux t'appeler ?" À peine était-il parti que le téléphone sonne, au nom d'al-Khayyam : "Bonsoir, monsieur Yacoub." Elle parle à voix basse, j'éprouve comme une joie soudaine, je ne sais que dire.

"Excusez-moi, je vous ai envoyé deux messages à la suite.

— Ne t'excuse pas, je dormais.

— C'est le sommeil qui garde la santé."

Elle avait dit cela spontanément puis, comme si elle s'était rendu compte qu'elle avait franchi la limite de ma vie personnelle, elle a changé de sujet, pour me demander : "Demain, je suis en congé, je ne viens pas au bureau ?

— Oui, tu as un congé de trois jours."

Elle est restée silencieuse, et je lui ai dit : "J'ai pris un appartement à l'hôtel Sheraton, on se rencontre là-bas."

À nouveau le silence entre nous. "Ce n'est pas loin des bureaux de la société, tu pourras garer ta voiture dans le parking du marché d'al Watiya, derrière l'hôtel, tu entreras de ce côté-là.

— Monsieur, Dieu vous garde !" Elle parlait d'une voix faible, sans compléter sa phrase. J'ai commencé à trembler, j'étais mécontent de moi-même, je ne savais plus que dire.

"Au revoir !" Et j'ai coupé la communication, étonné de ma propre audace.

À nouveau la sonnerie du téléphone, al-Khayyam, après un instant d'hésitation, j'ai décroché.

"Monsieur, je vous en prie, ne vous fâchez pas !"

J'avais l'impression qu'avec toute sa douceur elle me maltraitait cruellement.

"Farnaz, crois-moi, je ne veux rien de toi.

— Monsieur..."

Elle a laissé sa phrase inachevée.

Nous avons eu une longue conversation, elle me disait qu'elle était une personne ordinaire, d'une famille pauvre, qu'elle n'avait jamais vu un homme étranger seule à seul. J'ai cherché à la rassurer, lui disant que je n'avais aucune mauvaise intention à son égard. "À vrai dire, Farnaz, je ne sais pas moi-même ce que je veux de toi.

— C'est cela qui me fait peur."

Le silence s'est à nouveau établi entre nous.

"D'accord, nous pouvons nous voir demain."

Mon cœur a presque bondi hors de ma poitrine. Je lui ai donné toutes les indications nécessaires. Mais comme je lui proposais dix heures du matin, elle m'a dit tout de suite qu'elle allait sortir de chez elle à l'heure habituelle, comme si elle se rendait à son travail. Nous sommes donc convenus de nous voir plus tôt, à huit heures et demie.

En raccrochant, je me sentais heureux comme un enfant, mais aussi troublé. Que m'arrive-t-il donc ? Quelle est cette folie de vivre une aventure avec une jeune fille ? Je me suis rendu compte de tout ce que j'avais fait ces derniers jours : messages, conversations téléphoniques, location d'un appartement, rendez-vous… J'aurais voulu la voir tout de suite.

Sami m'avait donné un jour une petite boîte, et m'avait dit en riant : "C'est sûr et sans danger, sans effets secondaires. Une seule pilule, et te voilà redevenu un jeune homme !" Comme j'avais un léger sourire, il m'avait encouragé : "Essaie-le seulement !"

Demain je vois Farnaz, nous serons seuls dans un lieu correct, propre et sûr. Que peut-il se passer entre nous ? Pourrai-je retrouver ma jeunesse grâce à elle ? Elle est gracieuse et délicate, lorsqu'elle travaillait sur l'ordinateur, dans mon bureau, j'ai remarqué la veine verte de son poignet, la finesse de sa main, la délicatesse de ses doigts.

Cependant rien au monde ne peut nous faire revenir en arrière d'un seul jour ! Redevenir jeune ! Cela n'a pas de sens, aucune force sur terre ne peut nous faire revenir, homme ou femme, ne serait-ce qu'une heure en arrière !

La machine du temps fonctionne sans tenir aucun compte de notre volonté, nous avançons sur un chemin qui conduit dans une seule direction, à chaque pas que nous faisons, le chemin se ferme derrière nous, interdisant tout retour, et seuls ceux qui sont nés sous une bonne étoile prennent plaisir à ce voyage de la vie…

Depuis quand es-tu devenu vieux, Yacoub ? Question effrayante. Comment l'eau vive de ton existence s'est-elle dissipée dans le sable du chemin des appels d'offres et des profits ? Est-ce que le destin t'a envoyé Farnaz pour ranimer ton cœur qui ne battait plus que faiblement dans ta poitrine ? Il y a des hommes qui se marient septuagénaires, mais je ne suis pas de ceux-là, depuis mon adolescence je fais attention au moindre de mes pas… Et puis c'est là un argument misérable pour justifier le mariage d'un vieillard avec une jeune fille, que de dire qu'il jouira ainsi de la chaleur de son corps, et qu'elle profitera de sa fortune et de la belle vie ?

Farnaz est donc d'accord pour qu'on se voie, certes elle a d'abord opposé une résistance à cette idée, mais elle a fini par accepter. Peut-être rêve-t-elle de m'approcher et de me circonvenir ? La ruse des femmes est infinie… Je peux craindre le pire de cette Iranienne. Encore qu'elle sache qui je suis, et qu'elle ne puisse pas s'opposer à moi frontalement.

Je me suis arrêté un instant pour dire à ce Yacoub que je connais bien : c'est toi qui t'es attaché à elle, qui as couru après elle, qui as rêvé, désiré la voir, la rencontrer !

C'est toi qui l'as réintégrée, qui as augmenté son salaire, qui as tout organisé, finalement. C'est toi, Yacoub ! Mais une autre voix, moins familière, m'encourageait : lève-toi ! Sois un homme généreux, va chercher un cadeau pour ta maîtresse, que tu vas voir pour la première fois…

Farnaz, ma maîtresse ? Le mot m'a surpris, autour de moi se diffusait un parfum de gardénia. Je me suis levé pour faire un tour au jardin, puis, tel un somnambule, j'ai décidé de prendre ma voiture, et d'aller sans délai au marché d'al-Salhiya.

18

“On passe d’abord chez Abrar”, dis-je à Dadou. Mes deux filles et moi nous allons à un mariage à l’hôtel Arraya.

Yacoub avait à l’évidence l’air contrarié en regardant l’esthéticienne me suivre jusqu’à la chambre d’Ahmad. Je sais bien que ce qui lui fait de la peine, c’est précisément qu’on utilise cette chambre pour se faire maquiller et coiffer. Il voudrait que cette pièce reste parfaitement propre et rangée dans l’attente du retour d’Ahmad.

Mon frère Othayman, la dernière fois que nous nous sommes vus, m’a lancé : “Je ne pense pas qu’Ahmad reviendra un jour.” Cela m’a effrayée, et j’ai élevé la voix : “Pourquoi dis-tu cela ? D’où te vient cette information ?”

Son regard a changé, comme s’il se rendait compte de son imprudence. Il a répondu, un peu embarrassé : “Ce n’est pas une information, c’est une impression que j’ai. De tous nos fils, en qui Dieu a suscité la volonté de faire le djihad, et qui sont partis au combat en Syrie, en Irak ou en Afghanistan, aucun n’est revenu.

— Ils sont tous morts ?

— Non, non, certains se sont mariés, se sont installés là-bas, d'autres sont allés dans d'autres pays, et pour quelques-uns, c'est Dieu qui leur a accordé le martyre.

— Tu sais quelque chose sur Ahmad que tu ne veux pas me dire."

Il s'est tu quelques instants, avant d'ajouter, confirmant mes soupçons : "J'ai de bons amis en Syrie, ils me téléphonent lorsqu'ils ont appris quelque chose à son sujet.

— Et tu en as parlé à Yacoub ?"

Ma question l'a visiblement gêné, il s'est empressé de répondre : "Je t'en prie, ne lui dis rien de tout cela. Il a déjà beaucoup de mal à communiquer avec les gens ! Il ne parle que pour donner des instructions, sourcils froncés et en colère !"

À l'évidence, c'est lui qui en voulait à mon mari. Il poursuivait : "Il reste silencieux, et me regarde comme si j'étais un voleur. Si j'aborde avec lui ce genre de sujets, je suis bon pour un interrogatoire et une condamnation en règle !"

Je me demandais pourquoi mon frère avait poussé son neveu au djihad, alors qu'il avait envoyé ses propres fils en Amérique à la fin de leurs études secondaires… Son fils Hamad était ami avec Ahmad : "Pourquoi ton fils Hamad n'est pas parti au djihad avec Ahmad ?"

Ma question l'a surpris : "Dieu n'a pas suscité en lui la volonté de combattre en moudjahid. C'est Dieu – gloire à Lui ! – qui choisit qui Il veut pour mettre sur la voie de Son combat."

Je l'ai regardé, il s'est levé et a pris congé. Il a voilé sa femme et ses filles, et il m'a dit maintes fois, en m'appelant "Oum Do'eij", que je ne devais plus sortir sans voile, il insistait tant que j'ai fini par lui dire qu'il n'avait qu'à parler à Yacoub, c'est lui, mon mari, qui est responsable de moi.

"Mon maquillage est raté ce soir."

La voix de Sahar me tire de mes réflexions. Depuis que nous sommes dans la voiture, elle joue avec son téléphone et se prend en photo.

"Ma chérie, ton maquillage est très bien, il va bien avec ta coiffure et ta robe.

— Quand nous arriverons chez Abrar, tu verras que cela ne lui plaira pas.

— Mais si, je te dis que tout est parfait, maquillage, robe et coiffure. Abrar te dira la même chose.

— Je ne resterai pas avec vous deux à la soirée, je m'assiérai avec mon amie Mounira.

— Comme tu voudras."

Sahar a passé six ans à l'université et, l'année dernière, elle a tout arrêté, alors qu'elle était en dernière année. Aux questions de son père, elle a répondu qu'elle n'était pas pressée, qu'elle voulait se reposer un an avant de commencer à travailler. Comme d'habitude, il est resté silencieux un moment, avant de reprendre, sur un ton sévère : "Te reposer ? Tu vas mourir à force de repos !" Sa voix se faisait plus forte à mesure qu'il parlait : "Dommage de voir la vie humaine se perdre à dormir, à jouer, à faire des achats, à se livrer à des futilités…" Il a fini par lui faire des reproches : "Tu aurais dû m'en parler avant de prendre cette décision, c'est une affaire importante, qui ne concerne pas que toi."

Sahar s'est repliée sur elle-même, elle a avalé sa salive, sans rien dire. Il s'est alors tourné vers moi, me faisant porter le blâme : "N'est-ce pas ton devoir de m'informer de ce qui se passe à la maison ?

— Elle ne m'a pas demandé mon avis. J'ai été surprise, comme tu l'es toi-même."

Parfois j'ai l'impression qu'il me traite comme si j'étais responsable d'une de ses sociétés. Notre famille, c'est une société. Lui finance, et moi je suis la responsable exécutive, je dois lui transmettre des rapports détaillés sur tous les sujets ! Je me souviens d'un événement familial : je devais partir en voyage officiel avec une délégation du ministère, et je lui ai dit : "Essaie de rester un peu avec les enfants." À cette époque, Abrar et Do'eij étaient au collège, et Sahar et Ahmad à l'école. Il m'a répondu tranquillement : "Cela va être difficile !" Je n'ai pas compris, et l'ai fait répéter : "Comment cela, difficile ?

— Tout est difficile, rester à la maison avec les enfants, leur parler, réviser leurs leçons, surveiller leurs devoirs, jouer avec eux, les distraire… tout cela est difficile." Puis, avec le plus grand sérieux : "Sais-tu pourquoi ?

— Non.

— Parce que je n'en ai pas l'habitude, et aussi parce que ce genre de choses ne s'apprend pas du jour au lendemain, c'est une pratique, un entraînement de toute une vie, que je n'ai pas eu l'occasion de faire ni d'apprendre, enfin c'est difficile, parce que cela demande du temps, et moi je n'ai pas le temps."

Ce jour-là il s'était montré gêné, avant de me quitter, il m'avait expliqué : "L'éducation des enfants, c'est un sacrifice, tu t'es dévouée à cette tâche, tu ne t'intéresses pas à autre chose qu'à tes enfants." Cette phrase m'a rendue heureuse, mais j'étais un peu effrayée de le voir ainsi se désintéresser de l'éducation de ses enfants.

"J'aime le style *sâmiri* et *khimâri*, s'ils mettent cette musique-là ce soir, je me lève et je danse."

Les paroles de Sahar m'ont fait sourire : "Tu me connais, je suis pour la danse et la musique, d'ailleurs toutes les jeunes filles vont danser."

Aujourd'hui les soirées et les occasions festives ne m'intéressent plus beaucoup, cela fait des années qu'elles ont perdu leur lustre pour moi. Je vais encore à des soirées, certes, mais c'est pour Sahar, elle ne peut que plaire à toutes les mères, qui voient en elle une belle-fille idéale, je voudrais tant la voir mariée…

Il y a quelque temps de cela, un jeune homme s'est présenté, ingénieur, d'une famille connue, mais dès que je lui en ai parlé, elle s'est opposée avec force : "Je ne veux pas me marier maintenant." Et comme je la regardais : "Je veux d'abord finir l'université, puis trouver un emploi dans la fonction publique, après cela je penserai au mariage." Cette réponse m'a déplu. Je lui ai conseillé de ne pas laisser passer cette occasion, de voir le jeune homme, de parler avec lui avant de refuser.

"Ce n'est pas la peine. Je refuse le principe même du mariage précoce, et le fait de passer par des intermédiaires.

— Il ne s'agit pas d'intermédiaires. Il se trouve simplement que la mère du jeune homme t'a vue avec ton amie Mounira, et qu'elle m'a posé des questions sur toi, elle m'a parlé au téléphone."

Parfois je discute avec elle : comment va-t-elle pouvoir s'occuper de son mari, de ses enfants, de sa maison ? Elle n'est même pas capable de se procurer un verre d'eau… Elle ne sait pas ce que c'est que faire le ménage, ou ranger, ou cuisiner… Même ses vêtements, c'est la servante qui s'en occupe !

Elle m'écoute distraitement, tout en jouant avec son téléphone. Quand j'ai fini de parler, elle se tourne vers moi en souriant : "Maman ! Ne t'inquiète pas ! J'aurai une nourrice pour chacun de mes enfants, une servante à la cuisine, une autre pour le ménage et le repassage."

Depuis que nous sommes dans la voiture, elle est occupée avec son téléphone. Dadou conduit sans dire un mot. Je me sens bien avec lui, depuis qu'il est arrivé des Philippines, je remercie le Seigneur de m'avoir procuré un homme comme lui, calme et pacifique. Cela fait maintenant plus de dix ans qu'il est à notre service, il doit avoir plus de cinquante ans. Ahmad ne voulait pas monter avec lui, il disait : "C'est un chrétien", et il prenait toujours Bayoumi quand il avait une course à faire.

Je ne sais pas en quoi j'ai été fautive avec lui. C'est le plus jeune de mes enfants, il est né quand j'étais encore accaparée par mon travail au ministère. Quand je rentrais à la maison, j'étais fatiguée, et j'avais tendance à m'occuper davantage d'Abrar et de Sahar. Do'eij, lui, a pris son indépendance dès qu'il est entré au lycée. Il ressemble à son père, il planifie tout, il ne veut pas perdre un seul instant. Je n'ai pas eu de difficulté dans son éducation ou dans son instruction, ni même pour son mariage, c'est lui qui a fait connaissance avec sa future épouse et me l'a présentée.

Ahmad aimait rester seul, depuis qu'il était petit, il était silencieux, au point que je me demandais souvent ce qu'il voulait, quels vêtements choisir, il ne s'exprimait pas, ni positivement ni négativement. Je me suis vite rendu compte de l'affection que Yacoub lui portait. Lorsqu'il revenait de voyage, les cadeaux destinés à Ahmad étaient les plus nombreux, les plus beaux, les plus chers. Une fois, je me souviens qu'il avait rapporté une caméra pour Ahmad, et lorsque Sahar lui a demandé où était la sienne, il lui a répondu en souriant qu'il lui avait apporté une montre, la caméra ce serait la prochaine fois.

Sahar avait alors onze ans, elle a fondu en larmes. Soudain Ahmad s'est levé, sans rien dire, il avait à peine dix ans, il a tendu la caméra à sa sœur, et comme elle refusait de la prendre, regardant son père, il l'a déposée à côté d'elle, et il est parti dans sa chambre.

Je ne sais pas ce qui fait qu'un enfant est différent de ses frères et sœurs. Mon frère Othayman aimait beaucoup Ahmad, c'est lui qui l'a emmené à la mosquée la première fois, et Ahmad, contrairement à son habitude, est venu vers moi pour me dire en confidence, d'une voix insistante : "Maman, ne dis pas à mon père que mon oncle Othayman m'emmène à la mosquée." J'ai été surprise par cette demande, et par le ton, plein d'espoir, sur lequel elle était formulée.

"Mon père n'aime pas mon oncle Othayman, il pourrait se mettre en colère et le frapper, ou bien le licencier."

Ce jour-là, je lui ai promis de ne pas trahir son secret, et de ne rien dire à son père. Mais je me demandais ce qu'Othayman avait en tête à propos de mon fils… Se pourrait-il qu'il lui fasse du mal ? Aujourd'hui que mon fils est devenu "combattant du djihad", et que le fils d'Othayman est revenu d'Amérique diplômé, j'ai mauvaise conscience d'avoir gardé le secret vis-à-vis de mon mari, je n'aurais pas dû agir ainsi, mon cœur me dit que c'est mon frère qui a mené Ahmad sur cette voie de l'extrémisme, de la violence et du meurtre. Assurément, s'il avait eu vent de cela, Yacoub serait intervenu pour tout arrêter.

À un moment donné, il était en colère contre lui, il m'a dit : "Je n'aime pas sa figure, mais je le garde dans la société pour ses relations avec les groupes islamiques, il nous obtient, grâce à eux, des appels d'offres intéressants, des facilités financières considérables, sans avoir à donner de garanties, ni de gages."

À l'heure qu'il est, je ne peux pas informer Yacoub de ce que mon frère a fait avec Ahmad, Dieu seul sait ce dont il serait capable vis-à-vis de moi et d'Othayman… D'autant plus que, ces derniers temps, il passe par une mauvaise période, il se couche fâché, et se réveille plus fâché encore !

Ces tout derniers jours, je lui ai demandé plus d'une fois : "Qu'est-ce qui te tourmente ?" Il répond invariablement : "Rien du tout", ou bien il donne des raisons : le nouveau contrat de Bagdad, ou bien, simplement : Ahmad. Mais je lui ai dit la dernière fois : "Il y a quelque chose qui te préoccupe, et ce n'est pas le contrat de Bagdad ni Ahmad, quelque chose que je ne connais pas, et que tu ne veux pas me dire, dont tu ne veux pas me faire part."

Il m'a regardée comme s'il venait de s'apercevoir de ma présence, il m'a demandé : "Est-ce que je sais tout ce à quoi tu penses ?" J'ai souri : "Non, bien sûr." Il insistait : "Et est-ce que tu me fais part de tout ce que tu fais ?

— Non.

— Sheykha, tout homme a ses hantises, ses secrets, qu'il ne communique à personne… c'est mon cas."

Je ne sais comment la phrase est sortie : "Y a-t-il une femme qui t'occupe l'esprit ?"

J'ai eu l'impression que ces mots avaient électrisé son regard. Mais je connais mon époux, il a fait comme si de rien n'était, et il m'a dit en souriant : "C'est toi."

Quelque chose dans le ton de sa voix me persuadait du contraire… Il a ajouté : “Nous avons passé notre vie ensemble, Sheykha.

— C’est pour cela que je te pose la question.

— Que veux-tu dire ?

— Je veux dire que certains hommes, à soixante ans, redeviennent des adolescents.”

Il a hoché la tête en souriant : “Il y en a beaucoup, en effet.” Puis, se levant brusquement, comme s’il refusait de poursuivre l’entretien : “Puisque tu me donnes soixante ans, je vais me mettre à la recherche d’un bon club de sport, pour retrouver un peu de ma souplesse.”

Il s’est retiré dans sa chambre, me laissant à mes pensées et à mon désarroi.

“Abrar, ma chérie, on arrive devant chez toi dans un instant.”

La voix de Sahar m’a réveillée, j’aurais voulu rentrer à la maison, je me sentais oppressée, j’avais envie de pleurer.

19

Par quel concours de circonstances est-ce que je me retrouve dans une telle situation, amené à vivre de tels moments ?

Une demi-heure est passée depuis que je suis ici, seul, je m'assieds un instant puis je me lève, je fais quelques pas dans la pièce puis reviens m'asseoir. Je me suis longtemps regardé dans le miroir, visage inquiet, regard incertain, lèvres serrées, je me vois en pied, avec l'*oguel*, le tissu de tête et la *dishdasha*, chaussures bien cirées. Je contemple ma silhouette, comme pour m'assurer qu'il s'agit bien de moi, Yacoub, cet homme vivant que je connais bien.

Ah, Yacoub ! C'est Ahmad qui t'a brisé l'échine, Ahmad dont tu t'imaginais qu'il serait un jour ton héritier, à la tête de tes sociétés. Il a quitté le Koweït, maintenant il combat en Syrie, peut-être en Irak… Do'eij, lui, quand il a eu son diplôme, m'a déclaré en toute franchise : "Je veux créer ma propre société." Je l'ai regardé : "Tu ne veux pas que je t'aide, ou bien travailler encore quelque temps avec moi, avant de créer ta propre société ?

— Non." Son ton était franc et sans équivoque, comme un coup de feu en pleine figure. Je n'ai pu que lui dire : "Tous mes vœux de succès !", tout en prenant en moi-même la décision de ne plus jamais aborder avec lui des affaires professionnelles, à moins qu'il ne vienne lui-même me demander conseil. Ce jour-là, je me suis promis de ne garder qu'Ahmad à mes côtés, et de tout organiser pour qu'il reprenne lui-même la direction de mes affaires.

Ah, mon enfant ! Je me remémore Ahmad, tout en brûlant du désir de voir une fille, que je vais rencontrer pour la première fois ! Une fille qui m'emmène sur des chemins de traverse que je ne connais pas !

J'ai quitté la maison avant l'heure habituelle, j'ai dit à Bayoumi que je prenais la voiture moi-même, pour me rendre à une réunion à l'extérieur ; il a paru surpris. Cherchant à maîtriser mon émotion, j'ai fait rapidement la route jusqu'ici.

Hier, à peine la conversation terminée, je me suis hâté d'aller jusqu'au marché d'al-Salhiya, pour acheter à Farnaz un sac Chanel, que j'ai dissimulé dans le coffre de la voiture, en gardant la clé avec moi. Pendant le trajet du retour, je me faisais des reproches à moi-même : tu n'es plus Yacoub ! Tu es victime d'une sorte de sorcellerie qui t'influence de façon irrésistible, t'entraîne et te pousse à des actes auxquels toi-même tu ne croyais pas pouvoir te livrer !

Au temps de ton adolescence, tu n'as jamais vécu quelque chose de comparable, pas plus qu'ensuite tu n'as pris ta voiture pour aller dans une boutique acheter un sac à Sheykha ou à l'une de tes sœurs, ou de tes filles… Et voilà qu'aujourd'hui tu vas au marché d'al-Salhiya, tu entres dans une boutique, sans même songer que l'on pourrait te voir, tu achètes un sac de femme, tu le tiens à la main en marchant… Qu'est-ce qui a pu ainsi te changer, en l'espace de quelques jours, et te faire oublier toute ta gravité ?

Qu'est-ce qui te pousse à aller toujours plus loin dans la folie ?

En entrant dans l'hôtel avec le sac à la main, je cherchais à me cacher de moi-même… Il était tôt, et le hall était presque vide. Je suis allé à la réception pour prendre la clé, tout en faisant attention à ce qu'aucun des directeurs de l'hôtel, qui me connaissent, ne me voie. J'ai pris la clé, comme un voleur, et me suis dirigé rapidement vers les ascenseurs, pour me réfugier dans l'appartement.

Je voudrais prendre un café, mais je préfère attendre Farnaz, nous le boirons ensemble. Je souris à mon reflet dans le miroir, et je me dis : tu parles d'elle comme si tu la connaissais ! Tu n'as pas souvenir d'avoir jamais éprouvé cette émotion lorsque tu avais rendez-vous avec ta femme, ni d'avoir été à ce point troublé par l'attente et le désir…

Je me demande ce qui peut ainsi dans le cœur de l'homme susciter une passion nouvelle, qui fait disparaître les autres… D'où me vient mon désir de la voir ? Qu'est-ce qui se cache derrière cela ? Jusqu'à quand vais-je la suivre comme à la trace ?

Je me lève. Comment ai-je pu m'attacher à elle à ce point, alors que je la connais à peine ? Pourquoi elle, et nulle autre ? Et qu'est-ce que je veux d'elle ? C'est une avalanche de questions qui m'envahit l'esprit, je me sens égaré dans le labyrinthe de mes hantises, sans en trouver l'issue… Je me rassieds.

En maintes occasions je me laissais aller à des conjectures, pour mieux me préparer à affronter ce qui allait m'arriver. Mais avec Farnaz, je n'en suis pas capable.

Il est presque huit heures et demie. Mon téléphone sonne. “Monsieur Yacoub, bonjour !”

Sa voix est faible, je crains qu'elle n'appelle pour s'excuser. "Je suis arrivée au parking, je ne sais pas comment continuer.

— Descends au rez-de-chaussée, prends à gauche, sors de la zone commerciale, tu trouveras à main droite l'entrée de derrière de l'hôtel. Je reste avec toi au téléphone.

— J'ai peur…

— Il n'y a aucune raison d'avoir peur ! L'hôtel est très calme." Un moment de silence, j'entends le bruit de sa respiration.

"Monsieur Yacoub, je suis sortie de la zone commerciale. Je vais entrer dans l'hôtel.

— C'est bien. À quelques mètres, tu vas trouver les ascenseurs sur ta gauche.

— Un instant, un instant !" J'entends le bruit de ses pas, et sa respiration. "Voilà, je suis devant l'ascenseur.

— Entre, j'ai laissé la porte de la chambre entrouverte."

Je vais rapidement à la porte, je sors la tête pour vérifier qu'il n'y a personne dans le couloir. Que suis-je donc en train de faire ? Est-ce là Yacoub ? Ou quelqu'un d'autre ? Je sens mon cœur battre la chamade.

Je laisse un filet de lumière entre la porte et le chambranle, et je reviens vite m'asseoir. Je cherche à garder mon calme en l'attendant. Une voix intérieure me dit : tu n'es pas toi-même !

J'entends des pas, et le son de la porte fermée doucement. Enfin Farnaz est là, devant moi, c'est bien elle, la jeune fille que j'avais aperçue près de l'ascenseur, mais aujourd'hui son visage est marqué par la gêne, ou la crainte.

Je lui dis tout de suite bonjour, elle me répond poliment, d'une voix qui tremble un peu.

"Je vais m'asseoir ici, choisis le siège que tu veux."

Elle porte une robe longue de couleur bleu clair, avec des impressions brillantes de roses blanches, elle a la taille serrée par une fine ceinture, un léger châle doré couvre sa tête ; depuis qu'elle est entrée, ce parfum qui m'obsède se diffuse dans la pièce, du gardénia. Une question curieuse me vient à l'esprit : comment une jeune fille peut-elle se transformer en une branche de rosier ?

Je me demande ce qu'elle pense de moi, quel regard elle pose sur moi.

"Je suis désolé de t'avoir dérangée."

Elle est recroquevillée tout au bout du divan, en face de moi, sans dire un mot.

"Farnaz !" Elle me lance un coup d'œil timide. "De quoi as-tu peur ?

— Je n'ai pas peur."

J'ai l'impression que je n'aurais pas dû l'inviter à venir, je ne trouve rien à lui dire. Un silence gêné s'installe entre nous. Je sens qu'elle évite de me regarder. Je lui demande si elle a bien reçu son nouveau contrat de travail.

"Oui, merci infiniment. Dieu m'est témoin…

— Ne me remercie pas."

Je me sens la bouche sèche : "Je n'ai pas encore bu mon café, je t'attendais, veux-tu prendre un café avec moi ?"

Elle lève la tête, nos regards se croisent, une sorte de joie secrète m'envahit. J'entends sa voix : "Je prends le café à peine sucré." Cette joie très douce parvient jusqu'à mon cœur. Je commande deux cafés par téléphone. Je tente de la sortir de son silence : "Parle-moi un peu de toi."

Elle est visiblement troublée, mal à l'aise.

“Monsieur Yacoub, je ne sais pas comment je suis arrivée jusqu’ici.”

Je voudrais lui dire que moi aussi je suis troublé, comme elle, et guère plus à l’aise.

“C’est la première fois que je donne rendez-vous à un homme, et que je viens le retrouver dans un endroit que je ne connais pas. Je ne sais pas comment j’ai pu faire ce que j’ai fait.”

Elle évite de me regarder en parlant. “J’avais l’impression que tout le monde me regardait, me poursuivait…”

Sa voix tremble, elle reste enfoncée dans un coin du divan. “Monsieur Yacoub, je suis une personne ordinaire. Que voulez-vous savoir de moi ?

— Parle-moi de ce que tu veux.”

Je la regarde, je me rends bien compte à présent de ce qui, dans son regard, dans son visage, dans sa voix, me charme et m’attire. À l’évidence, elle s’est parée avant de venir, j’aime beaucoup son rouge à lèvres discret, son petit grain de beauté au-dessus de sa lèvre à gauche. Je sens comme une brise légère souffler dans ma poitrine, son parfum entêtant commence à danser dans l’atmosphère de la pièce.

Elle modifie un peu sa position, son châle a légèrement glissé, elle s’empresse de le remettre en place. Elle se met à parler d’une voix douce : “Je suis née au Koweït, j’y ai fait toutes mes études, depuis la petite école jusqu’à la dernière année de lycée, j’ai fait une école professionnelle, où j’ai obtenu un diplôme d’informatique.

— Tu vis en famille ?

— Oui.

— Que fait ton père ?”

Elle lève la tête, et me lance un regard plus intense, comme pour me dire : que veux-tu donc savoir ?

“Excuse-moi pour ces questions, c’est par curiosité, c’est tout.

— Mon père est chauffeur de minibus.”

Je ne cesse de m’étonner moi-même, c’est la première fois que je me sens à ce point troublé, la bouche sèche, devant une jeune fille timide, environnée de son parfum… Elle me paraît si fragile que je crains de la briser si d’aventure je la touchais ! Mais en même temps, elle a le pouvoir de me couper le souffle !

“Monsieur Yacoub, j’ai un frère, il est en Iran, il est né lui aussi au Koweït, il a fait ses études ici, mais il n’a pas pu entrer à l’université, il est parti à Téhéran.

— Il fait des études là-bas ?

— Non, il est entré dans une école militaire, il a terminé maintenant, il est officier.”

On sonne à la porte. Elle se lève brusquement, la peur se lit sur son visage. Je lui fais signe de s’éloigner de la porte, que je vais entrouvrir. Je prends le plateau des mains du garçon, sans le laisser entrer. Je referme la porte et reviens dans la pièce. Je m’aperçois que je suis en train de lui porter un plateau, son châle a glissé, découvrant ses cheveux, je lui dis en souriant : “C’est mieux ainsi.”

Sans dire un mot, elle le remet en place. Elle se lève du divan pour prendre la tasse et le verre d’eau. Je sens qu’elle se détend progressivement.

“Tu prends un café tous les matins ? lui demandé-je, en tendant la main vers le verre d’eau, pour m’humecter les lèvres et le gosier.

— Oui, je ne peux pas m’en passer, c’est comme ça que commence ma journée.”

Je souris : “Alors ça veut dire que ta journée n’a pas encore commencé…”

Elle a un sourire timide, qui me va droit au cœur.

Je goûte mon café, en la regardant : jeune fille couverte de roses, assise devant moi, craintive et essoufflée, robe bleue imprimée, son parfum enivrant, ses cheveux aux reflets dorés, son petit grain de beauté, ses doigts fins et délicats, ses ongles colorés… Je ressens une grande paix, à simplement me trouver assis à côté d’elle. Comment avait-elle pu toucher mon cœur, et modérer mon ardeur ? Je me dis : qu’est-ce qu’une âme peut apporter à une autre âme ? C’est une fille pauvre et sans ressources. Combien de temps vais-je rester ainsi à la regarder ? Que peut-il se produire entre nous ? J’aurais voulu que le temps se fige, pour rester auprès d’elle… Soudain l’idée me vient de Sheykha, ou de l’un de mes enfants, ou même de mes amis, apprenant cela – que leur dirai-je ?

“Monsieur Yacoub, pourquoi m’avez-vous choisie, moi, parmi toutes vos employées ?”

Je la regarde et lui réponds comme si je parlais à moi-même : “Je ne sais pas… d’ailleurs je suis loin d’avoir vu toutes mes employées.”

À nouveau le silence entre nous. Je vois le sac sur la table, je me lève pour le prendre et le déposer devant elle : “C’est un petit cadeau pour toi.”

Elle le regarde, puis lève les yeux vers moi, je sens une grande douceur au fond de son regard, à nouveau cette brise rapide dans ma poitrine, puis sa voix : “Merci monsieur, mais je ne peux pas l’accepter.

— Pourquoi ?!”

Elle détourne le visage en souriant : “Pourquoi le prendrais-je ?

— C'est un cadeau pour te remercier, et aussi pour m'excuser, au nom de la société, pour la faute qui a été commise et les désagréments que tu as subis.

— Je suis désolée, je ne peux pas, ne m'en veuillez pas.

— Ne t'excuse pas, c'est un petit cadeau, rien de plus."

Une ombre de sourire éclaire son visage, elle murmure, sans me regarder : "Il doit coûter quatre ou cinq mois de mon salaire, qu'est-ce que je vais dire à ma famille ?"

Je ne m'attendais pas à cette réaction. J'avais réglé l'achat avec une de mes cartes bancaires, pressé d'en finir et de sortir du magasin, à hauteur de mille cinq cents dinars, ou mille sept cents.

Dans le silence qui s'est installé entre nous, le téléphone sonne, c'est Sheykha, qui s'étonne de mon départ matinal, sans Bayoumi, et constate que je ne suis pas au bureau.

"J'ai une réunion, je te rappelle dès que j'ai fini." Je raccroche sans attendre sa réponse.

Farnaz a entendu notre brève conversation, que peut-elle en penser ? Je sens que ma poitrine est de plus en plus oppressée. Ma raison me dit : vous êtes seuls tous les deux dans cette pièce, toi et cette fille que tu désires. Tu es trop déconcerté pour trouver tes mots, tu voulais la voir, et maintenant qu'elle se trouve devant toi, ton désir est encore plus grand…

"Farnaz, connais-tu quelqu'un parmi les membres de ma famille ?"

Elle s'empresse de répondre, d'une voix faible : "Non", puis elle poursuit : "Je sais que vous avez un lien de parenté avec monsieur Isma'il, et que monsieur Othayman est le frère de votre épouse.

— Et que sais-tu de mes fils ?

— Je ne sais rien à leur sujet.” Il y a de l’appréhension dans sa voix. Elle ajoute : “Monsieur, avez-vous entendu dire quelque chose à propos de moi, ou de quelque chose que j’aurais dit à leur sujet ?

— Non.”

À nouveau un moment de calme. Elle prend le verre d’eau, en boit une gorgée.

“Excusez-moi, monsieur, je peux prendre congé ?”

Je suis surpris, elle vient d’arriver, je ne suis pas rassasié de la voir, je n’ai rien dit encore, d’ailleurs je ne sais que dire. “Tu viens seulement d’arriver.”

Entre nous se tiennent le silence et le sac posé sur la table. Je voudrais me lever et la serrer sur ma poitrine, la sentir proche de mon cœur, m’enivrer de son parfum, l’embrasser, sentir le goût de ses lèvres, je voudrais… je veux qu’elle reste avec moi, si elle part maintenant, je serai triste.

“Tu n’as pas fini ton café.

— Merci, je l’ai bu.”

Elle se tait, je me dis : je suis vraiment en dessous de tout ! Je ne trouve aucun sujet de conversation. Je voudrais qu’elle reste encore, mais je ne sais comment la retenir. Je ne veux pas la contrarier. D’où me vient ce besoin d’être avec elle ? Je la regarde, repliée sur elle-même, gênée, si délicate et craintive… Tout en elle me charme, les roses imprimées sur sa robe, son parfum, elle me paraît si fragile que je n’ose pas la toucher.

Elle se lève brusquement : “Monsieur, permettez-moi de partir, je vous en prie !

— Comme tu voudras.”

Elle ramène le châle sur ses cheveux.

"Prends le sac." Elle me regarde. "Il est à toi, si l'on te pose des questions, tu diras que c'est une récompense.

— Je vous en prie ! Ne faites pas pression sur moi !

— Je ne veux surtout pas te contrarier, je te demande de prendre ce sac, afin que tu gardes quelque chose de moi."

Je m'étonne moi-même en prononçant ces mots.

Elle a un léger sourire et se penche pour prendre le sac, puis, se tournant vers moi : "Merci infiniment, soyez assuré que je ne parlerai à personne de notre rencontre."

Elle reste immobile quelques instants, comme si elle attendait une réponse de ma part. Je n'ai qu'une envie, l'embrasser, tout mon être l'appelle… Je sens à nouveau cette chose bouger dans ma poitrine. Venue de je ne sais où, la figure d'Ahmad s'impose à moi.

Farnaz me fait un petit signe de la main en murmurant : "Au revoir !

— Nous nous voyons demain, peut-être."

Elle me lance un regard énigmatique en répondant : "C'est entendu."

Je l'arrête : "Un instant !" Je vais jusqu'à la table au milieu de la pièce, et lui donne la carte d'ouverture de l'appartement : "C'est la carte pour ouvrir la porte. J'en ai deux, gardes-en une, si tu arrives avant moi, tu n'auras pas à m'attendre dehors.

— Je n'arriverai pas avant vous.

— On n'est sûr de rien."

Je lui tends la clé, qu'elle saisit. Comme elle est toute proche, je sens sa respiration et son parfum au gardénia. Elle se retourne pour sortir.

Je ferme la porte, le besoin que j'avais de sa présence ne fait que croître, je voudrais la rattraper, l'appeler… Une question se lève en moi, comme un orage : qu'est-ce qui t'arrive, Yacoub ?

20

Seigneur ! Protège-nous ! Ahmad a été capturé ! Si Yacoub apprend cela, il deviendra fou ! Prends pitié de nous, Seigneur ! Toi qui as sauvé Jonas du ventre de la baleine, sauve Ahmad !

Je viens de recevoir un appel d'Abou Bilâl, qui m'a transmis la nouvelle, tout mon corps s'est mis à trembler, ma langue s'est trouvée paralysée, je n'ai rien pu répondre, lui me répétait, à l'autre bout du fil : "Le cheikh Ahmad est vivant, il est vivant…", avant de changer de voix, et de dire en pleurant : "Mon fils aîné Mazen est mort en martyr !"

Je me trouve seul à mon bureau, j'ai terminé la conversation, en lui disant que j'allais le rappeler plus tard. J'avais besoin de reprendre mon souffle, d'absorber la nouvelle. Je me suis mis à marcher dans la pièce, en répétant : Seigneur, protège-nous ! Seigneur, notre défenseur, nous ne Te demandons pas de changer le destin, mais simplement de la clémence…

Je tournais en rond, ne sachant que faire, j'avais l'impression que le regard de Yacoub me poursuivait.

Seigneur ! Je n'avais jamais songé, jamais, à l'éventualité qu'Ahmad soit capturé, ou qu'il meure en martyr ! Ahmad est un émir, c'est le commandant sur le terrain, lui et son groupe mènent le combat sur la voie de Dieu, sans relâche.

Je ne pense qu'à une seule chose, qui me fait peur : comment vais-je transmettre la nouvelle à Yacoub, quels mots employer ? Je ne prononcerai pas un mot, je resterai silencieux, comme si je ne savais rien, jusqu'à ce que Dieu accomplisse ce qui doit l'être. D'ailleurs il sera mis au courant par la télévision ou les journaux, ou d'une façon quelconque.

Il n'y a de dieu que Toi, aie pitié de nous, ô Compatissant ! Délivre-nous du mal que nous envoie notre ennemi, Ton ennemi, ô Seigneur des mondes ! Tu peux tout, aide-nous, assiste-nous ! ô mon Dieu, ô mon Dieu ! Ô mon Dieu !

Je ne sais plus exactement après combien de temps Abou Bilâl m'a appelé à nouveau, pour me dire qu'il était quasiment devenu fou en apprenant la nouvelle du martyre de son fils, et qu'il m'appelait par devoir, par fidélité envers le cheikh Ahmad, et les combattants. Sa voix a changé lorsqu'il m'a dit que le groupe qui avait capturé le cheikh Ahmad appartenait à Daech, ou peut-être al-Qaida, et qu'ils l'avaient emmené dans un lieu inconnu. Il a répété que les combattants lui avaient assuré qu'il était vivant, qu'il n'avait pas été tué lors des combats. Sans réfléchir je lui ai demandé : "Que vont-ils faire de lui ?

— Ils vont lui extorquer les informations dont ils ont besoin, et ils marchanderont sa libération.

— Marchander ?

— Oui, ils peuvent l'échanger contre des combattants prisonniers chez nous, ou bien demander une rançon, leur situation financière actuellement est assez mauvaise."

J'ai pensé brusquement qu'ils pourraient me mettre à contribution, mais je me suis tu, dissimulant cette pensée. Le silence s'est installé entre nous, c'est lui qui a mis fin à la conversation, sur ces mots, dits avec une grande tristesse : "Par Dieu ! Si je n'aimais pas le cheikh Ahmad, et si je n'étais pas un homme de devoir, je n'aurais pas passé ce coup de téléphone !" Puis il a éclaté en sanglots, comme un enfant, je l'entendais dire : "Mon fils bien-aimé Mazen est parti, il est parti !"

Avant qu'il ne raccroche, je lui ai demandé le nouveau numéro d'Ibrahim, j'ai eu cette réponse, au milieu des sanglots : "Le cheikh Ibrahim est tombé lui aussi en martyr.

— Grand Dieu !" J'ai crié, sans me rendre compte que je me trouvais à mon bureau. Un long frisson s'était saisi de moi. Ibrahim était mon seul contact avec Ahmad qui, depuis plus d'un an, n'avait plus de portable avec lui, pour éviter toute surveillance. Lorsque j'avais besoin de lui parler, j'appelais Ibrahim, qui me le passait. Dieu te fasse miséricorde, Ibrahim ! Et t'accueille parmi les martyrs et les vertueux !

Où ont-ils emmené Ahmad ? Que Dieu lui prête la force de résister aux tortures de ces sauvages !

Je suis assis dans mon bureau, je ne sais que faire. La surprise et la terreur m'ont ôté toute capacité de réfléchir et ont paralysé ma volonté. Une crainte insolite s'est emparée de moi : je ne veux pas parler de cela à Yacoub, ni même à Sheykha, assurément, mais je ne peux pas rester inerte. Peut-être devrais-je prendre contact avec le ministère des Affaires étrangères, afin qu'ils interviennent et retrouvent Ahmad, mais je ne sais comment les informer. Je ne dois pas faire cavalier seul, il faut d'abord informer Isma'il, mais celui-ci va parler avec le parti, et le ministère va chercher à en savoir plus sur notre relation avec Ahmad et son groupe, c'est une situation impossible…

Je demande pardon à Dieu ! Il n'y a de force et de puissance qu'en Lui ! Mais aussi je me plains à Dieu, dans mon chagrin… Certains de nos amis dans notre parti ont des liens et des contacts avec les dirigeants de Daech et même d'al-Qaida. Peut-être faudrait-il les mettre au courant, afin qu'ils travaillent à la libération d'Ahmad.

La sonnerie du téléphone me fait sursauter, je vois sur l'écran s'afficher le nom d'Abou Obeydullah, le responsable financier : "Cheikh Othayman, ce sont les gens de Daech qui ont capturé le cheikh Ahmad, ils demandent une rançon."

Je réponds immédiatement : "C'est à vous de garantir le paiement de la rançon de votre émir. Le cheikh Ahmad est des vôtres, et c'est un commandant !"

Silence de sa part, et de mon côté. Il finit par expliquer : "Depuis que nous sommes en conflit avec Daech, ils ont arrêté tout financement, nous n'avons plus grand-chose en caisse, cela suffit à peine au règlement des salaires des combattants, et à nos engagements au jour le jour.

— Combien demande Daech ?

— La somme n'est pas encore fixée." Puis cette phrase à laquelle je ne m'attendais pas : "Je ne sais comment te le dire, ils veulent obtenir la rançon de monsieur Yacoub, le père du cheikh Ahmad, ils ont demandé son numéro de téléphone.

— Impossible !" Je crie, plein de trouble et de fureur : "Yacoub ne leur donnera rien, pas un centime ! Même s'ils le tuent, lui et tous les combattants du djihad !"

Après un instant de silence, il reprend, pour confirmer : "C'est pourtant bien cela qu'ils demandent !"

Je suis embarrassé, je ne sais que lui dire, et je finis par crier : "Je ne donne le numéro de Yacoub à personne ! Et puis, ils retiennent le cheikh Ahmad prisonnier, pourquoi ne lui demandent-ils pas le numéro de son père ?"

Il reste silencieux, comme surpris par ce que je lui dis, puis il reprend, doucement : "Le cheikh Ahmad n'utilise plus de portable depuis longtemps, il n'a certainement pas en tête le numéro de son père.

— C'est une catastrophe.

— Je t'en supplie, cheikh Othayman, arrange-toi, ils pourraient tuer le cheikh Ahmad, s'ils voient que nous nous obstinons."

Fin de la conversation. Je me lève et marche dans la pièce, en répétant : il n'y a de force et de puissance qu'en Dieu, le Très-Haut, le Majestueux ! Seigneur, sois-nous clément ! Tourne vers moi Ton regard, ô Vivant, ô Subsistant ! Seigneur ! Nous avons recours à Toi contre la dureté de l'épreuve, contre les menées des hommes méchants, contre l'injustice, la joie mauvaise des ennemis, Seigneur ! Nous avons recours à Toi contre la perte de Ta grâce, le changement de Ta faveur, contre Ta vengeance soudaine, et toutes les épreuves, ô Allah !

Que dirai-je à Sheykha s'il arrive quelque chose à son fils ? Elle sait que c'est moi qui l'ai emmené sur ce chemin. Je lis dans son regard une expression perpétuelle de reproche et de condamnation. J'aime Ahmad depuis toujours, enfant taciturne et sérieux, déjà viril. J'ai tout misé sur lui, je l'ai pris par la main, je me suis tenu auprès de lui, il ne m'a jamais déçu, il est devenu un combattant, fidèle à la parole de Dieu. Vraiment le Koweït tout entier devrait s'enorgueillir d'un tel homme, s'il avait connaissance de ses actions. C'est un fils vertueux de la religion de Dieu et de sa tradition prophétique, un glaive parmi les glaives de Dieu.

Que Dieu t'aide, Ahmad ! Il n'y a de dieu que Toi, gloire à Toi ! Je suis au nombre des injustes.

Je dois informer Yacoub. S'il arrivait malheur à Ahmad, il ne me le pardonnerait pas. Qu'il explose de colère, qu'il crie, qu'il me dise tout ce qu'il a sur le cœur, qu'il me chasse de la société, l'important est qu'il sache ce qui s'est passé, ensuite il résoudra le problème comme il l'entend.

C'est un homme fort, il a des relations dans le monde entier. L'heure est grave, je ne peux à moi seul assumer le fardeau de ce qui risque d'arriver. Je laisse à Isma'il le soin d'avertir le parti, nous allons sans doute nous réunir pour discuter de cette affaire.

C'est un soufflet que je reçois en plein visage.

Ces derniers temps, je sens bien que Yacoub ne supporte plus de me voir. Lorsque nous sommes ensemble, il a du mal à respirer et tout en lui indique la gêne et la répugnance. Yacoub n'hésitera pas à me nuire de toutes les façons possibles, s'il apprend ce que j'ai fait avec son fils, et que j'appartiens au parti islamique. Dieu nous protège ! Seigneur, je cherche en Toi recours contre la dureté de l'épreuve, contre les menées des méchants, contre l'injustice, et la joie mauvaise des ennemis !

Je ne sais pas si Yacoub est maintenant dans son bureau, ou s'il est sorti. Je dois l'affronter. Je me dirige vers son bureau, je vais demander d'entrer, pour lui transmettre la nouvelle, même si cela me répugne !

Je vais lui dire ceci : "J'ai appris qu'Ahmad a été capturé."

Je ne sais pas comment il va réagir, comment il va faire face à la situation. Je me souviens du jour où il m'a demandé si je connaissais un professeur de l'école d'Ahmad qui s'appelait Omar. La question m'a pris au dépourvu. Je me suis empressé de répondre par la négative, pour me couvrir. J'ai même nié avoir le moindre rapport avec lui ou avec l'école.

"Malheureusement il se trouve que cet enseignant est un saboteur, il fait du bourrage de crâne auprès des enfants, il leur fait détester leurs familles, il introduit la division !"

Je retenais mon souffle. Ce jour-là j'ai appelé Omar, il m'a dit que Yacoub était venu à l'école, qu'il s'était disputé avec lui et l'avait même menacé.

Qu'est-ce que Yacoub fera de moi ? Je crains qu'il n'arrive malheur à Ahmad. Je dois m'oublier moi-même, je vais parler à Yacoub, advienne que pourra !

Je m'en remets à Dieu.

"Nous avons mis un rempart devant eux, et derrière eux un autre rempart, nous avons mis un voile sur leurs yeux, ils ne distinguent plus rien." (*Ya-sin* – v. 9.)

21

Ma rencontre avec Farnaz n'a fait qu'accroître mon désir pour elle !

Je suis sorti contrarié de l'hôtel. J'ai pris la voiture sans savoir où j'allais, je n'avais pas envie de retourner à la maison, et je ne voulais pas aller à mon bureau. Un instant l'image de mon ami le Dr Fadel m'a traversé l'esprit, mais j'ai vite chassé cette idée ; que lui dirais-je ?

Comme je quittais le parking du marché d'al-Watiya, je me suis aperçu que je n'étais pas loin de notre ancien domicile, la maison de mon grand-père, où j'ai grandi. À cette époque, les murs des maisons étaient en terre, elles semblaient se tenir affectueusement les unes contre les autres, les rues étaient étroites, non asphaltées, les amusements des enfants se résumaient à jouer dans les terrains vagues et à se baigner dans la mer. J'étais venu rencontrer Farnaz au lieu même de ma naissance !

Je me suis engagé dans la rue du Golfe. J'avais le visage dissimulé par des lunettes de soleil. Je n'avais jamais jusque-là pratiqué la flânerie en voiture, ni au Koweït ni ailleurs, je n'ai pas le temps de me détendre, de prendre plaisir à écouter de la musique douce en roulant et en regardant le paysage, à mes yeux ce serait légèreté, perte de temps inexcusable… J'ai toujours mesuré mon temps à la minute, rien ne m'est plus pénible que l'attente. Je cours sans cesse, et le fantôme du temps me poursuit et me frappe cruellement la nuque si je m'arrête ou si je perds un instant fugace…

Des années durant j'ai été un animal ne connaissant que son chemin : je me réveille à l'aube pour prier, puis je pratique pendant une heure environ la méditation, où que je me trouve. Après quoi je parcours les titres des journaux, et à sept heures moins le quart exactement la servante vient m'apporter le plateau du petit-déjeuner : une tasse de café, une petite assiette avec une cuiller de miel du Yémen, et une autre assiette avec des amandes, des noix, une banane, un verre d'eau. Je me rase, j'entretiens ma moustache, je me lave à l'eau chaude, je m'habille avec les vêtements préparés la veille, je me parfume et je sors. À l'extérieur, c'est le travail qui m'attend, le travail qui représente pour moi l'essence de ma journée.

C'est Farnaz qui m'a amené à faire attention à moi. Pendant plus de quatre décennies, je n'ai fait que travailler, le travail était toute ma vie, tous les jours, été comme hiver, dans la joie et dans la peine, jours ouvrés ou fériés, en bonne santé ou malade, et lorsque je prenais du repos, c'était avec un livre pour compagnon, ou des rapports, ou des films documentaires. Un jour Do'eij m'a taquiné devant sa mère et ses sœurs : "Dans la semaine de papa, il n'y a pas de vendredi !"

Tout le monde a fait silence, appréhendant ma réaction, mais j'ai simplement corrigé sa phrase en plaisantant : "Ni vendredi ni samedi !", sous les rires de l'assistance. Tous et toutes alors de saisir l'occasion de me blâmer : je m'épuise à la tâche, je ne connais pas le repos, je ne sais pas profiter des vacances, je suis toujours occupé…

Je comprends bien aujourd'hui que tous ces appels d'offres au moins-disant, toute cette activité sans fin ni cesse diminuaient d'autant mon espérance de vie, c'était à chaque contrat un jour ou un mois de moins, je m'éloignais de plus en plus de ma famille, toute augmentation de mes avoirs créait en contrepartie une diminution de ma proximité avec ma femme et mes enfants, et ce n'est que bien tard que je me suis rendu compte de la solitude effrayante dans laquelle je vivais.

Je me souviens des reproches récurrents que me faisait Sheykha, en voyage : "Profites-en, nous sommes en vacances !" Un jour, nous nous sommes tellement disputés qu'elle a fondu en larmes : "Que Dieu maudisse le travail, et le père du travail !"

Je me suis souvent demandé d'où me vient ce comportement. Aujourd'hui je me trouve pris, ensorcelé par Farnaz, par le désir que j'ai d'elle, de la voir, de respirer son parfum… Elle seule a su m'arracher à mon travail, elle seule m'a touché le cœur, sans même que je la connaisse. Elle m'a fait changer de comportement du tout au tout. Cette passion étrange va me rendre fou…

Je n'aime pas conduire ma voiture sans but précis. Je téléphone au bureau, c'est Marwan qui me répond : "Bonjour, Abou Do'eij !

— Bonjour, est-ce que quelqu'un m'a demandé ?

— Oui, Isma'il.

— Y a-t-il du courrier urgent ?

— Non, rien.

— Merci, je ne viens pas aujourd'hui."

J'ai raccroché avant d'entendre sa réponse, pour me souvenir, immédiatement, de ce que mes amis me blâment toujours de faire cela, sans même dire au revoir.

Farnaz était emplie de crainte, elle tremblait. Elle était venue à l'heure. Je ne pensais pas qu'elle allait boire un café avec moi, mais elle m'a dit qu'elle ne commençait jamais la journée sans une tasse de café. Elle était franche dans ses réponses à mes questions sur sa famille, elle n'a pas eu de honte à me dire que son père est chauffeur de minibus. Son frère est officier à Téhéran, alors que mon fils combat l'Iran en Syrie et en Irak.

Le palais Dasmân est à ma droite, les tours du Koweït et la mer à ma gauche.

Je vais m'asseoir un peu devant la mer.

Dès que Farnaz est sortie, j'ai senti que je ne pouvais rester seul à cet endroit. Je regardais la place où elle s'était assise, la tasse de café, avec des traces de son rouge à lèvres, son verre d'eau. Je me suis approché de la place où elle était assise, je me suis penché pour respirer ce qui restait de son parfum, mon *oguel* est tombé.

Je me suis rendu compte que je n'étais plus moi-même. Que fais-tu, Yacoub ? Je me suis redressé, l'*oguel* à la main. J'avais l'impression curieuse de voir des centaines de silhouettes de Farnaz occuper la pièce. J'ai pris la fuite, laissant tout en l'état.

Cette rencontre s'est déroulée très vite, je n'ai pas pu me rassasier de sa présence, je ne lui ai rien dit de ma passion pour elle. Je voudrais la revoir, dès maintenant.

Mon téléphone sonne. C'est Sahar qui me demande si je viens déjeuner à la maison. Après un instant je lui réponds : "Dans une heure je suis là."

Ces derniers jours, Sheykha tournait autour de moi, comme si elle devinait ma préoccupation. À plusieurs reprises elle m'a demandé à quoi je pensais. Je lui faisais ma réponse habituelle : "À rien."

Sheykha est ma compagne de vie, certes elle a dépassé cinquante ans, et mon désir pour elle a bien diminué, nous faisons chambre à part, mais quelque chose dans son regard, dans sa présence, me dit sans cesse dans un murmure : Sheykha t'aime. C'est moi qui ai fait en sorte que, dans le voyage de la vie, mon train ne s'arrête jamais à la station de la passion, ni à celle de l'aventure amoureuse.

Je me souviens d'un épisode en Malaisie, nous avions signé un contrat important pour la construction d'un complexe commercial et de services. Après avoir conclu la session par un dîner de travail, je m'étais retiré dans la suite royale mise à ma disposition. À peine étais-je entré et avais-je ôté mes chaussures que l'on a sonné à la porte. J'ai ouvert, pour me trouver face à deux filles vêtues comme des mannequins. Je leur ai dit : "Eh bien ?"

L'une des deux m'a dit en souriant : "Bonsoir" en arabe. Nos regards se sont croisés et j'ai répété ma question.

"Veux-tu que nous passions la soirée ensemble ?" a-t-elle demandé, avec un sourire artificiel. Je l'ai regardée quelques instants, avant de me reculer et de fermer la porte, sans dire un mot.

Sami a éclaté de rire à mon récit, il m'a dit : "Tu es un homme pacifique, tu n'as pas de rapports avec les femmes." Puis il a conclu : "Abou Do'eij, tu es un amant passionné du dinar !"

J'ai garé la voiture dans le parking en face des tours du Koweït et je suis descendu faire quelques pas sur la promenade de bord de mer. Mon cœur désirait encore la présence de Farnaz, j'aurais voulu l'écouter parler, l'étreindre, respirer le parfum de son cou, contempler le mystère de ses yeux, lui prendre la main et marcher à ses côtés. Après son départ, j'ai éprouvé le désir de la rejoindre et de la laisser m'emmener où elle voulait, que je sois simplement près d'elle.

Yacoub, que dis-tu là ?

Soudain mon téléphone vibre, mon cœur se met à palpiter lorsque je vois s'afficher le nom d'al-Khayyam, avec le message suivant : "J'ai été très heureuse de vous rencontrer." J'hésite à répondre, ne trouvant pas les mots. Second message : "Je suis honorée de vous connaître, désolée d'être partie si vite, vous laissant seul dans l'appartement."

Je voudrais lui envoyer un message pour lui demander de revenir à l'hôtel, au lieu de cela je lui écris : "Je te désire toujours." Retour immédiat, sous la forme d'une rose avec deux mains jointes en signe de prière ou d'excuse. Je pense à lui envoyer l'icône du baiser que j'envoie souvent à Sahar, avec une rose, mais quelque chose m'en empêche.

Le téléphone sonne, le nom d'Othayman s'affiche, ce qui me surprend. Othayman ne m'appelle en général que dans les cas graves. Un pressentiment m'étreint, je vois devant moi la figure d'Ahmad.

"Abou Do'eij, où es-tu ?"

Il n'a pas sa voix habituelle.

"Il est arrivé quelque chose ?

— J'ai besoin de te voir, au plus vite."

L'affolement se perçoit dans sa voix, cela m'effraie.

"Où es-tu ?

— Au bureau.

— Je suis là dans dix minutes, maximum."

Je regarde la mer en disant cela, et je ne sais pourquoi ni comment une odeur de sang m'emplit les narines.

22

Lorsque j'eus repris ma voiture et que je fus sortie du parking d'al-Watiya, je me suis mise à réfléchir, j'avais peine à croire à ce qui venait de se passer entre moi et le président. Je n'arrive pas à comprendre son attitude avec moi. Je reprends le fil de notre brève relation, depuis le moment où nous nous sommes vus devant l'ascenseur jusqu'à notre rencontre d'aujourd'hui. Je n'avais rien organisé, je n'avais pensé à rien de spécial, je n'avais jamais rêvé de le rencontrer, je ne sais pas comment appeler cette relation qui nous lie désormais. Je conduis ma voiture sur mon itinéraire habituel, je ne peux pas rentrer chez moi tout de suite, bien avant mon horaire habituel, et je n'ai pas d'autre endroit où aller.

Cette rencontre ne s'est pas passée comme je l'avais prévu. Je suis arrivée au rendez-vous pleine de crainte, préparée au pire. Je le regardais à la dérobée. Il a un peu plus de soixante ans, il est beaucoup plus grand que moi, assis devant moi dans sa *dishdasha*, il me paraissait imposant, cependant il était gentil et cherchait à me rassurer, il m'a laissé entendre qu'il ne voulait rien de moi, mais il m'a fait peur quand il m'a demandé si je connaissais ses fils, je n'ai pas compris pourquoi il me posait cette question. Tout le temps où nous étions ensemble, j'ai attendu de savoir ce qu'il voulait exactement de moi, mais il n'a rien dit, il me parlait de façon courtoise, mais moi j'attendais une clarification, à propos de ce non-dit qui flottait autour de nous…

Une fois dans la voiture, j'ai ouvert le sachet du cadeau, mon cœur palpitait au contact du cuir fin, un sac Chanel, authentique ! Je suis sûre que Safi saura le reconnaître, à l'évidence ce n'est pas une contrefaçon. Sur le moment, j'ai pensé à le rendre au magasin pour récupérer la somme, dont j'ai le plus grand besoin, mais il n'y a pas de ticket dans le sachet, et d'ailleurs je ne sais pas où monsieur Yacoub l'a acheté. C'est le premier cadeau que je reçois de lui, mais je ne vais pas me pavaner avec le sac à mon épaule…

Quel nom donner à monsieur Yacoub ? Un admirateur ? Un ami ? Un amant ? Je me dis que moi, en tout cas, je suis bien la maîtresse cachée du président, même si je ne sais pas très bien comment me conduire avec lui.

Fares voulait me voir dans un petit appartement, monsieur Yacoub a loué un appartement à l'hôtel Sheraton, pour la même raison… Vaste différence entre les deux hommes. J'ai regardé discrètement sa montre et ses chaussures bien cirées. Si je parle à ma mère ou à Safi de ce qui s'est passé entre nous, je sais que ma mère me giflera et qu'elle se mettra à pleurer en gémissant, elle ne me croira pas si je lui jure qu'il ne m'a pas touchée, et même Safi aura ce regard sceptique que je connais bien. Un homme qui réintègre une employée dans sa société, après qu'elle a été licenciée par son directeur adjoint, qui augmente son salaire, qui lui envoie des messages d'amour, qui organise un rendez-vous dans un hôtel cinq étoiles, qui boit un café avec elle, qui lui fait un beau cadeau, et quand elle demande à partir, il lui dit simplement au revoir, sans que…

Farnaz ! Personne ne croira à ta version de l'histoire.

Que veut-il de moi ? Est-il vraiment aussi gentil qu'il le paraît ? Si c'était un homme à femmes, qui met en œuvre ses plans ? Ta première rencontre avec lui s'est bien passée, c'est l'admiration première, la gentillesse première, le premier cadeau et – qui sait ? – la première tromperie, peut-être vas-tu découvrir un autre homme à votre prochain rendez-vous…

Nous sommes restés dans le salon, je n'ai pas vu le reste de l'appartement, il y a sûrement une chambre. Je crains qu'il ne soit toujours là-bas, peut-être est-ce là son lieu habituel, où il attire les jeunes filles qu'il prend au piège… Je voudrais avoir le courage de lui dire : la prochaine fois, donnez-moi directement la somme, et j'en disposerai moi-même, mille dinars, ou un peu plus, cela suffira pour dix mensualités de ma voiture.

Je ne sais où aller. Cette rencontre m'a troublée. S'il m'avait demandé quelque chose, j'aurais su ce qu'il désire, mais il n'a fait que me regarder, avec une expression indéchiffrable. Je serai heureuse s'il continue à se comporter ainsi en admirateur… monsieur Yacoub Ashirâ', l'homme d'affaires millionnaire et puissant… J'aimerais être sûre qu'il m'admire vraiment, mais si c'est le cas, où cela va-t-il me mener ? Que veut-on de moi ?

Après cette première expérience, vais-je pouvoir me libérer de ma peur excessive et m'asseoir simplement avec lui, en ôtant mon voile de tête ? Peut-être allons-nous prendre le petit-déjeuner ensemble, je lui présenterai un verre de jus d'orange. Aujourd'hui nous ne nous sommes pas serré la main, il ne m'a pas touchée, mais qu'est-ce qui m'en empêche ? Et même, pourquoi ne pas l'embrasser ? Il est plus grand que moi… Je serais heureuse qu'il s'attache à moi et me couvre de cadeaux… Ma relation avec lui va sans doute changer ma vie et celle de ma famille, nous allons pouvoir quitter notre petit appartement, mon père va acheter un nouveau véhicule, Reza va rentrer au Koweït, je vais être recrutée dans une des sociétés de monsieur Yacoub.

Farnaz, si tout cela s'avère, alors Yacoub est véritablement un don du ciel.

Depuis que j'ai repris ma voiture, je me parle à moi-même : tu étais mal à l'aise avec lui, c'est toi qui t'es enfuie, saisie de crainte… Je ne sais ce qui m'a pris… C'est un homme relativement âgé, mais il a gardé toute sa prestance, la fraîcheur du visage, la forme physique… Je ne sais pas ce que j'attends de lui. Avec lui je vivrai comme une reine, si seulement il m'aime, et s'il est satisfait de moi. Il est bien préférable à Fares, ou à n'importe lequel de ces jeunes gens qui font leurs premiers pas dans la vie. Je devrais en parler à Safi, elle pourra me donner des conseils sur la meilleure façon d'agir avec lui. Grand Dieu ! Si j'en parle à Mervat, je suis sûre qu'elle ne me croira pas quand je lui dirai : "Le président et moi nous sommes rencontrés au Sheraton, et il m'a fait cadeau d'un sac Chanel."

Lorsque je fréquentais Fares, ma mère suivait cette relation de près, je lui ai avoué qu'il m'avait proposé de le rencontrer chez lui, elle s'est mise à crier, comme prise d'épouvante : "Quel malheur ! Quelle catastrophe !" Son visage a changé, ainsi que sa voix :

“Farnaz ! Ne t’engage pas dans ce genre d’affaire, n’attire pas le scandale sur nous !”

Son affolement m’a effrayée, et la crainte qu’elle éprouvait pour moi m’a fait pitié. Je me suis levée pour l’embrasser, je lui ai juré que jamais je n’irais rencontrer un homme dans un appartement ou un lieu privé. Mais pendant des jours elle m’a surveillée, avec une appréhension visible, elle me regardait, les yeux pleins d’espoir, et elle n’a été pleinement rassurée que lorsque je lui ai juré que j’avais rompu avec Fares, et que j’avais effacé son numéro dans mon téléphone. Je lui ai dit et répété que je n’avais de relation avec personne.

Malheureuses jeunes filles ! Et les plus à plaindre sont les jeunes filles pauvres. Sans doute monsieur Yacoub n’ose-t-il pas séduire une jeune fille koweïtienne de bonne famille, par crainte du scandale, mais s’il s’agit de Farnaz Qurmuzi, Iranienne et pauvre, il peut profiter d’elle sans risques.

Peut-être devrais-je m’excuser auprès de lui la prochaine fois. Je n’oserais pas lui tenir tête, s’il survient un différend entre nous. Il pourrait m’agresser, puis me laisser dans la chambre et sortir comme si rien ne s’était passé. En ce cas, vers qui me tourner ? Qui me défendra ? C’est moi qui suis venue le rejoindre. Lui peut s’appuyer sur son nom, ses sociétés, sa richesse, ses relations, alors que moi je n’ai derrière moi que du vent. Qui me défendra quand il me jettera en enfer ? Il n’aura qu’à me licencier, ma résidence sera supprimée, et ce jour-là je devrai quitter le Koweït et retourner en Iran.

Je sens mon cœur battre la chamade. Il est presque une heure de l’après-midi, j’ai encore trois heures à passer avant le moment où je rentre habituellement à la maison. Je roule au hasard, je prends une rue après l'autre. Je vais rentrer, et dire à ma mère que je souffre d'une migraine qui m'a contrainte à partir plus tôt du bureau.

Cette migraine-là est bien différente des autres… Par Dieu ! Je ne sais que faire. Je voudrais le rappeler, savoir ce qu'il a pensé de moi, ce qu'il veut faire de moi. Je lui dirai : Je t'en supplie, sois franc et sincère avec moi, ne me fais pas souffrir ! Avant cette rencontre, j'étais pleine de crainte, mais maintenant j'ai l'impression de flotter sur une mer immense, une mer ensorcelante et effrayante à la fois, où je m'égare. Je ne sais où il m'emmène, je ne sais ce que je dois faire, mais je ne veux pas le repousser et le perdre.

Pendant notre rencontre je sentais, à certains moments, qu'il m'aime, qu'il souhaite que je recherche sa protection. J'aurais pu éprouver ses véritables intentions en lui demandant une somme importante, cinq mille dinars, par exemple, s'il me les avait donnés j'étais gagnante, et s'il avait refusé, notre relation aurait pris fin. Non, je vais lui demander dix mille, c'est un millionnaire. Mais que vais-je lui offrir en contrepartie ? C'est toujours la même ignoble équation : l'argent contre le corps, contre la relation sexuelle, contre le plaisir, et finalement l'argent contre la vie même.

Est-il admissible que je me fasse belle, que je me parfume, que je vienne jusqu'à son repaire pour me dénuder devant lui et coucher avec lui ? Un homme plus âgé que mon père… Mon pauvre père, il n'a rien qui puisse séduire une jeune fille, ou même une femme mûre, et se l'attacher. C'est un pauvre chauffeur de minibus, usé par le labeur, le souffle court. Dieu te vienne en aide, mon père ! Et que Dieu me vienne en aide à moi aussi, qui suis bien à plaindre !

Sonnerie du téléphone, c'est ma mère, qui me demande comment s'est passée ma journée, elle appréhende toujours les problèmes qui peuvent survenir à mon travail.

"Dieu merci, tout va bien.

— Quand reviens-tu ?

— Je suis en route, j'ai mal à la tête, j'ai demandé à partir plus tôt. J'arrive bientôt."

Je ne vais rien lui dire, ce qui s'est passé à l'hôtel ne concerne que moi, je garderai ces moments gravés dans mon cœur et dans ma tête.

23

Comme je le prévoyais, Othayman m'attend dans le bureau de Marwan. Il se lève en me voyant. "Je t'en prie, entre", lui dis-je en pénétrant dans mon bureau. Je le connais bien, et rien qu'à voir son visage congestionné, je sais qu'un malheur est arrivé. À peine assis en face de lui, je lui pose la question : "Qu'est-il arrivé ?

— Ahmad…" Il s'interrompt et me regarde.

Mon cœur se met à palpiter et une odeur de sang m'envahit les narines ! Un pressentiment me disait bien que tout cela concernait Ahmad. Je maîtrise mon trouble, cherchant à garder mon calme, pour l'écouter : "Ahmad a été capturé par un groupe djihadiste." Je m'attends à ce qu'il me transmette la nouvelle de la mort de mon fils, je reste silencieux un instant, et me prépare à recevoir cette nouvelle : "Et ensuite ?

— Je n'en sais pas plus, c'est un de mes bons amis en Syrie qui m'a appelé pour me mettre au courant, il m'a simplement dit ceci : le jeune homme de votre famille, l'émir du groupe, le cheikh Ahmad, a été fait prisonnier."

Il me revient à l'esprit la dernière conversation téléphonique que j'ai eue avec lui, je me demande s'il était déjà captif à ce moment… J'essaie de garder mon calme, je demande à Othayman en le regardant : “Et qu’est-ce que ton ami t’a dit encore ?

— Il m’a dit que le cheikh Ahmad et son unité avaient engagé un combat très dur contre un groupe djihadiste hostile, il a été fait prisonnier, c’était une opération bien préparée, personne n’en sait davantage.

— Cela signifie qu’ils l’ont tué ?

— S’ils avaient voulu le tuer, ils l’auraient tué au combat, et ils auraient laissé le corps sur place, comme pour les autres martyrs, non, ils avaient organisé sa capture.”

Je m’adosse à mon siège, je cherche à dissimuler mon désarroi, je le regarde attentivement, sans rien dire, cherchant à déchiffrer sa physionomie ; que veut-il me cacher ?

“Est-ce que ton ami t’a révélé autre chose ?

— Non.

— Il est koweïtien ?

— Non, syrien.

— Comment a-t-il appris la nouvelle ?

— Ses deux fils combattent dans l’unité du cheikh Ahmad, son aîné est mort en martyr.”

À l’évidence, Othayman sait beaucoup de choses, il est en contact étroit avec ses bons amis en Syrie, je ne vais pas lui demander des comptes maintenant, mais je veux obtenir de lui le plus possible d’informations : “Est-ce que ton ami t’a dit quelque chose à propos du groupe qui a capturé Ahmad ?

— Il pense que c’est un groupe de la mouvance de Daech, qui peut-être coordonne son action avec al-Qaida.”

L’écoutant, je sentais l’odeur de sang m’envahir, au point de me couper la respiration.

“Le combat s’est déroulé dans la zone de Bukmal, sur le front nord-est, à la frontière avec l’Irak.

— Ahmad combattait pour qui ?”

Sa physionomie et son regard se modifient, sa pomme d’Adam monte et descend, il me regarde et, après quelques instants de silence, il lâche : “Je ne sais pas.

— Othayman, pourquoi ne me dis-tu pas ce que tu sais ?” Je lui pose la question sans détour, il se trouble et cherche à se défendre : “Par Dieu, Abou Do’eij, je n’ai pas plus d’informations, tout ce que je sais, en fait, c’est ce que m’a transmis cet ami.”

Je serre les dents. Je ne peux m’empêcher de penser que ce n’est pas un hasard que mon fils soit enlevé le jour même où je rencontre Farnaz pour la première fois.

“Et maintenant que faut-il faire ? Informer le ministère des Affaires étrangères ? Attendre ? Aller en Syrie ?”

Il me regarde, sans dire un mot, de mon côté, je passe en revue mes connaissances et mes contacts au Koweït, en Syrie, au Liban, et en particulier ceux d’entre eux qui peuvent avoir une influence en Irak.

“Il faut attendre, de crainte de faire quelque chose qui pourrait nuire à Ahmad.

— Attendre quoi ?” Je sens ma bouche s’assécher. Mon fils est captif d’un groupe islamique, Dieu seul sait dans quelle situation il se trouve actuellement… Je me tourne à nouveau vers Othayman : “Ce groupe qui a capturé Ahmad est actif en Syrie ?

— Le monde entier s’active en Syrie !” Il me répond avec nervosité, puis, cherchant à se maîtriser, il reprend, sur un ton plus calme : “Comme tu le sais, Daech est actif entre l’Irak et la Syrie, et ils ont des liens avec al-Qaida. Mais celui qui m'a transmis l'information ne sait pas si le cheikh Ahmad se trouve toujours en territoire syrien, ou s'ils l'ont transféré ailleurs.

— C'est-à-dire où ?

— N'importe où en Syrie, ou en Irak, ou même en Turquie ou en Iran. Ces groupes se déplacent sur de vastes zones désertiques, ils entretiennent des relations fluctuantes.

— Peux-tu reprendre contact avec ton ami syrien ?

— Non." La réponse est définitive, cela me surprend : "Pourquoi ?

— Il n'a pas de téléphone, c'est une liaison sur ordinateur, par satellite, j'ai plusieurs fois essayé de l'appeler, pas de réponse."

Je me dis qu'une heure plus tôt j'étais au Sheraton, pour un rendez-vous amoureux, maintenant je me trouve plongé dans l'épreuve de l'enlèvement de mon fils. Je me tourne à nouveau vers Othayman, je ne l'ai jamais autant haï, mais je me trouve en position de faiblesse, comme je ne l'ai jamais été jusqu'à aujourd'hui…

"Qu'est-ce que tu me conseilles ?

— Mon ami m'a dit d'attendre, c'est lui qui va nous rappeler.

— D'où le connais-tu ?

— Il travaillait ici, au Koweït.

— Chez nous ?

— Non, il était comptable dans un établissement financier.

— Il est sûr de ce qu'il dit ?

— Absolument. Ses deux fils étaient membres de l'unité du cheikh Ahmad, l'un d'entre eux est mort au combat, en martyr."

Un moment de silence, je m'aperçois de la sécheresse de ma bouche et de ma gorge. Je tends la main vers le verre d'eau, qui a été apporté, avec une tasse de café, sans que, dans mon trouble extrême, je m'en sois rendu compte. Qu'est-ce qui peut arriver à Ahmad ? Lors de notre dernier entretien au téléphone, il m'a dit qu'il avait deux épouses, et un enfant nommé Omar, il m'a dit aussi qu'il aspirait au martyre. Je me sens oppressé. Othayman me regarde, je lui dis, calmement : "Tu me connais, je pourrais à l'instant prendre contact avec des dizaines de personnes influentes, un peu partout ; mais je crains pour Ahmad. Qu'en penses-tu ?

— Je ne sais rien de plus que ce que m'a dit cet homme, il va nous rappeler, il faut attendre, c'est tout."

Je sens qu'il voudrait ajouter quelque chose, je l'encourage à poursuivre : "Son fils est un combattant, il va certainement avoir des informations, il va m'en faire part." Il change de position, il a une expression curieuse dans le regard, pour me dire : "Il m'a demandé ton numéro de téléphone, mais j'ai refusé de le lui donner."

Je reçois la phrase comme une gifle. Cette affaire me concerne aussi, et je sens qu'il y a des gens qui veulent m'impliquer dans cette guerre sale.

"Pourquoi veut-il mon numéro ?

— Je ne sais pas, c'est peut-être pour te rassurer personnellement au sujet du cheikh Ahmad.

— Il me connaît ?

— Il a vécu plusieurs années au Koweït, il te connaît comme homme d'affaires, et il sait que tu es le père d'Ahmad."

À l'évidence, Othayman en sait plus qu'il ne dit. Il est clair qu'il est en relation avec le groupe, il y a quelque chose en jeu, et il veut m'impliquer dans l'affaire.

Soudain la porte s'ouvre, c'est Marwan qui me salue et me demande si je veux quelque chose. La matinée est passée, sans que je me rende compte de rien. "Merci, rien de spécial."

Je reprends la parole : "Je pourrais parler au ministre des Affaires étrangères, pour l'informer de ce qui s'est passé, il faudrait prendre les devants, avant qu'il n'y ait d'autres problèmes.

— La décision t'appartient, mais tu sais que ces groupes ne rendent pas de compte aux États, et qu'ils prennent leurs ordres uniquement auprès de leurs émirs, cela me fait craindre que notre intervention auprès du ministère ne complique encore davantage le problème, et surtout ne mette en danger Ahmad."

Alors que je le fixe du regard, il ajoute : "Nous ne savons même pas s'il est en Syrie, ou en Irak, ou ailleurs.

— Donc tu ne veux pas que je fasse quoi que ce soit, sinon attendre l'appel de ton ami syrien…

— Je t'en prie, Abou Do'eij, je ne veux pas prendre de responsabilité, fais ce que tu veux, je ne peux que te conseiller, la décision t'appartient."

Ma tête me fait mal, je me sens faible devant Othayman, très faible, il m'a saisi au cœur… "Qui d'autre que toi est au courant ?

— Personne, je n'en ai parlé à personne, et lorsque mon ami m'a mis au courant, je t'ai appelé immédiatement."

Mon fils est en danger de mort et l'on me demande de rester inerte, de n'avertir personne, de ne rien faire, moi qui déteste attendre ! Toute ma vie j'ai pris l'initiative, j'étais en position de force, et maintenant, pour la première fois, je me sens faible et dépourvu comme je ne l'ai jamais été !

"Abou Do'eij, je te propose de rentrer chez toi, garde ton téléphone à portée de main, je t'appelle dès que j'ai du nouveau."

Je le regarde sans dire un mot, il veut que je continue à vivre tranquillement, sans rien changer à mes habitudes, comme si rien ne s'était passé, alors que mon fils est peut-être sous la torture, ou déjà mort. À nouveau cette douleur dans la poitrine. Othayman veut savoir s'il peut donner mon numéro de téléphone, au cas où on le lui demanderait.

Donc mon fils est en difficulté, et voilà qu'il veut me mettre à mon tour en difficulté… "Cet homme est ton ami, il va t'appeler pour t'informer, en quoi a-t-il besoin de mon numéro ?

— Je ne sais pas, c'est lui qui me l'a demandé quand il m'a appelé."

Par crainte, et pour le satisfaire, je l'autorise à donner mon numéro. Il se lève brusquement : "Je t'en prie, Abou Do'eij, ne dis rien à ma sœur Sheykha.

— Je ne lui dis rien, c'est toi, et toi seul, qui transmets les informations." Le ton de ma voix est clair et net, il prend congé, me promettant de m'appeler dès qu'il apprend quelque chose.

Je me retourne pour faire face à la mer, je sens des coups dans ma poitrine, je ne peux me défaire de cette pensée obsédante : la nouvelle de l'enlèvement de mon fils a coïncidé avec le moment où j'étais avec Farnaz… comme c'est curieux ! Quel est le rapport ? Et cette odeur répugnante de sang dans mes narines, et tout autour de moi…

24

Je n'avais pas d'appétit au déjeuner, tout mon univers était bouleversé. Sheykha m'a demandé ce que j'avais, comme d'habitude je lui ai répondu : "Rien."

Je suis allé dans ma chambre, j'ai mis le téléphone à mon chevet et me suis allongé. Je voyais Ahmad enfant et adolescent, des souvenirs et des scènes avec sa mère et ses frère et sœurs me revenaient en nombre. J'ai envisagé d'appeler mon ami le préfet pour le mettre au courant, et savoir ce qu'il pensait de tout cela, tout en lui demandant le secret ; du fait de ses fonctions il pourrait avoir un avis différent de celui d'Othayman, qui me recommande, lui, d'attendre qu'on m'appelle.

Je me retournais dans mon lit, sans parvenir à chasser de mon esprit toutes ces images d'Ahmad enfant, ni ce que j'imaginais sur sa situation présente, tombé aux mains des terroristes de Daech. J'ai songé à rappeler Othayman, au cas où il aurait des nouvelles, mais je me suis ravisé : s'il avait du nouveau, il me rappellerait lui-même. Puis j'ai pensé appeler Isma'il, je sais qu'il a des liens étroits avec des gens considérés comme proches des courants religieux, tous ces gens-là se connaissent, et ils ont eux-mêmes des liens avec l'étranger. Je ne peux pas rester ainsi inerte, à attendre, alors que mon fils est là-bas, entre la vie et la mort.

Où est-il exactement ? Je ne sais pas. Othayman me dit : son enlèvement a été préparé, planifié. Vais-je appeler mon ami le rédacteur en chef ? Le journal a certainement des relations avec des personnalités et des groupes actifs en Syrie, et l'information doit leur être parvenue de la capture d'Aboul-Fath al-Koweïti.

J'avais toujours cette douleur dans la poitrine, et de plus en plus mal à la tête. J'ai appelé Sheykha pour qu'elle me donne un cachet. À la façon dont elle m'a dit : "Qu'y a-t-il, Yacoub ?", j'ai senti toute sa sollicitude à mon égard. Je l'ai rassurée : "Ce n'est rien, une migraine." Elle est restée à côté de moi, les yeux emplis de crainte. Pour apaiser son angoisse j'ai ajouté : "C'est sans doute le stress au bureau.

— Dieu te pardonne !" a-t-elle dit dans un souffle, avant d'aller rapidement me chercher le médicament avec un verre d'eau. J'ai pris deux cachets devant elle qui me regardait, l'air abattu : "Je t'en prie, Yacoub, dis-moi ce qu'il y a." Je me demandais, la regardant, quelle serait sa réaction si je lui disais : ton fils est captif d'un groupe terroriste… Est-ce qu'elle s'effondrerait, comme moi, ou bien accueillerait-elle la nouvelle avec froideur, étant donné ses mauvaises relations avec lui ?

"C'est sûrement le stress au travail qui m'a donné cette migraine.

— Jusqu'à quand vas-tu te tuer ainsi au travail ? Tu vas finir par mourir sur place."

Elle avait en disant cela les yeux pleins de larmes.

Vibration du téléphone, signalant un message. J'ai regardé l'écran, le cœur battant, et j'ai lu le nom d'al-Khayyam. Sans répondre, je me suis tourné vers Sheykha : "Je ne réponds pas, c'est un collègue à la banque.

— Je vais éteindre le téléphone, pour que tu puisses te reposer." Elle a tendu la main, mais je l'ai arrêtée : "J'attends un appel important.

— C'est bien ce que je pensais, tu n'as en tête que le travail, les appels d'offres, les règlements…

— Sheykha, ma chérie, je suis fatigué, laisse-moi dormir."

Elle m'a regardé : "Veux-tu qu'on aille voir le médecin ? Tu as le visage tiré, et tu n'as rien mangé au déjeuner.

— Je t'en prie, laisse-moi dormir."

J'ai dit cela avec une certaine dureté, elle s'est levée pour sortir, l'air abattu.

Ah, Sheykha ! Que puis-je te dire ? De multiples migraines m'assaillent, celle de Farnaz, celle de ma crainte pour Ahmad, celle de mon désarroi total… Sheykha, le Yacoub d'aujourd'hui n'est plus celui avec lequel tu as vécu jusqu'à présent. Je me suis rendu compte que je n'avais pas encore lu le message de Farnaz : "Monsieur Yacoub, bonsoir, désolée de vous déranger, je voulais vous demander si vous aimeriez qu'on se voie demain."

Vraiment ? Elle me demande si j'aimerais la voir… Un instant j'ai pensé me rendre au Sheraton, j'y serais plus tranquille, et si Othayman m'appelle, je serais plus à l'aise pour lui répondre, loin des regards angoissés de Sheykha, je pourrais aussi parler librement à Farnaz.

Lorsqu'Othayman m'a transmis la nouvelle à propos d'Ahmad, une sorte de mur s'est interposé entre Farnaz et moi, cependant j'ai l'intuition que quelque chose la relie à mon fils. Est-elle venue compenser la perte d'Ahmad ? Non, c'est impossible, personne ne peut venir se substituer à personne, aucun homme ne prend la place d'un autre.

Que puis-je répondre à Farnaz ? J'attends l'appel d'Othayman, mon souffle est suspendu à la sonnerie du téléphone.

Pourquoi tout cela, ô mon fils, pourquoi ? Je voudrais aller à la mosquée, chercher Abdel-Shâfi, pour le punir d'avoir causé la perte de mon fils, et chercher le funeste Omar, aussi.

J'essaie de chasser de mon esprit l'idée de la mort d'Ahmad, je ne veux pas y croire… Toute ma vie, j'ai été guidé par une sorte d'intuition, mais à l'heure qu'il est, je ne sais pourquoi, le miroir de mon cœur s'est obscurci.

Je suis dans l'attente d'un mot de la part d'Othayman, et peut-être aussi de mon ami le rédacteur en chef qui, je pense, ne va pas refuser de m'appeler…

Après le déjeuner, j'ai fait des recherches sur Google, je n'ai rien trouvé de décisif. J'écrivais : Ahmad, Koweïtien, ou bien : Aboul-Fath al-Koweïti, ou encore : combats des groupes terroristes en Syrie, ou : Daech actif en Syrie, pour me trouver face à des quantités d'informations et d'images effrayantes, des explosions, des meurtres, des prisons sinistres où l'on met des enfants, des chansons martiales… Je n'ai rien trouvé sur Ahmad, sinon quelques rares photos, et la mention de sa nomination comme émir d'une unité de djihadistes active en Syrie. Une question me serrait la poitrine : comment mon fils en était-il arrivé là ?

Je vais faire un tour dans le jardin, je ne peux plus rester allongé sur mon lit.

En sortant de la chambre, je vois Sheykha qui me dit : “Tu n’as pas dormi ? Comment te sens-tu ?

— Dieu merci ! Ça va mieux, je vais prendre le journal et aller dans le jardin.

— Veux-tu boire quelque chose ?

— Oui, un thé”, dis-je, laconique, puis je m’empare du journal sur la table et vais rapidement m’isoler dans le jardin pour attendre l’appel d’Othayman.

25

J'avais l'impression que Farnaz était assise à côté de moi, parfumée.

C'est dans le jardin que m'est parvenu l'appel d'Othayman. J'ai essayé de dissimuler mon trouble. "L'homme m'a appelé, il m'a demandé ton numéro, je le lui ai donné." Pendant que je l'écoutais, je sentais mon cœur palpiter. "Il m'a assuré que le groupe qui a capturé le cheikh Ahmad voulait prendre contact avec toi personnellement.

— Ils ont demandé à prendre contact avec moi ?" Je lui ai lancé la question, incrédule. "Et qui parle avec eux ?

— C'est le jeune homme dont le frère est mort en martyr, et de leur côté à eux, il y a un intermédiaire qui parle avec lui."

Je me sentais mal à l'aise, peu convaincu par les paroles d'Othayman, il y avait trop de confusion, tout cela me causait une sorte de répugnance. J'ai repris : "C'est donc eux qui ont demandé qu'on leur communique mon numéro ?

— Oui, en effet. Ils ont aussi demandé…" Il s'est tu brusquement, j'ai crié : "Continue !

— Ils te mettent en garde contre le fait de parler à quiconque, s'ils apprennent que tu fais des démarches, ou que tu informes un État, un gouvernement, un groupe quelconque, ils tueront Ahmad, ils filmeront son exécution, et ils diffuseront la vidéo."

Je sentais comme un poids sur la poitrine. Je ne savais pas dans quelle mesure Othayman était sincère, je ne trouvais plus mes mots, sa voix plaintive me parvenait au bout du fil : "Il n'y a de force et de puissance qu'en Dieu ! C'est une épreuve pour nous, Abou Do'eij !

— Bon, tu leur as donné mon numéro, et maintenant quelle est la suite des opérations ?

— Ils ont dit à l'intermédiaire qu'ils allaient t'appeler d'un instant à l'autre. Prépare-toi à un coup de fil imminent."

Cet avertissement m'a effrayé. J'ai repris mes interrogations : "Que veulent-ils de moi ?

— Je ne sais pas. Il est très difficile de faire des conjectures sur leurs plans, ou de deviner leurs calculs."

Quand il eut raccroché, j'ai quitté le jardin en toute hâte. J'avais pris la décision d'aller au Sheraton, j'avais besoin d'être seul, pour prendre la mesure de la catastrophe qui venait de s'abattre sur moi. J'avais aussi besoin de calme, pour réfléchir et agir sans être obligé de faire attention à ce qu'il y avait autour de moi.

Sheykha m'a vu rentrer dans la maison. "Je vais aller voir mon ami le Dr Fadel.

— Quand rentres-tu ?

— Je ne sais pas."

Je suis parti sans attendre sa réponse.

Le parfum de Farnaz m'a accueilli à l'entrée de l'appartement, le salon semblait en être saturé. Les employés avaient, semble-t-il, fait le ménage. J'ai mis sur la porte l'écriteau : "Prière de ne pas déranger."

J'ai ôté l'*oguel* et le tissu de tête, enlevé mes chaussures, et me suis étendu sur le divan. J'ai allumé la télévision, cherchant parmi tous les canaux, arabes ou étrangers, des nouvelles de mon fils.

Othayman m'avait dit qu'ils m'appelleraient d'un instant à l'autre. Pendant plus d'une heure et demie, j'ai regardé mon téléphone, vérifiant à chaque minute s'il n'y avait pas un message.

J'ai relu le message de Farnaz : "Aimeriez-vous que nous nous voyions demain ?" Ne sachant quel serait mon lendemain, je me suis borné à lui dire : "Bonsoir !"

Seuls le silence et l'attente m'accompagnaient, ou plutôt m'environnaient, avec hostilité. Je soupirais et me parlais rudement à moi-même : voilà que la perte et l'égarement t'assiègent, Yacoub, tu as donc perdu ta boussole ? À soixante ans passés, tu as un fils captif de terroristes, et tu te sens attiré par une fille plus jeune que tes propres enfants ? Ah ! Yacoub…

Un message d'al-Khayyam : "Bonsoir, monsieur." Je l'ai lu deux fois, à la façon dont cette simple formule de courtoisie était rédigée, je sentais bien toute sa sollicitude. J'aurais voulu l'entendre, lui parler, mais que lui dire ? Je ne pouvais rien lui dire à propos de mon fils, d'ailleurs que pouvait-elle faire ? À nouveau le téléphone a vibré : "Monsieur Yacoub, êtes-vous toujours fâché parce que je vous ai laissé seul ce matin ?"

J'ai ressenti le besoin de sa présence à mes côtés, qu'elle soit là, rien de plus. Mais il était plus de huit heures, et elle m'avait dit plusieurs fois qu'elle ne pouvait pas sortir de chez elle le soir.

Pourquoi tardent-ils tant à me rappeler ? Que font-ils de mon fils ? Dans quel état se trouve-t-il à présent ? Je suis assailli d'idées noires, j'ai un poids sur la poitrine. Je voudrais appeler Farnaz pour entendre sa voix et lui dire que je ne suis pas fâché contre elle, que je passe par une période difficile, mais elle va peut-être penser que j'ai un différend avec ma femme.

Un message : "Puis-je vous appeler ?

— Bien sûr."

"Bonsoir, monsieur."

Dans sa voix un peu rauque, il y a de l'abattement, du désarroi.

"Bonsoir.

— Je vous présente mes excuses.

— Farnaz ! Ne t'excuse pas. Tu n'as commis aucune faute. Je suis dans l'appartement, ton parfum m'accompagne.

— C'est vrai ?

— Oui, je suis venu ici car je suis tendu, j'attends une communication importante.

— Pardon. Si vous êtes tendu, je rappellerai plus tard.

— Non, reste avec moi…, me suis-je hâté de répondre, me surprenant moi-même. Je voudrais que tu sois là, à côté de moi…"

Elle s'est tue, je me taisais aussi, un peu essoufflé. Soudain un numéro à nombreux chiffres est apparu sur mon téléphone. Je me suis empressé de couper la conversation, pour prendre celle qui se présentait : "Allô ?"

Ça a grésillé, puis j'ai entendu une voix faible : "Père…

— Ahmad ?

— Paye la rançon, et montre ta soumission, ennemi de Dieu !"

La voix parlait arabe avec un fort accent étranger. “Nous piétinerons ce chien jusqu’à ce que tu payes la rançon.

— Quoi ?”

Celui qui parlait a poursuivi, ignorant ma question : “Prends garde à ne communiquer avec personne, si tu le fais, nous couperons en morceaux cet apostat, ennemi de Dieu, avec une scie, et nous filmerons la scène. Je répète : ne parle de cela à personne !”

La sueur coulait sur mon front, je lui ai demandé à nouveau : “De quoi s’agit-il ?”

La communication a été coupée, aussi brusquement qu’elle s’était établie. Je me suis retrouvé debout, le cœur battant la chamade, saisi d’un frisson glacé, la bouche sèche, envahi par l’odeur aigre du sang.

26

J'étais profondément bouleversé. Je suis sorti de l'hôtel, sans savoir où aller.

"Nous piétinerons ce chien !" La phrase me poursuivait. Devais-je aller voir Othayman ? Ou lui téléphoner ? Il était le seul à être au courant de la situation. L'homme qui me parlait au téléphone avec un fort accent étranger me disait : "Nous allons couper en morceaux cet apostat, ennemi de Dieu !" Où aller ? Je sens mon cœur s'affoler, ma bouche est sèche, et ma langue comme une planche de bois… Je n'avais jamais imaginé cela dans mes pires cauchemars. À qui puis-je avoir recours, auprès de qui chercher conseil ? On m'a mis en garde contre tout contact, mais après tout, ce qu'ils veulent, c'est la rançon, c'est pour cela qu'ils voulaient mon numéro de téléphone, c'est pour cela aussi qu'ils m'ont fait entendre la voix de mon fils. Un groupe qui se présente comme "djihadiste"… Quel djihad, à vrai dire, que celui qui consiste à faire peur aux gens, à les terroriser, à les couper en morceaux, à les tuer, pour ensuite mettre en scène tout cela ?

Il est dix heures du soir passées, je conduis au hasard, je devrais rentrer à la maison.

Calme-toi, Yacoub ! Tu as déjà vécu des situations difficiles, tu devrais savoir comment réagir à cette situation-là… J'ai cherché à prendre une profonde inspiration, et ensuite à tousser fort, d'une toux qui me secoue la cage thoracique. C'est un conseil des médecins : si l'on veut éviter l'angine de poitrine, il faut tousser fort, cela active le cœur et libère la poitrine. Je me mets à tousser, encore et encore.

Assez, assez ! Calme-toi ! me murmuré-je à moi-même. Ton fils est aux mains d'un groupe terroriste, qui demande une rançon, tu dois réfléchir aux moyens de le tirer de là. La situation à vrai dire est assez bizarre : Daech, ou al-Qaida, retient prisonnier l'émir koweïtien d'un groupe djihadiste rival, et demande une rançon pour sa libération…

Peu importe la somme, rien ne vaut la vie de mon fils, je suis prêt à donner tout ce que je possède pour le retrouver ; pour autant, qu'est-ce qui me garantit qu'ils sont sincères, je crains de donner la rançon pour rien, ils menacent de le couper en morceaux, comment avoir la garantie qu'ils le relâcheront sain et sauf ? Mon cœur s'affole à l'idée qu'ils pourraient prendre la rançon et le tuer… Il faut que j'aille là-bas moi-même pour le délivrer. Je m'interroge : suis-je capable d'aller rencontrer les gens de Daech ou d'al-Qaida ? Et puis qui va t'emmener en Syrie du Nord, ou au nord de l'Irak ? Comment aller jusqu'à eux ?

Je suis pris d'une violente migraine. Je dois voir Othayman et lui rapporter cette conversation, savoir ce qu'il en pense, peut-être va-t-il reprendre contact avec le groupe syrien et recevoir des instructions de leur part…

Une intuition secrète me dit qu'Othayman en sait beaucoup sur le groupe dont Ahmad fait partie, il était sans doute en contact avec eux, mais devant moi il ne veut rien dévoiler… Quel scandale se prépare ;

on va dire : son fils est un terroriste, un meurtrier, et quoi encore… Je sais bien ce que l'on dira de moi si je vais les rencontrer, mais au fond qu'est-ce qui peut m'arriver à moi ?

Soudain, un message d'Othayman : "Salutations à Abou Do'eij ! Ont-ils pris contact avec toi ?" Il me pose la question, mais peut-être sait-il qu'ils m'ont parlé, et veut-il en savoir davantage ? À moins qu'il ne soit dans la même angoisse que moi ? Je sais bien qu'il a beaucoup d'affection pour Ahmad. Vais-je aller le voir ? Ou bien lui téléphoner, pour en avoir le cœur net ? J'appuie sur son numéro, il me répond immédiatement : "Salutations, Abou Do'eij ! Rassure-moi !" J'hésite à lui répondre, je sais qu'on enregistre les conversations, je lui demande de me rappeler sur WhatsApp.

Dès qu'il me rappelle, je lui dis qu'ils m'ont effectivement appelé, et qu'ils demandent une rançon. "Tu t'attendais à cela ?" Il se tait quelques instants, puis reprend : "Il est clair qu'ils te connaissent, c'est pour cela qu'ils ont visé Ahmad et qu'ils l'ont enlevé."

Pourquoi ne puis-je lui faire pleinement confiance ? Je reste silencieux, avant que la question ne s'impose, dans toute son évidence insupportable : se pourrait-il qu'il y ait là un jeu pervers, dont Othayman serait partie prenante ?

"Est-ce qu'ils t'ont dit autre chose ? me demande-t-il.

— Ils m'ont mis en garde contre tout contact, et menacé de le couper en morceaux !

— Grand Dieu ! C'est là leur maudite manière de faire !

— Y a-t-il un précédent, ont-ils déjà capturé des Koweïtiens ?

— Non, mais lors d'un combat, s'ils ont le dessus, ils choisissent telle ou telle personne qu'ils capturent, comme future monnaie d'échange.

— Que me conseilles-tu de faire maintenant ?" Je me sens, disant cela, en position de faiblesse. J'entends qu'il soupire : "Est-ce qu'ils ont fixé un montant et une date de remise ?" Je me rends compte que je n'ai même pas pensé au montant de la somme, ni aux modalités de sa remise.

Yacoub, tu n'es plus toi-même… Je réponds à Othayman : "La communication a été assez brève, deux phrases, et il a coupé.

— Ils vont sûrement reprendre contact avec toi, pour te transmettre leurs exigences." J'ai l'impression qu'il me prend par la main, que je ne suis plus capable de réfléchir ni de prendre une décision… Je me dis : qu'est-ce qui a pu ainsi atomiser ta volonté et disperser tes pensées ? Je dis à Othayman : "Je vais rentrer chez moi me reposer, s'ils me rappellent, je te rappelle immédiatement.

— Tu dois te reposer, garde le téléphone à proximité, ils peuvent rappeler à tout moment.

— Est-ce que tu vas reprendre contact avec tes amis en Syrie ?" Il reste silencieux, puis : "Je ne sais pas, je penche plutôt pour ne rien dire à personne, après tout, nous ne savons pas comment ils réagissent, et de toute façon je n'ai pas le moyen de prendre contact avec eux." Je l'écoute attentivement, il ajoute : "Gardons le secret entre nous deux, s'ils m'appellent, je leur dirai que je ne sais rien.

— Comme tu veux, as-tu un conseil à me donner ?

— Yacoub, mon frère, tu es un homme nerveux et impérieux, mais je souhaite que dans toutes ces conversations, tu saches garder ton calme, et que tu ne fasses aucune promesse. Laisse-toi toujours le temps de la réflexion, dis-leur : je vais réfléchir, et n'écoute pas leurs menaces. Ils vont peut-être t'envoyer un film avec des scènes de torture, dont Ahmad serait l'objet, prends garde à ne pas perdre ton sang-froid, ne prends pas de décision hâtive, Ahmad pourrait en être victime !

— Merci !" Je raccroche, en proie au tumulte de mes pensées, plus faible et perdu que jamais !

Je retourne chez moi. Dieu te pardonne, Ahmad ! Il me revient l'image d'Abdel-Shâfi, et celle du mauvais maître, Omar, je sens à nouveau s'immiscer l'odeur aigre du sang, qui remplit l'habitacle de la voiture, jusqu'à m'empêcher de respirer !

27

“Yacoub ! Yacoub !” C’était la voix de Sheykha qui me réveillait. “Tu parlais dans ton sommeil.”

Je l’ai regardée, je me suis jeté comme par réflexe sur mon téléphone pour m’assurer que je n’avais rien reçu, ni appel ni message. Je me suis aperçu qu’il était presque neuf heures.

“Tu n’as pas l’habitude de te lever si tard !

— Je n’ai pas dormi de la nuit, jusqu’à cinq heures et demie, six heures…

— Othayman a appelé, à propos de la réunion d’aujourd’hui.”

Brusquement des scènes de mon rêve me sont revenues à l’esprit : je courais derrière Ahmad en criant, mais quand je m’approchais de lui, il s’éloignait, cependant Farnaz apparaissait de temps à autre, à chaque fois avec un voile différent…

Je n’ai pas rendez-vous avec Othayman. Peut-être l’ont-ils appelé, ou bien a-t-il appris quelque chose de nouveau ? Je me suis redressé, j’ai dit à Sheykha de demander à Jaya de préparer mon petit-déjeuner car je devais me dépêcher.

Je me suis précipité dans la salle de bains pour appeler Othayman. Celui-ci m’a dit qu’il n’avait rien de nouveau, qu'il voulait simplement savoir comment j'allais.

"J'arrive."

Ma toilette expédiée, j'ai pris mon café, je suis sorti, suspendu à l'écran de mon téléphone. Bayoumi m'attendait, je lui ai dit d'aller directement au bureau.

Ce qui m'arrive est curieux, cela fait des années que je n'avais pas dormi jusqu'au milieu de la matinée. J'avais l'impression bizarre de marcher sur un sol mou, qui cédait sous mes pas… Et que signifiait mon rêve avec Ahmad et Farnaz ?

La route était dégagée, l'heure de pointe était passée.

Pourquoi n'ont-ils pas appelé ? L'auraient-ils tué ? Et cette rançon qu'ils demandent, quel est son montant ? Comment la leur remettre ? Où ? Ils l'ont capturé lors d'un combat… Ô mon fils ! Dans quels misérables combats tu te trouves engagé…

Assurément ils savent que je suis millionnaire, c'est pour ça qu'ils ont voulu me faire chanter. À combien cette rançon peut-elle s'élever ? Dieu te pardonne, mon fils !

Bayoumi m'ouvre la portière, nous sommes arrivés.

Dès que je suis dans mon bureau, je demande à voir Othayman. Il accourt, semblant avoir recouvré tout son sang-froid, il me salue.

"Ils ne m'ont pas appelé !"

Il me regarde, puis répond : "Je ne sais pas…

— Est-ce que toi, de ton côté, tu as reçu un appel ?

— Non."

Soudain mon téléphone sonne, le numéro aux nombreux chiffres apparaît sur l'écran.

"Allô ?

— Père…”

C’est la voix d’Ahmad, très faible.

“Mon fils !

— Père, je t’en supplie, paye-leur ce qu’ils demandent.

— Dix millions de dollars américains, espèce d’incroyant !” C’est le même homme à la voix désagréable, avec un accent étranger. “Tu vas recevoir le numéro de compte, pour y virer la somme, après cela nous libérerons ton chien de fils.”

Sans réfléchir, je me mets à crier : “Je ne vous donnerai pas un seul dollar ! Faites de lui ce que vous voudrez !”

Je raccroche, sans attendre la réponse. Je me rends compte que je tremble de tout mon corps. Sous l’effet de la peur, Othayman a changé de visage : “Je t’en prie, ne te mets pas en colère !” Je le regarde, il poursuit : “La situation est différente maintenant, la vie d’Ahmad se trouve entre les mains de ces bandits.

— Qu’ils aillent au diable, eux et Ahmad ! C’est un assassin, un terroriste, comme eux, qu’il assume les conséquences de ses choix ! Il a laissé tomber sa vie d’honnête homme pour devenir moudjahid et libérer la Syrie !

— Excuse-moi, je m’en vais”, dit-il à mi-voix avant de sortir en traînant les pieds.

Sans doute ma condamnation d’Ahmad lui a-t-elle déplu… Et s’il était partie prenante dans cette histoire ? La question me taraude. Mon téléphone vibre, c’est un message d’al-Khayyam : “Bonjour, monsieur Yacoub ! C’est aujourd’hui mon dernier jour de congé, je ne suis pas venue au bureau.” Je laisse le message sans réponse, mon esprit est vide, une phrase résonne à mes oreilles : “Dix millions de dollars américains." Je me dis : c'est le prix de la vie de mon fils.

Il a détruit son avenir et s'est détruit lui-même, peut-être même a-t-il tué des innocents, et maintenant il me détruit avec lui. Et puis qu'est-ce qui me garantit qu'ils le libéreront quand j'aurai viré la somme ? Et s'ils le libèrent, il retournera en Syrie, pour replonger dans cette perpétuelle guerre intestine… Jusqu'à quand la Syrie sera-t-elle enlisée dans ce marécage sanglant ? Tous les terroristes, les meurtriers, les mercenaires du monde se sont donné rendez-vous en Syrie !

S'il revient au Koweït, il sera obsédé par ses projets terroristes, je devrai le dénoncer, le livrer aux autorités, pour qu'il soit rééduqué…

Dieu te pardonne, Ahmad ! Et qu'Il prenne Sa vengeance sur vous, Abdel-Shâfi et Omar ! Et sur tous ceux qui travaillent avec vous, et se tiennent derrière vous !

Est-ce que je n'ai pas parlé trop vite, et avec colère ? Vont-ils soumettre mon fils à la torture ? Je crois voir Ahmad en train de crier et d'appeler au secours. Le téléphone vibre à nouveau, c'est un message de Farnaz : "Désolée de vous déranger, monsieur Yacoub, je sens que vous êtes contrarié, j'espère que ce n'est pas à cause de moi."

Ce message en effet me contrarie, par son insistance. Je me dis : qu'est-ce qui me lie à cette fille ? Quel fil la rattache à Ahmad ? J'ai depuis longtemps l'habitude de suivre des indices, de déchiffrer des messages mystérieux, pour prendre ce que je considère être le meilleur parti, mon intuition ne m'a jamais trompé… Personne ne connaît les desseins cachés de Dieu… Ce sont là les leçons de la vie, que je médite dans le silence.

Quelque chose m'attire vers Farnaz. Je lui écris : "Farnaz, je suis contrarié, mais pas à cause de toi." Dans l'instant arrive la réponse : "Je vous souhaite de vous reposer."

J'aurais dû garder mon sang-froid dans la négociation. Ce ne sont pas des entrepreneurs, ni des propriétaires de terrains, ce n'est pas la Chambre de commerce et d'industrie, ni une banque étrangère... S'ils allaient tuer mon fils, comme ils en ont fait la menace ? Je sens une douleur m'étreindre la poitrine. Je prends une gorgée d'eau fraîche pour apaiser la sécheresse de ma bouche.

Je tourne mon siège pour regarder la mer. Un sanglot, venu je ne sais d'où, me monte dans la gorge, je voudrais pleurer, soulager ma peine. Je ne me souviens plus de la dernière fois où j'ai pleuré, peut-être le jour de la mort de ma mère.

Je n'avais jamais auparavant vécu de tels moments de souffrance et de déréliction. Un instant j'ai pensé me rendre à l'appartement du Sheraton, mais je préfère rester là, cela vaut mieux sans doute, je ne suis pas loin d'Othayman. Je demande à Marwan de le faire venir. Je cherche à garder mon sang-froid, je le salue quand il entre et s'assied en face de moi.

"Je ne sais pas quoi faire.

— Invoque Dieu, Abou Do'eij ! La vie d'Ahmad est plus précieuse que tout !

— Je ne pense pas à l'argent, je pense à sa délivrance !"

Comme il reste silencieux, à me regarder, je poursuis : "Comment avoir la garantie qu'ils vont le libérer ? Je crains qu'ils ne prennent l'argent et le tuent !

— On n'a aucune garantie.

— Alors j'irai là-bas. Je ne leur donnerai pas l'argent avant d'avoir récupéré mon fils !"

Son visage affiche une expression de surprise : "Je t'en prie, Yacoub ! Ne prends pas un tel risque, ne va pas affronter des tueurs qui ne rendent compte à personne, à aucun gouvernement… Tu ne fais pas le poids face à eux…"

J'attends qu'il me dise quelque chose qui pourrait sauver mon fils.

"Il faut leur demander comment ils vont te remettre ton fils, un groupe de moudjahidines pourrait se charger d'aller le récupérer.

— Ce sont des tueurs, et même si des moudjahidines le récupèrent, ce sera pour retourner au combat, au sang versé, moi je veux le ramener au Koweït."

Soudain mon téléphone vibre, nouveau message, c'est un lien vers une vidéo sur YouTube : je vois Ahmad, la barbe et les cheveux hirsutes, quasiment nu, dans une pièce aux murs décrépits et au sol de terre battue, son corps est couvert d'ecchymoses et de plaies, il est accroupi dans un coin, il tremble et répète sans cesse : "Je témoigne qu'il n'y a de dieu que Dieu, et je témoigne que Mohammed est son prophète !"

Je regarde la vidéo plusieurs fois, Othayman à mes côtés. "Il n'y a de force et de puissance qu'en Dieu !" dit-il.

Un moment de silence, avant que mon téléphone ne sonne à nouveau, avec sur l'écran ce même numéro insolite : "Allô ?"

Quelques parasites, puis j'entends une voix parlant arabe correctement, peut-être un Maghrébin : "Écoute bien ce que nous avons à te dire, méprisable usurier ! C'est nous qui parlons, toi tu écoutes et tu te soumets !"

Je me maîtrise et reste silencieux, le cœur battant. La voix parle comme le tonnerre : "C'est notre dernière communication ! Nous ne rabattrons rien des dix millions. Nous allons t'envoyer une vidéo qui t'apprendra qui nous sommes.

— Qui me garantit que vous allez libérer mon fils ?

— Nous allons le remettre à son groupe impie.

— Je veux le récupérer moi-même.

— Tu veux venir le récupérer ?

— Oui. Je vous donne la rançon et je reprends mon fils.

— Prends garde à ne pas jouer avec nous, tu risques d'être tué, avec ton fils impie.

— Je ne reviendrai pas sur ce que j'ai dit. Donnez-moi un lieu précis, je vous y rejoindrai." Il se tait, je sens mon cœur battre à coups précipités, je halète. Il reprend : "Nous allons voir." La conversation s'interrompt sur un brouillage désagréable.

Je voulais savoir où ils se trouvent, simplement, ma question semble les avoir surpris. Je lève les yeux vers Othayman, le visage décomposé, il me dit avec difficulté : "Tu ne peux pas y aller tout seul.

— Viens avec moi." J'ai l'impression que ma réponse l'a souffleté, il reste silencieux, la tête baissée. Je lui demande : "Ils se trouvent en Syrie ?

— La bataille a eu lieu près de la frontière syro-irakienne, peut-être dans la zone de Bukmal.

— Je suis prêt à aller en Irak ou en Syrie, j'ai déjà perdu mon fils quand il était plus jeune, je ne veux pas le laisser tomber maintenant qu'il est adulte."

Je me rends compte de sa faiblesse, de sa lâcheté, de sa perfidie. Sa vue m'est odieuse. Je me lève et me tourne vers la mer en lui disant : "Retourne dans ton bureau."

28

Quand pourrai-je trouver le sommeil ? Je me suis couchée il y a plus d'une heure et je ne dors toujours pas.

Safi vient d'allaiter son enfant, elle l'a couché et s'est tournée vers moi en me disant à voix basse : "Bonne nuit !" Elle s'est couchée à son tour, et je n'ai pas tardé à entendre le bruit régulier de sa respiration. Qu'est-ce qui l'attend ? Quel homme acceptera de l'épouser ? Elle est divorcée, avec un nourrisson. Sa taille élancée, sa fraîcheur, ses cheveux libres, son rire attiraient les regards partout où elle passait, c'était une flamme vivante de gaîté, de mouvement ; mais l'échec de son mariage l'a profondément démoralisée, elle est éteinte et inerte, la tristesse ne quitte pas son visage.

Lorsque nous sommes sorties faire des courses pour le petit, elle a refusé de se maquiller : "Pour qui ? Si c'est pour ces chiens, cela ne m'intéresse plus, et si c'est pour moi, je suis bien comme je suis." Sur le chemin du retour, elle m'a dit : "Lorsque Hossein aura deux ans, je le confierai à maman et je chercherai du travail, je ne veux pas être toujours à votre charge."

Demain je retourne au bureau après ces trois jours de congé. Je dois faire très attention, personne parmi les employés ne doit soupçonner ce qu'il y a entre le président et moi. Lorsqu'il m'a demandé de lui ouvrir une page sur Twitter et qu'il a enregistré mon numéro de téléphone, je me suis d'abord étonnée, et je me suis interrogée : que veut-il de moi ? Il ne signifiait rien pour moi jusque-là, je ne le connaissais pas, il ne m'était jamais venu à l'idée de lui parler ou de le rencontrer, et dans l'espace de quelques jours il m'a envoyé des messages, il m'a réintégrée dans la société, il m'a accordé une augmentation, il m'a donné rendez-vous dans un appartement, seul à seule, et il m'a fait un cadeau !

Le jour où je suis sortie de la réunion qu'il avait organisée avec mes collègues dans son bureau, Mervat m'a murmuré, sur un ton admiratif : "C'est un homme !

— Sans aucun doute", lui ai-je répondu, mais elle m'a lancé un regard étrange, et a ajouté dans un souffle : "Un mâle !"

Je suis restée silencieuse, quelque chose me gênait dans ses paroles, je la regardais à la dérobée, pour saisir ce qu'elle avait voulu dire par là.

Aujourd'hui, j'ai l'impression que ces rencontres avec les employés n'avaient d'autre but que de lui permettre de me rencontrer, d'ailleurs sa demande d'ouverture d'un compte Twitter était cousue de fil blanc. Pour une raison que j'ignore, il a voulu me connaître, mais qu'est-ce qui l'a poussé vers moi ? Je l'ai senti plusieurs fois tenter de m'approcher, au point que je me suis dit une fois, contre toute vraisemblance : peut-être est-il amoureux de moi ? Ses messages, ses demandes réitérées, son désir de me voir, sa signature sur la décision de me réintégrer, l'augmentation de mon salaire, notre rencontre à l'hôtel et son cadeau…

Je n'ai parlé à personne de cette augmentation, je ne sais pas comment ma mère, ou Safi, ou même mon père, pourraient l'interpréter. Je garderai ça pour moi. Safi a regardé le sac, j'avais préparé une réponse, mais elle n'a pas dit un mot. Seule ma mère a commenté, avec le sourire : "Quel joli sac !" Finalement l'affaire est passée sans difficulté.

Quand nous étions au Sheraton, je faisais des efforts pour dissimuler ma crainte et mon tremblement. Toutes sortes d'idées me passaient par la tête. Je me trouvais en compagnie du président koweïtien de la société où je travaille, dans la même pièce, seule avec lui. Je le regardais à la dérobée, je sentais qu'il me déshabillait du regard. Je m'attendais à ce qu'il se lève d'un instant à l'autre, qu'il me prenne par la main en disant : Viens ! Et qu'il m'emmène dans la chambre. J'ai pensé à la mésaventure de ma sœur avec le fils des voisins. J'ai été saisie d'un frisson et j'ai décidé de m'enfuir.

J'étais ramassée sur moi-même, collée au dossier du divan, mais lorsque je me suis retrouvée dans ma voiture, portes fermées, j'ai regretté de n'être pas restée avec lui plus longtemps, je me suis fait des reproches d'être partie si vite, avant d'avoir appris ce qu'il voulait exactement de moi. J'ai pensé vaguement : et s'il m'avait prise dans ses bras ? S'il m'avait embrassée ? Je n'ai jamais eu l'occasion de me trouver seule avec un étranger. C'est un homme marié, il a des filles plus âgées que moi… Que dirait-il si je le repoussais, si je refusais ses avances, si je ne lui rendais pas ses baisers ?

Il vaudrait mieux laisser de côté ces rêveries insensées et dormir, je ne veux pas que mon visage porte des signes de fatigue le jour de mon retour au bureau. Il me faut être attentive à chaque mot, à chaque lettre que j'écris, à l'évidence Othayman est à l'affût de la moindre erreur que je pourrais commettre, il est sans doute au courant de mes visites dans le bureau de monsieur Yacoub, et il se demande ce qu'il y a entre nous.

Je veux écrire un message à monsieur Yacoub, je vais mettre le téléphone en mode silencieux et envoyer le message, s'il ne répond pas, cela signifiera que je n'ai qu'à m'éloigner de lui : “Monsieur Yacoub, bonne nuit !” Je ne sais pourquoi, mon cœur se met à palpiter.

Il y a quelque chose qui m'attire chez lui… Mon message lui est parvenu, il l'a lu, mais il ne répond pas, peut-être est-il avec sa femme, et j'interfère avec sa vie privée, je ne dois pas lui envoyer des messages la nuit ; je suis trop impatiente… Pourquoi est-ce que je le poursuis ? Que va-t-il penser de moi ?

J'aurais voulu qu'il me parle de lui, qu'il me dise ce qu'il veut de moi. Dois-je lui apporter un cadeau la prochaine fois ? Mais quel cadeau ? Un homme comme lui ne prêtera pas d'attention à un modeste cadeau venant de moi.

Pourquoi néglige-t-il de me répondre ? A-t-il décidé quelque chose à mon égard ? Peut-être cherchait-il une fille légère, pleine de gaîté, et il s'est aperçu que je n'étais pas ce genre de fille, alors il se désintéresse de moi ; ou bien il attendait un signe de ma part, une initiative, qui n'est pas venue, il en a conclu que je n'étais pas une… Mais devais-je me montrer facile ? Lorsque mon châle a glissé, j'ai vu qu'il souriait, cela m'a effrayée, je me suis empressée de couvrir mes cheveux.

Quelque chose me dit que rien encore n'a commencé entre nous, qu'il va continuer à me faire la cour. L'écran de mon téléphone s'allume : "Bonne nuit, on se voit demain peut-être."

Je me sens heureuse, mais en même temps quelque chose en lui me fait peur…

Comment le rencontrer demain ? Pour mon premier jour de travail, le directeur du département ne m'accordera pas d'autorisation de sortie ; lui, il peut sortir quand il veut…

Que lui dire en réponse ? J'aimerais lui dire : mon ami ! Je me répète le mot pour moi-même, cela me fait battre le cœur, puis je me dis qu'il ne faut pas l'employer, que je dois m'imposer des limites… Je lève la tête pour vérifier que Safi dort bien, puis j'écris mon message : "Je serai heureuse de vous voir."

Je vais attendre sa réponse, c'est lui qui décide de tout, il a sûrement prévu quelque chose, cet homme est une chance pour moi, je ne vais pas la perdre, j'espère qu'il ne viendra pas demain avec un autre cadeau. Je peux dire à ma mère que j'ai besoin de faire quelques achats, et j'irai le rejoindre en fin d'après-midi. Nous voir le soir serait différent. Je connais le chemin de l'hôtel, et j'ai la clé. Je peux m'y rendre n'importe quand, même à la pause de midi, une demi-heure suffit, et je reviens au bureau, comme si j'étais allée prendre une tasse de café.

Il ne m'a pas répondu. Je sens que mon cœur bat la chamade. C'est chose curieuse que l'amitié, comme elle a cet effet de relancer la pulsation vitale dans nos veines !

J'entends une voix intérieure : Farnaz ! Ne t'emballe pas ! Quelle amitié peut-il y avoir entre un président et toi ? Un homme plus âgé que ton père ? N'oublie pas qui tu es, la vie qui est la tienne, votre petit appartement, le travail de ton père, ton frère en exil à Téhéran…

Hier après-midi Reza m'a appelée, il m'a dit qu'il venait d'obtenir un congé de deux semaines, après trois ans de travail ininterrompu, qu'il rêvait de venir au Koweït, dont il avait la nostalgie, il pensait à notre maison, à la cuisine de ma mère, aux rues de Hawli, d'al-Nagra, à ses anciens amis…

S'il revient ici, où dormira-t-il ? Il n'y a pas d'autre endroit que le petit salon. Il a parlé avec mon père, ma mère, il a dit bonjour à Safi, et il m'a entretenue, pendant une demi-heure, de nombreux sujets, il m'a dit que si cela ne tenait qu'à lui, il reviendrait au Koweït dès demain. “Ils se moquent de moi, je change de lieu et de mission constamment, j'ai passé les trois derniers mois dans les régions enneigées du Nord de l'Iran. Ils m'accordent deux semaines de congé, cela fait maintenant sept ans que j'ai été recruté par l'armée, ils me renvoient d'une région à l'autre, d'une mission à l'autre.”

Je lui ai demandé s'il songeait à se marier, j'ai été surprise de l'entendre répondre qu'il voulait épouser une Iranienne née et élevée au Koweït, d'ailleurs les filles iraniennes étaient très différentes de celles du Koweït, de toute façon il voulait revenir ici pour s'installer, après toutes ces années, il n'avait pas pu se faire à la manière de vivre de Téhéran. À la fin de la conversation, il m'a suppliée, en employant son expression préférée : *jounam !* (ma vie !), de tout faire pour lui obtenir un visa, même s'il fallait pour cela débourser de l'argent.

J'ai raccroché, les larmes aux yeux, en pensant à mon frère, qui désire tant venir nous voir ! Mais la lumière se fait dans mon esprit : assurément, monsieur

Yacoub pourra aider Reza… Ah ! mon ami ! Tu vas m'emmener au paradis… Je n'ai pas prononcé ce dernier mot, mais je me suis dit en moi-même que s'il m'aimait vraiment, il me gâterait, et la situation des miens changerait…

J'ai passé la journée à chercher sur Google les informations le concernant, lui, sa participation à de nombreux conseils d'administration de sociétés et de banques, j'ai examiné les photos de lui, au Koweït ou à l'étranger.

Lorsque je suis entrée dans l'hôtel, j'ai eu l'impression de m'engager dans une aventure qui me dépasse, une folie, j'ai songé à retourner tout de suite à ma voiture, je me sentais mal à l'aise et craintive, c'est lui qui me poursuivait, qui insistait pour me voir. Je me suis dit qu'il allait m'assaillir dès qu'il me verrait devant lui, qu'il me traînerait dans la chambre à coucher… Comment allais-je me défendre ? Allais-je crier, le repousser, m'enfuir ? Je n'avais jamais vécu ce genre de situation, je voyais le visage de ma mère, qui me regardait sévèrement, mais dès que nous nous fûmes assis j'ai découvert un homme courtois, délicat, nullement désagréable.

Qui de nous deux est plus attaché à l'autre ? Est-ce lui qui s'est détaché de moi, pendant que moi, je me suis attachée à lui ? Mais quel sens cela a-t-il qu'une jeune fille pauvre rêve de l'amour d'un millionnaire ? Vais-je lui accorder ce plaisir d'amour, s'il me le demande ?

Il faut que je dorme, il est presque onze heures et demie.

Je ne vais pas l'importuner, je ne vais pas lui envoyer un autre message, peut-être est-il très différent de ce que j'imagine, un homme comme lui, de sa position sociale, de son importance, de sa situation, il doit être recherché par des dizaines de filles et de femmes, il ne va pas se jeter à ma tête… Ses avances m'ont troublée cependant, il y a sûrement un but caché derrière tout cela… mais je suis incapable d'imaginer ce qu'il attend de moi.

Demain, je me préparerai avant de sortir, il m'a demandé qu'on se voie.

29

Cela fait plus de deux heures que je suis dans mon bureau. Je me sens oppressé, l'esprit comme paralysé, incapable de réfléchir, je ne fais qu'attendre la sonnerie du téléphone.

Othayman m'avait mis en garde : "N'en parle surtout pas à Sheykha !" Mais ce matin, j'ai laissé mon cœur s'épancher en son sein… J'avais l'esprit ailleurs, tout à mes appréhensions. Je prenais mon petit-déjeuner lorsqu'elle est venue me rejoindre. Elle s'était réveillée tôt, contrairement à son habitude, elle m'a dit bonjour et j'ai remarqué dans son regard une expression insolite. Elle s'est assise en face de moi : "Yacoub, dis-moi la vérité, que se passe-t-il ? Pourquoi tu m'évites ?" Je ne savais pas quoi lui répondre, je me sentais faible, impuissant, tout en ressentant aussi la nécessité de partager ce terrible fardeau… Elle m'a dit, sur un ton de reproche : "Ne me réponds pas comme toujours : ce n'est rien ! Tout chez toi montre au contraire qu'il y a quelque chose, quelque chose de grave… As-tu épousé une autre femme ?" Je soupirais en la regardant et, je ne sais comment, la phrase fatidique m'a échappé : "Ahmad a été enlevé !" J'ai vu avec surprise son visage changer, devenir livide, elle gardait les yeux fixés sur moi, comme si elle refusait de me croire. Inquiet pour elle, je me suis levé pour lui apporter un verre d'eau, à cet instant, elle a fondu en larmes, avec une intensité que je ne lui avais jamais vue. Craignant que Sahar ne l'entende, je l'ai prise dans mes bras et l'ai emmenée dans ma chambre, secouée par les sanglots. À mon tour je me suis mis à pleurer, elle s'en est aperçue et m'a dit, en criant presque : "Ah quel malheur ! Toi aussi tu pleures !"

Les sanglots et les larmes que je cherchais à retenir me faisaient suffoquer, trembler de tout mon corps, elle s'est levée à son tour pour me prendre dans ses bras. Qui cherche à consoler l'autre ? me demandais-je. Je l'ai mise au courant de la situation, Ahmad captif d'un groupe terroriste en Syrie ou en Irak, menacé de mort, moi dans l'attente de leurs instructions pour me rendre là-bas. Soudain elle s'est mise à me supplier : "N'y va pas !" Elle gémissait : "Je t'en supplie ! C'est assez pour moi d'avoir perdu mon fils, ne t'en va pas !"

Je lui ai expliqué que je voulais faire tout mon possible pour garantir son retour sain et sauf ici, au Koweït, et non pas en Syrie, sur le champ de bataille ; elle restait sans mot dire, en larmes, elle a fini par affirmer : "Alors je pars avec toi !" Et comme je souriais tristement en la regardant, elle a répété : "Oui, je pars avec toi, et advienne que pourra !

— Sheykha ! Personne ne doit être au courant ! Moi-même je ne sais que faire, comment pourrais-je t'emmener ?"

Je ressentais, comme jamais auparavant, une grande proximité entre nous, une franchise inédite, je me suis levé, mettant un terme à cet échange : "Je dois aller au bureau."

Je suis sorti rapidement, comme si je fuyais, en même temps que Sheykha, la faiblesse et l'abattement dont j'avais fait preuve devant elle.

Je suis arrivé au bureau plein de répugnance pour toute chose. Je suis resté face à la mer, perdu de craintes et d'appréhension. Je regardais mon téléphone de temps à autre, pour m'assurer qu'il n'était pas en mode silencieux, et que la batterie était bien chargée.

Pourquoi n'appellent-ils plus depuis hier ? L'ont-ils tué ? À plusieurs reprises j'ai pensé appeler Othayman, pour lui demander si de son côté il avait parlé avec quelqu'un. Mais je me suis souvenu de sa crainte, de sa lâcheté, lorsque, la veille, je lui avais dit : "Viens avec moi !" Sans doute m'évite-t-il de peur que je ne fasse à nouveau la même demande.

Sonnerie du téléphone du bureau : "Monsieur Yacoub, Othayman voudrait vous voir.

— Qu'il entre."

Il entre, me salue, j'ai l'impression qu'il me cache quelque chose, je lui demande si quelqu'un l'a appelé.

"Oui, le jeune frère du martyr. Il me met en garde contre la tentation de jouer avec eux, ce sont des tueurs."

Je le regarde longuement, j'ai envie de lui parler franchement, de lui dire : Othayman, tu es partie prenante, tu travailles avec eux ! Je me borne à lui demander s'il lui a dit autre chose : "Oui, il m'a dit qu'ils communiquent avec lui par un intermédiaire, et qu'ils allaient certainement tuer le cheikh Ahmad au moment même où ils se rendraient compte que nous cherchons à jouer double jeu avec eux."

Je le regarde en silence, je déteste sa façon indirecte de parler : "D'ailleurs il vient de m'appeler, il m'a demandé avec insistance de tout faire pour que le cheikh Ahmad reste en vie.

— Et leur part de la rançon, ils ne t'en ont pas parlé ?"

Ma question, prononcée avec colère, le prend au dépourvu, je poursuis : "Othayman, j'ai le sentiment qu'Ahmad est victime d'un ignoble complot, où participent pas mal de gens."

Il reste silencieux, le regard plein de crainte, le visage défait. Il finit par me dire : "Abou Do'eij, la prochaine fois qu'ils m'appellent, je ne leur réponds pas."

Je continue à le regarder, je veux exprimer mon irritation, je lui demande : "Tu te souviens de l'Égyptien Abdel-Shâfi, pour lequel tu t'étais entremis, avec Isma'il, et aussi du professeur Omar ? Je voudrais les tuer, tous les deux. C'est eux qui ont créé Aboul-Fath al-Koweïti, qui ont perdu mon fils, ce sont eux les vrais criminels…"

Il se lève brusquement, le visage congestionné : "Reste assis ! Je n'ai pas fini !"

Un silence chargé s'installe entre nous. Je sens qu'il n'a plus rien à me dire, et que je ne peux compter que sur moi pour sauver mon fils. Je conclus : "Si l'ami d'Ahmad, ou quiconque, t'appelle, dis-lui de m'appeler directement."

Il me dit, d'une voix faible : "Qu'as-tu l'intention de faire ?

— Rien."

Je ne veux pas le regarder, je fais pivoter le fauteuil pour me mettre face à la mer.

30

L'appartement de l'hôtel est sinistre, solitaire. Sheykha m'a appelé il y a un instant, pour me demander s'il y avait quelque chose de nouveau. Je lui ai répondu par la négative. Je lui ai dit aussi, sur un ton sans réplique : “Je veux que personne, absolument personne, ne sache rien de cela, ni Othayman, ni Do'eij, ni Abrar, ni Sahar, ni ta mère, personne !

— J'ai compris, ce n'est pas la peine de me faire une liste… Je ne dirai rien.”

Pour changer de sujet, elle m'a demandé quand je rentrais à la maison, avant ou après le déjeuner.

“Ne m'attendez pas, je rentrerai quand je voudrai”, et j'ai raccroché sans attendre sa réponse.

Il était midi et demi quand j'ai pénétré dans l'appartement, plongé dans le silence. Le parfum de Farnaz s'était dissipé, je me suis dit que je l'avais négligée pendant ces dernières heures, même si je pensais toujours, plus ou moins consciemment, aux moyens de garder le contact avec elle. Je voulais la voir, lui parler, et sans réfléchir, je lui ai envoyé ce message : “Viens me rejoindre à l'appartement.” Après quelques instants, sa réponse m'est parvenue : “Je passerai vous voir pendant la pause.”

Je me suis assis, l'angoisse me dévorait, qu'était-il donc arrivé ? Pourquoi avaient-ils cessé de communiquer depuis deux jours ? Othayman avait-il transmis la teneur de nos conversations à quelqu'un de son parti en Syrie ? J'avais la bouche sèche, je me suis levé pour boire une gorgée d'eau fraîche. Brusquement un message m'est arrivé, accompagné d'un lien. Un frisson m'a parcouru les épaules, se transmettant à ma main, qui tenait l'appareil. Avaient-ils tué mon fils ? J'ai cliqué sur le lien, découvrant une vidéo : Ahmad lié, nu, à une chaise de bois, à côté de lui un homme massif, le visage couvert, tenait une scie électrique, c'était la même pièce aux murs de terre et au sol de terre battue que j'avais déjà vue, Ahmad levait son visage couvert de traces de coups vers la caméra et disait, d'une voix accablée : "Père, Dieu te bénisse ! Paye la rançon et ne dis rien à personne !"

J'ai senti mes genoux se dérober sous moi, je me suis jeté sur le divan. Mon téléphone s'est mis alors à sonner, pendant que s'inscrivait la série de chiffres que je commençais à bien connaître. J'ai entendu la voix de l'homme qui m'avait déjà parlé l'avant-veille : "Tu as vu ton chien de fils, et comment la scie s'approche avec gourmandise de sa chair impure…" Sa voix était chargée de colère. "Dans les vingt-quatre heures, tu dois te trouver à Téhéran, dès que tu seras arrivé, nous te donnerons tous les détails.

— À Téhéran ? lui ai-je demandé, surpris.

— Tu n'es pas sourd, tu as bien entendu ce que je te dis. Si tu veux retrouver ton fils, viens à Téhéran. Il n'y aura pas d'autre appel de notre part. Nous t'attendons donc à Téhéran dans les vingt-quatre heures. Mais attention, attention ! N'essaie pas de nous tromper ! Si tu nous trompes, nous tuons ce chien, ton apostat de fils !" Puis, après quelques instants, pendant lesquels il semblait vérifier quelque chose : "Dès que tu seras arrivé à l'aéroport de Téhéran, nous te rappellerons."

La conversation s'est interrompue brusquement, je me sentais comme mis en pièces, en état d'extrême faiblesse, haletant. Je me suis à nouveau jeté sur le divan, tremblant de tout mon corps.

Othayman m'avait dit qu'ils se trouvaient au nord de la Syrie ou de l'Irak, et voilà que maintenant ils me disent de venir à Téhéran ! Veulent-ils m'attirer jusqu'à leur repaire ? Désormais je ne peux plus reculer, ils m'attendent à Téhéran, je ne veux pas être la cause de la mort de mon fils. J'avais l'impression que la pièce tournait autour de moi… C'est à ce moment que la porte s'est ouverte et que Farnaz est entrée, refermant derrière elle. Elle me regardait, effrayée, me semblait-il, par l'accablement où j'étais, et mon visage décomposé.

"Bonsoir !" a-t-elle dit, d'une voix où s'entendait la crainte.

Je la regardais et, je ne sais comment, je me suis levé pour aller vers elle et la serrer contre mon cœur. Elle restait silencieuse, mon souffle lui caressait la nuque. Je ne sais combien de temps cela a duré, dès que j'ai pris conscience de la situation, je m'en suis étonné moi-même, et n'ai trouvé à lui dire que : "Je suis désolé !

— Vous êtes souffrant ?" m'a-t-elle demandé. Pour toute réponse, j'ai levé la tête et l'ai regardée, c'était bien elle, la jeune fille qui occupait mon cœur et mon esprit, avec cette douceur dans les yeux et la délicatesse de son sourire, avec ce petit grain de beauté au-dessus de la lèvre… Elle a jeté son sac, ôté son voile et pris la bouteille pour me verser un verre d'eau en me disant : "Buvez, monsieur !"

J'ai pris le verre, docile comme un enfant, puis je lui ai demandé : "Si je te révèle un secret, peux-tu le garder, et ne le dire à personne ?"

Nos regards se sont rencontrés, elle est venue s'asseoir à côté de moi : "Je vous jure que je ne dirai pas un mot à quiconque."

Pendant un instant de silence, je l'ai regardée, j'ai perçu dans ses yeux un encouragement à lui parler à voix basse, comme si je craignais de m'entendre proférer ces mots : "Aujourd'hui, cet après-midi ou dans la soirée, je prends l'avion pour Téhéran." Étonnée, elle a répété : "Téhéran ?"

J'ai craint de lui révéler le secret concernant mon fils, je ne savais pas si… À nouveau le silence s'est installé entre nous.

"Monsieur Yacoub, Dieu m'est témoin ! Si vous me dites un seul mot en confidence, je me laisserai égorger plutôt que de le révéler à quiconque !"

Je l'ai regardée à nouveau dans les yeux, je me suis approché d'elle et j'ai déposé un baiser sur son front : "Je vais à Téhéran parce que mon fils a été enlevé là-bas." Son regard s'est fait craintif : "Votre fils a été enlevé ?"

Comme sous hypnose, je lui ai raconté toute l'histoire, elle restait silencieuse, le regard fixe. Je lui ai dit enfin : "Je dois prendre un billet tout de suite pour Téhéran, si je tarde trop, ils tueront mon fils.

— Et qui va vous accompagner là-bas ?"

Comme je restais silencieux, elle a dit, en manière de proposition : "Mon frère Reza est à Téhéran."

Je n'ai pas tout de suite compris ce qu'impliquait cette proposition, qui m'a surpris : "Farnaz, c'est très dangereux, et puis tu m'as dit qu'il était militaire. Qu'est-ce qui te fait penser qu'il sera d'accord ?

— Mon frère est actuellement en congé, il aime beaucoup le Koweït, je vais lui demander de vous aider, en insistant pour qu'il vous accompagne."

Après un instant de silence j'ai ajouté : "Je ne veux pas l'obliger à quoi que ce soit. Il fera ce qu'il veut, il peut refuser."

Soudain tout devenait limpide : je m'étais attaché à Farnaz afin qu'elle me conduise à son frère, qui lui-même me prendrait par la main et sauverait mon fils.

"Monsieur Yacoub, Reza est un homme de bien, il n'hésitera pas un seul instant à vous aider.

— Farnaz ! Je t'en prie, ne va pas mettre ton frère dans une situation dangereuse qui pourrait lui nuire, et compromettre son avenir.

— Est-ce que vous avez déjà visité Téhéran, ou réalisé un projet en Iran, connaissez-vous quelqu'un là-bas ?"

Comme je lui répondais par la négative, elle a poursuivi : "Il ne faut pas que vous soyez seul.

— À vrai dire, je ne sais pas ce qui m'attend là-bas…

— Mon frère Reza connaît chaque pouce du territoire, depuis plus de sept ans on lui a fait parcourir tout le pays, dans le cadre du service."

Après cela, le silence à nouveau, mais cette fois c'était un silence léger, comme transparent.

"Je vous en supplie, monsieur Yacoub, ayez confiance en moi !

— Mais l'affaire te dépasse, tu parles au nom de ton frère, qui est militaire.

— Je le connais, s'il se rend compte qu'il ne peut rien pour vous, il vous le fera savoir."

À nouveau le silence. Puis elle s'est levée, elle a pris son sac, celui-là même que je lui avais acheté, elle en a sorti son téléphone et a composé un numéro, elle avait mis le haut-parleur, et j'ai entendu la voix de son interlocuteur : "Reza, bonjour.

— Bonjour, ma chère Farnaz !

— Reza, j'ai un problème, ou plutôt c'est mon patron, à la société où je travaille, c'est un homme très gentil, il va à Téhéran, il a besoin d'aide, peux-tu l'accueillir là-bas, et rester avec lui le temps de son séjour ?

— Bien sûr, bien sûr, je me mets à son service.

— Mon cher Reza, l'affaire est difficile, dangereuse peut-être.

— Il vient ici pour se soigner ?

— Non, non… Il s'agit d'autre chose.

— Farnaz, tu sais que je suis en congé, il peut venir, et je te promets que je resterai avec lui tout le temps de son séjour, je ferai tout ce qu'il me demandera."

J'ai pris l'appareil moi-même : "Bonjour, Reza !

— Bonjour, monsieur !

— Je t'en prie, je ne veux pas te gêner, l'affaire est difficile et, comme ta sœur vient de te le dire, elle peut être dangereuse."

Après un instant de silence, il a repris : "Monsieur, vous êtes du Koweït, vous êtes recommandé par ma sœur, je suis à vos ordres.

— Je veux que tu gardes un secret absolu sur cette affaire, pas un mot à quiconque, jusqu'à ce qu'on se voie.

— Bien sûr, bien sûr.

— Tu dois garder le silence, comme si tu n'avais rien entendu, en es-tu capable ?

— Monsieur, je suis un militaire, ce que vous allez me dire, je considère que ce sont des ordres, je ne discute pas, je ne transgresse pas."

J'ai passé l'appareil à Farnaz : "Merci, Reza, je te rappelle pour te dire l'heure d'arrivée de monsieur Yacoub, encore une fois, je t'en supplie : occupe-toi de lui, et ne le laisse qu'une fois dans l'avion du retour. Et ceci encore, très important : ne parle pas de cela à nos parents !

— Farnaz, j'ai compris. Je l'attends, je suis à sa disposition, je ne dirai rien à personne.

— Au revoir."

Lorsqu'elle eut raccroché, je me suis dit : le chemin est donc tracé, il me suffit de suivre l'intuition de mon cœur.

Le silence s'est installé entre nous quelques instants, puis : "Si Dieu le veut, votre fils reviendra sain et sauf ! Et je vous jure que mon frère Reza fera tout pour vous aider !"

Je l'ai regardée, son visage aimé rayonnant, ses yeux qui m'avaient captivé la première fois que je l'avais vue, devant l'ascenseur. Je lui ai dit à voix basse : "J'ai beaucoup de choses à faire, sans tarder !"

J'ai tendu la main pour attirer à moi son visage, j'ai déposé un baiser léger sur son front, enivré par son parfum et, me parlant à moi-même, j'ai murmuré : "J'en étais certain…" sans terminer ma phrase.

31

Je choisis un coin tranquille dans la salle d'attente de première classe.

Hier, j'ai demandé à Sheykha de ne rien dire à son frère à propos de mon voyage : "S'il te pose une question, dis-lui que tu ne sais pas." J'ai hésité à lui avouer que j'avais des doutes à propos de son frère, que j'étais à vrai dire quasi certain de son implication dans l'affaire, et que je songeais à l'interroger à mon retour, et peut-être à le licencier.

Ne voulant pas confier à Marwan le soin de prendre le billet d'avion, car Isma'il et Othayman auraient bientôt été au courant, j'ai demandé à Sheykha de le faire, en toute discrétion. Elle m'a réservé une place sur le vol KU515 des lignes koweïtiennes, départ à midi.

Ce matin, j'ai dit au revoir à Sheykha, à huit heures et demie, j'avais encore deux heures devant moi avant de me trouver à l'aéroport. Je suis allé à mon bureau, prenant moi-même le volant, je voulais donner à tous, et d'abord à Othayman, l'impression que je n'avais pas quitté le Koweït. À vrai dire, j'ai songé un moment à le mettre au courant, mais quelque chose m'en a empêché.

Marwan a déposé devant moi le dossier du courrier, je lui ai dit d'attendre, j'ai signé le tout, et lui ai remis le dossier. À dix heures, j'ai quitté le bureau, pour arriver à l'aéroport une heure et demie avant le départ.

Hier, après avoir pris congé de Farnaz, au moment de monter dans ma voiture, j'ai appelé mon ami Daniel, mon chargé de comptes dans une banque suisse, pour lui demander de provisionner la somme de dix millions de dollars, que je m'apprêtais à virer au titre d'une importante opération commerciale. Nous avons eu une brève conversation, il paraissait détendu et m'a demandé quand je venais le voir à Genève : "Enfin, considère que cette somme est disponible à partir de maintenant."

Ce matin, j'ai demandé à Farnaz de dire à son frère de louer une voiture pour une durée de cinq jours : "Je veux une belle voiture, naturellement je règle la location." J'ai insisté auprès d'elle pour que personne ne sache rien, ni au bureau ni au-dehors, ni même dans sa famille. Elle m'a répondu qu'elle n'avait rien ajouté à ce qu'elle avait dit à son frère devant moi, et me laissait le soin de le mettre au courant de la situation lorsque je le verrais.

J'ai demandé à Sheykha de m'acheter un nouveau téléphone, de façon à m'appeler uniquement sur ce nouveau numéro, où je ne répondrais qu'à elle. J'ai aussi communiqué ce même numéro à Farnaz, en lui disant la même chose.

La cafétéria de l'aéroport est tranquille, je commande un thé, je n'ai rien pris depuis ce matin tôt. Je n'ai avec moi qu'un sac de voyage, avec quelques vêtements, un pyjama, et cinq mille dollars pour les dépenses courantes.

Sheykha tournait autour de moi, les larmes aux yeux : "Yacoub ! Dieu m'est témoin que ce que tu fais là, c'est de la folie !" Elle me transmettait son inquiétude. "Tu te mets en danger en prenant contact avec des terroristes !"

Je lui avais caché mon rendez-vous avec Reza, je lui ai simplement dit : "Le billet est pris, tout est organisé, il n'y a aucune raison de s'inquiéter." Elle s'est résignée et s'est bornée à dire, d'une voix brisée : "Que le Seigneur vous ramène tous les deux sains et saufs !"

Au moment où je quittais le bureau, j'ai reçu un appel de Farnaz, sur le nouveau numéro, elle voulait simplement se rassurer, elle a redit qu'elle m'avait recommandé à son frère, lui enjoignant de ne pas me quitter un seul instant, et de m'accompagner jusqu'à mon retour. Je percevais son attachement pour moi, et sa crainte… : "Si Dieu le veut, tu obtiendras ce que tu désires !"

Le garçon pose devant moi le verre de thé avec un biscuit.

Je ne sais rien de l'état dans lequel se trouve Ahmad, depuis la conversation d'hier je n'ai plus rien reçu de leur part. L'homme m'avait dit qu'ils reprendraient contact avec moi dès que je serais arrivé à l'aéroport de Téhéran. Mais je ne peux m'empêcher de m'interroger : comment sauront-ils que je suis arrivé à Téhéran ?

Farnaz m'a dit qu'elle avait envoyé une photo de moi à Reza, et quand je lui ai demandé d'où venait cette photo, elle a ri et m'a dit qu'elle avait simplement regardé les albums de Notre Majesté Google… Elle avait envoyé une photo de moi en costume, sans autre précision.

Ce voyage est bien différent de tous ceux que j'ai faits dans ma vie, je n'avais jamais songé à me rendre en République islamique d'Iran, bien que ce pays ne soit qu'à deux heures et demie du Koweït. Je pensais que les dirigeants iraniens nourrissaient toujours des sentiments hostiles à l'égard des Arabes, depuis que Khaled ibn al-Walid les avait vaincus et mis fin à l'Empire sassanide, conquête achevée par Saad ibn Abi Waqâs à la bataille d'al-Qâddisiya… Est-ce mon destin qui me mène là, pendant la pire période de ma vie ?

Je ne sais pas comment va se passer ma rencontre avec les ravisseurs d'Ahmad, et où. Je ne veux pas qu'ils lui fassent du mal. Va-t-il accepter de rentrer avec moi au Koweït ? S'il n'a pas de passeport, je prendrai contact avec l'ambassadeur du Koweït à Téhéran, cette fois-ci je ne l'abandonnerai pas, je resterai à ses côtés.

Je me rends compte seulement maintenant que je n'ai même pas essayé de négocier avec eux, je ne leur ai pas dit : cinq millions, ou sept… Je ne voyais qu'Ahmad devant moi, avec les traces de coups sur tout le corps, et le ton suppliant, humble, avec lequel il me demandait de payer la rançon… Il vaut à lui seul, pour moi, tout l'argent du monde…

Qu'est-ce qui t'a amené là, mon fils ? Peut-être aurais-je dû mettre au courant Isma'il, mais celui-ci aurait sûrement averti Othayman, or je ne veux pas qu'Othayman sache quoi que ce soit sur ce que je fais. Il aura déjà informé Isma'il de la captivité d'Ahmad, et il informerait aussi son parti en Syrie de tous mes mouvements, s'il les connaissait. Je dois plutôt me concentrer sur mes discussions avec les ravisseurs, je leur dirai : "Livrez l'otage et prenez la rançon." Je ne ferai pas le virement avant qu'ils ne m'aient remis mon fils.

Le frère de Farnaz, Reza, va m'accueillir à l'aéroport, et restera avec moi. Je ne sais pas comment va se passer notre rencontre, et quelle sera sa réaction lorsqu'il apprendra en quoi consiste sa mission. J'espère qu'il acceptera, ma situation sera encore beaucoup plus difficile s'il refuse de m'accompagner. D'ailleurs il est militaire, il a parfaitement le droit de ne pas se compromettre.

Depuis le premier moment où je l'ai vue, j'ai eu un pressentiment, qui se réalise maintenant, voici qu'elle demande à son frère de m'aider à sauver mon fils ! Mais quelle sera mon attitude avec Farnaz à mon retour ? Que deviendra notre relation ? Resterai-je aussi passionné ?

Une hôtesse s'approche de moi, et me demande si je vais à Téhéran, je réponds par l'affirmative, et elle me conduit à une voiture qui m'amène à l'avion. Je garde avec moi le sac où Sheykha a mis deux chemises, une veste et un pantalon. Elle pleurait en me disant au revoir et bon voyage : "Si Dieu le veut, tu reviendras avec Ahmad."

Farnaz, elle, a simplement fait ce vœu : "Je viendrai à l'appartement pour vous accueillir et bénir le retour de votre fils !" Ce matin, elle m'a envoyé une photo de Reza, avec la légende : "Mon frère Reza, amoureux du Koweït."

Je descends de la voiture et m'approche de l'échelle de l'avion. Une seule question m'occupe : qu'est-ce qui m'attend à Téhéran ?

32

Ce sont des tueurs et moi comme un idiot, dans mon aveuglement, j'ai tout fait pour garder mon projet secret, sans rien dévoiler à personne !

Je ne saurais dire comment ont passé les deux heures de vol, j'étais plongé dans mes pensées, mes pressentiments, mes appréhensions… L'image d'Ahmad ne me quittait pas. Nous venons d'atterrir, tout me paraît nouveau, insolite, enfin je me trouve en République islamique d'Iran, moi qui, depuis des lustres, répugnais même à l'idée de venir ici !

Je me présente à la douane. L'officier feuillette mon passeport et me demande si j'ai un visa. À ma réponse négative, il me rappelle la nécessité du visa et me confirme qu'il est possible de l'obtenir sur place, en m'indiquant un autre guichet, où l'on met un tampon sur une page de mon passeport, contre paiement de soixante dollars. À la question du motif de ma visite, je réponds simplement : "Tourisme."

Je reprends mon passeport et cherche la sortie, cependant qu'un léger frisson me parcourt l'échine : l'aéroport est rempli de policiers, toutes les femmes portent le tchador… Je me sens perdu, seul au milieu d'une foule de gens au langage incompréhensible…

Je sors et, parvenu dehors, sur le parking, je regarde autour de moi. J'aperçois alors un jeune homme qui vient vers moi, je le reconnais d'après la photo : "Bienvenue, monsieur Yacoub, Dieu soit loué !"

Il me serre la main chaleureusement. Il doit avoir trente ans, ou à peine plus, le visage avenant, la silhouette sportive, les traits réguliers, un regard séduisant sous des sourcils arqués, le nez droit sur une moustache noire, il est habillé simplement comme moi d'un ensemble pantalon chemise veste.

"Je vous en prie, je vous en prie, la voiture est là.

— Y a-t-il un café près d'ici ?

— Bien sûr.

— Allons-y d'abord."

Il parle avec l'accent du Koweït, sur un ton presque affectueux : "Je suis né au Koweït, j'y ai vécu, c'est ma seconde patrie."

Nous nous asseyons dans le café, à une table isolée, il commande du thé, je lui dis : "Il faut que je t'informe de la mission, avant de débuter." Puis, après un instant de silence : "Tu es officier, et ton métier pourrait t'empêcher de m'accompagner." La curiosité brille dans son regard. "Mon fils a été enlevé ici, je viens pour payer la rançon et le libérer."

Je le vois changer de visage, la surprise le foudroie, il me demande enfin : "Vous connaissez les ravisseurs ?

— C'est un groupe d'al-Qaida ou de Daech.

— Oh là !" Il manifeste son étonnement. "Avez-vous informé le gouvernement koweïtien ?

— Non.

— Il conviendrait de le faire, et aussi d'informer la police iranienne.

— Je n'en ferai rien.

— Je suis désolé, cela vous fait courir un grand danger, ainsi qu'à votre fils.

— Ils ont menacé de le tuer si j'informe qui que ce soit. Il se pourrait d'ailleurs que l'on soit surveillé à cet instant, ils savent beaucoup de choses sur moi."

Il me regarde d'un air où l'étonnement le dispute à la crainte. Soudain mon téléphone sonne, j'entends la voix que je connais maintenant : "Tu te trouves à Téhéran, à l'aéroport, maintenant tu vas prendre un taxi et te rendre immédiatement à la ville de Semnan."

Je mets le haut-parleur, pour que Reza entende. Comme je ne réponds rien, l'autre reprend : "Tu m'entends ? Semnan, c'est à deux cent vingt kilomètres de Téhéran, par la route 44… Est-ce que tu m'entends bien ?

— Oui.

— Nous allons t'envoyer les coordonnées d'un petit hôtel à Semnan, où tu passeras la nuit." La communication s'interrompt brusquement, je regarde Reza : "Comme je te l'avais dit, je suis surveillé.

— Mon oncle !" L'expression lui a échappé, spontanément. "Je ne sais pas ce qui vous attend. Ce que vous dites est effrayant, Daech est lié avec al-Qaida, ce sont des terroristes, qui n'ont aucun scrupule à tuer." Il se tait, l'expression de surprise ne quitte pas son visage.

"Tu as parfaitement le droit de refuser de venir avec moi.

— Pardon, je ne refuse pas de vous aider, mais laissez-moi vous parler franchement : la méthode que vous avez choisie n'est pas la bonne. Vous courez un grand danger, votre fils et vous.

— Ce que tu dis est vrai. Mais je me suis engagé, et la seule chose qui m'intéresse, c'est de sauver mon fils.

— Monsieur Yacoub, j'aime le Koweït, il a beaucoup fait pour moi, et pour ma famille, vous êtes koweïtien et vous avez besoin d'aide, j'ai promis à ma sœur que je resterais avec vous jusqu'à votre départ d'Iran et votre retour au Koweït, et je vais respecter ma parole, mais je ne suis pas d'accord pour que vous alliez seul négocier avec eux." Comme je le regardais, pesant ses paroles, il ajouta, d'un ton assuré : "La meilleure option, c'est d'informer la police.

— Pardon, je m'en remets à Dieu, je suis parfaitement résolu, et je n'informerai personne.

— Mais votre adversaire ne connaît pas Dieu, ce sont des tueurs.

— Je te l'ai dit : tu as le droit de refuser, mais j'ai une demande à te faire : ne révèle à personne ce que tu viens d'apprendre, pas même à toi-même !"

Le silence à nouveau s'établit entre nous, je sens qu'il m'observe, comme pour évaluer ma détermination : "Monsieur Yacoub, je viens avec vous, même si j'espère encore que vous allez changer d'avis.

— Si tu viens avec moi, et qu'à un moment donné on te demande qui tu es, que diras-tu ?

— Je suis chauffeur de taxi.

— Et la voiture ?

— J'ai loué un véhicule avec licence."

Je le regarde, il y a chez lui un mélange d'hésitation et de détermination, il me rappelle Farnaz, quelque chose dans sa voix me rassure et m'apaise.

Il reprend la parole : "Monsieur Yacoub, l'Iran est un pays gouverné par les services secrets, de toutes sortes, la police a des moyens considérables, dont vous n'avez pas idée, pour traquer les ravisseurs et les neutraliser, c'est elle qui peut traiter ce genre de situation, et arracher votre fils à leurs griffes, surtout si l'on apprend qu'il est étranger.

— Et s'ils le tuent ?

— Personne ne peut vous donner de garantie, les gens d'al-Qaida sont des tueurs, je vous l'ai dit. Pour eux, la vie d'un homme ne vaut rien. Et pardonnez-moi si je vous pose la question : quel est le montant de la rançon qu'ils vous demandent ?"

Je le regarde, que va-t-il penser quand je le lui aurai dit ? Il me devance : "Si vous ne voulez pas le dire, libre à vous."

Peut-être aurais-je dû informer le ministère des Affaires étrangères au Koweït, afin qu'ils s'occupent eux-mêmes de la libération d'un enfant du pays, j'aurais pu prendre contact avec le chef du gouvernement. Peut-être ai-je pris une mauvaise décision. Sheykha m'a dit : "J'ai perdu mon fils, je ne veux pas te perdre toi aussi." Othayman, quant à lui, était contre mon idée d'aller moi-même négocier la libération d'Ahmad.

Je sens une sueur froide me couler le long de l'échine. J'entends Reza me dire : "Si vous le permettez, monsieur Yacoub, il n'est pas trop tard, je peux vous emmener immédiatement à la Direction des renseignements de Téhéran, ils vont gérer l'affaire, vous n'avez rien à perdre, bien entendu ils vont informer l'ambassade du Koweït, vous leur donnerez toutes les garanties."

Je me sens partagé, incapable de prendre une décision.

Ils m'avaient dit à plusieurs reprises : si tu informes qui que ce soit, nous couperons ton fils en morceaux, et moi j'ai informé ma femme, et Farnaz, et maintenant je suis à Téhéran, j'informe Reza, qui est officier de police… Ahmad lui-même m'a supplié de ne rien dire à personne.

Je me dis : s'il s'agit d'argent, mon fils vaut davantage que tous les millions du monde, et si une force obscure me pousse à affronter mon destin, alors rien ni personne ne peut s'opposer à la volonté de Dieu. Je suis résolu, j'ai pris ma décision, je n'en changerai pas. "As-tu peur de venir avec moi ?" Il n'a pas un instant d'hésitation : "Non ! J'ai peur pour vous, et votre fils !"

Je le regarde en silence quelques instants : "Puisque tu n'as pas peur, alors il n'y a aucune raison de tarder."

Mon téléphone vibre, le message contient un lien vers Google Maps. Reza me dit encore : "Mon oncle, pour la dernière fois, je vous mets en garde, et je vous conseille : c'est votre décision, votre responsabilité, si vous persistez dans ce que vous avez résolu, buvez votre thé, et remettons-nous-en à Dieu ! La route est longue, nous arriverons ce soir, probablement pas avant sept heures."

Pour lui montrer ma détermination, je me lève, en disant : "Nous nous en remettons à Dieu !"

33

“Je vous en prie.” Reza me conduit à une Toyota de couleur blanche, et m’ouvre la portière côté passager.

Je laisse le site affiché sur mon téléphone, avec l’indication de notre destination : Semnan. Il démarre et me dit : “On n’en a pas besoin, je connais la route, j’ai travaillé là-bas. Avant d’arriver, nous consulterons le téléphone pour nous rendre à l’hôtel indiqué.”

Comment se fait-il qu’un homme fasse confiance à un autre homme, qu’il se sente en sécurité avec lui, qu’il passe entre eux un courant de sympathie… Je le regarde à la dérobée, ce jeune homme que je ne connaissais pas il y a une heure, qui ne me connaît pas, qui vient de me rencontrer, et se plie à tous mes desiderata, prenant des risques personnels pour me venir en aide.

Mon cœur m’a averti, au moment même où j’ai vu Farnaz devant l’ascenseur : elle est un message, suis-la !

L’éclat de ses yeux m’a captivé, et voici que son frère me conduit là où se trouve mon fils… Je n’ai encore rien promis, je n’ai jusqu’à cet instant rien dit à Farnaz qui lui fasse espérer quoi que ce soit.

Il m’a dit au moment où nous montions en voiture : “Mon oncle, le voyage va nous prendre environ trois heures et demie. Je connais un café à mi-chemin, au lieu-dit Garmsar, où nous pourrons faire halte, prendre un café, et nous reposer un peu.

— D'accord." J'avais l'impression d'être dans un rêve.

Je regardais le paysage défiler, sans vraiment le voir. J'étais venu ici contraint et forcé, non pas pour faire du tourisme et passer du bon temps. J'avais l'impression curieuse d'être loin du Koweït, loin de mon pays, de mes connaissances, de mon statut social, je n'avais plus ni force ni influence, moi qui avais l'habitude de voyager précédé de ma notoriété, environné d'une sorte d'aura, accueilli partout avec honneur, me déplaçant dans des véhicules luxueux, je me trouvais dans une petite voiture conduite par un jeune Iranien rêvant de venir au Koweït, et pouvant faire de moi ce qu'il voulait, sans rendre de compte à personne.

Une question revenait, comme un soupçon lancinant : que lui avait dit Farnaz ? Sans doute lui avait-elle dit que j'étais millionnaire. Mais que ferait-il de moi lorsqu'il apprendrait que j'ai donné des rendez-vous secrets à sa sœur dans un hôtel ? Que je l'ai embrassée, et baisée sur le front ? Je le regarde à la dérobée, il reste silencieux, je préfère ça, je ne sais pas converser avec des étrangers, je n'aime pas leur curiosité, leurs questions indiscrètes.

"Mon oncle, j'ai vécu au Koweït plus longtemps qu'en Iran."

Je reste silencieux, me bornant à le regarder, sans lui répondre. Sans doute se rend-il compte de la confusion mentale où je me trouve, et de ma crainte. Il n'ajoute rien.

La route est bonne, asphaltée. Depuis que nous avons quitté la capitale et ses encombrements, le trafic est fluide. Il reprend la parole : “Je suis arrivé ici il y a huit ans. J’ai fait mon service militaire pendant trois ans, au lieu de deux, plus un an et demi dans la police, et comme je sais l’arabe, l’anglais et le persan, j’ai suivi une formation supérieure, dont je suis sorti officier.

— Et ton travail te plaît ?

— Dieu merci !”

Mais le ton de sa voix laisse entendre autre chose. Il se tait brusquement, comme s’il avait de la difficulté à poursuivre.

La route se fraie un passage entre deux murailles rocheuses dénuées de toute végétation, de couleur jaune, ou rougeâtre. La voiture progresse en silence ; soudain il dit, d’un ton presque plaintif : “Au travail ils me qualifient de Koweïtien, comme une accusation, mais lorsque j’étais au Koweït, j’étais l’Iranien… D’ailleurs il y a ici une grande différence entre ma façon de penser et la leur, dans tous les domaines de la vie, leur attitude parfois suscite mon étonnement !” Je le regarde du coin de l’œil, il poursuit : “Le Perse par nature est fier, et jaloux de ses origines ethniques, à leurs yeux je ne suis pas un authentique Persan… C’est la raison pour laquelle, à la fin de ma formation, on n’a cessé de m’envoyer en mission aux quatre coins du pays, et lorsque je me disais que j’allais enfin me fixer quelque part, je me trouvais envoyé ailleurs, dans une autre province. On m’a baladé en long et en large, comme si l’on voulait se venger de moi…”

Je l’écoute, l’image d’Ahmad torturé me hante, soudain mon téléphone sonne, celui que m’a procuré Sheykha. C’est elle : “Tu es bien arrivé ?

— Oui !

— Où es-tu ?

— Je suis en route pour une ville qui s'appelle Semnan.

— C'est là que tu vas retrouver Ahmad ?

— Je ne sais pas. Je te rappelle s'il y a du nouveau."

Je raccroche, mais elle rappelle à nouveau : "Pourquoi as-tu raccroché ? Je n'ai pas fini…"

J'hésite à lui dire qu'entendre sa voix me fait monter les larmes aux yeux : "Il n'y a rien de nouveau pour le moment, dès qu'il y a quelque chose, je t'appelle." Je raccroche.

"Mon oncle, nous voici à Garmsar. Nous allons nous arrêter au café que je connais.

— Très bien." J'ai l'impression d'avoir oublié mon propre corps ces derniers jours, et d'être dans un état d'épuisement total.

Nous sommes restés dans le café environ un quart d'heure. Tout autour de moi provoque mon étonnement : l'odeur du lieu, les voix et l'accent, les vêtements, les regards, la forme des tables et des chaises, les nappes, les fleurs en plastique, l'écran du téléviseur… J'ai pris une tasse de café, et lui un verre de thé, avec une cigarette. Lorsque j'ai voulu payer, je me suis aperçu que je n'avais pas de monnaie locale. Il a souri, en me disant : "Vous êtes mon hôte."

Une fois en voiture, il m'a dit en démarrant : "Mon père a essayé de m'obtenir un visa, mais il n'a pas pu.

— Si Dieu le veut, de retour au Koweït, je te procurerai ce visa.

— Ce sera un bienfait que je n'oublierai pas."

Une satisfaction visible se peignait sur son visage et dans le ton de sa voix : "Je n'ai plus revu le Koweït depuis que je l'ai quitté il y a huit ans."

Je me disais : est-il possible qu'un jeune homme mette sa vie en péril pour un visa ? J'ai pensé à ces images de naufragés, dans les embarcations des passeurs, jeunes, femmes et enfants, noyés en tentant de rejoindre l'Europe dont ils rêvaient…

Moment de silence entre nous. Othayman m'avait dit qu'Ahmad avait engagé le combat dans la zone frontalière de Bukmal, c'est pour cela que j'avais dit à mon interlocuteur que j'étais prêt à venir sur place. J'appartiens à une génération élevée dans le rêve de la grande patrie arabe, j'ai tendance à voir dans chaque pays arabe un morceau de ma patrie, les physionomies, l'accent, l'architecture des maisons, le tracé des rues, les arbres, les cafés, la nourriture, et même l'odeur de l'atmosphère… mais je n'avais pas imaginé que le repaire des ravisseurs se trouvât en Iran, comme j'eusse préféré l'Irak ou la Syrie… Rien ne me lie à l'Iran, je n'aurais jamais pensé qu'un jour je serais forcé de m'y rendre et que le salut de mon fils se déciderait là…

Je restais perdu dans mes pensées, mes craintes, et les images d'Ahmad à l'esprit…

"Mon oncle, c'est la première fois que vous visitez la République islamique ?

— Oui."

Depuis notre première poignée de mains, il m'appelle : "mon oncle". Il aura appris l'expression au Koweït, où on l'utilise quand on s'adresse à un homme plus âgé, en signe d'affection et de respect, comme s'il était le frère de votre père.

"L'Iran est un beau pays, on y trouve de tout, mais la pauvreté et le besoin tuent les gens."

Je pensais par-devers moi à la vie qu'il avait vécue au Koweït, dans un petit appartement, son père était pauvre et gagnait sa vie comme chauffeur de minibus. Je lui ai demandé : “Ta vie au Koweït était meilleure ?

— Certainement.” Sa réponse est venue sans aucune hésitation. “Le Koweït est un pays généreux.”

Le crépuscule envahissait progressivement l'habitacle. Depuis l'enfance, je déteste le crépuscule, sa tristesse cachée me serre le cœur.

“Mon oncle, je vous ai obéi en venant avec vous jusqu'ici, je vous prie de m'autoriser à prendre un peu de liberté.

— Que veux-tu dire ?”

La question m'a surpris.

“Je connais bien la ville de Semnan, je suis sûr que ce n'est pas ici qu'ils vont négocier avec vous, c'est une zone très peuplée, avec une forte présence des forces de sécurité, renseignements, police, armée… C'est à mon avis une simple étape avant d'aller plus loin.”

Il s'est tu brusquement.

“Alors, que proposes-tu ?

— N'allons pas à cet hôtel qu'ils nous indiquent, je connais un hôtel modeste où nous pourrons passer la nuit sans qu'ils demandent qui vous êtes, il me suffira de décliner mon identité.

— Et Ahmad ? Je crains qu'ils ne le maltraitent.

— Monsieur Yacoub, ils dépendent de vous bien davantage que vous ne dépendez d'eux. Actuellement, c'est eux qui sont vos prisonniers ! Ils ne vont pas tuer votre fils maintenant, pour eux, c'est la rançon qui prime.”

Insensiblement, l'obscurité avait gagné la voiture. Ces paroles de Reza n'ont fait qu'accroître mon trouble. Pour la première fois, je prenais toute la mesure de ma faiblesse, j'étais comme un enfant, j'aurais voulu pouvoir pleurer.

“Mon oncle, je vous en prie, ayez confiance en moi !” Je le regardais, il était le seul à m'offrir son aide. “Ils veulent que vous passiez la nuit à Semnan, nous allons le faire, s'ils apprennent que vous n'avez pas dormi à l'hôtel indiqué, cela voudra dire que cet hôtel leur appartient, ou bien qu'il est en relation avec eux, nous ne devons pas être pour eux une proie facile.”

Je me taisais, tout en m'entretenant moi-même, en mon for intérieur : Yacoub, tu n'es qu'un frêle esquif, ballotté par les flots, tu as pris la mauvaise décision, et maintenant ton entêtement t'a conduit sur un terrain inconnu, où ton pouvoir ni ta fortune n'ont plus aucune valeur…

“Nous entrons dans la ville de Semnan, qu'est-ce que je fais ?

— Fais ce que tu juges le mieux, dis-je d'une voix faible.

— Nous allons à la police.

— Non, non, non ! Nous allons à l'hôtel que tu connais.”

34

À notre arrivée à Semnan, hier dans la nuit, il m'avait conduit à un petit hôtel, devant lequel il avait arrêté la voiture.

"Attendez-moi quelques instants. Vous pouvez descendre de voiture, naturellement."

Je me suis aperçu qu'il me conduisait, que je lui avais, depuis ces dernières heures, remis le commandement des opérations, sans réticence… Je me dis : je n'ai jamais, de toute ma vie, été dans un tel état de faiblesse et d'abattement… et que me réserve encore le jour de demain ? À nouveau ce pressentiment : tu n'aurais pas dû faire ce que tu es en train de faire !

Sonnerie de mon téléphone personnel, le nom d'al-Khayyam s'affiche, je me hâte de répondre : "Farnaz, je suis avec Reza, je te rappelle plus tard." Je raccroche, et je vois arriver Reza : "J'ai pris deux chambres contiguës, maintenant nous allons dîner dans un restaurant iranien." Ses paroles me rappellent que je n'ai rien mangé depuis le matin, et que j'ai faim. Je lui demande toutefois d'aller d'abord à un bureau de change, je veux avoir sur moi un peu d'argent iranien. Après un instant d'hésitation, il me dit que ce n'est pas la peine, que je suis son hôte, et qu'il est heureux de m'accompagner. Comme je souris, il ajoute : “Je rends un peu de tout le bien que m’a fait le Koweït.

— Merci beaucoup, mais allons quand même changer de l’argent.”

Le bureau de change était à proximité du restaurant, où j’ai dîné de grand appétit, affamé, épuisé.

Je me trouvais plongé dans un sommeil sans rêve lorsqu’à cinq heures, à l’aube, un message m’est parvenu, avec une vidéo où figurait Ahmad, jeté sur le sol de terre de sa cellule, les mains liées derrière le dos, les pieds attachés, le corps couvert d’ecchymoses et de blessures, une sorte de colosse lui donnait des coups de pied… Un frisson étrange me parcourait tout entier, j’avais un goût amer dans la bouche, l’odeur du sang dans les narines…

Un profond silence régnait dans les deux chambres que nous occupions au deuxième étage, avec une porte communiquant de l’intérieur. Il m’avait laissé le choix, je lui avais dit que cela m’était indifférent. Lorsque nous étions descendus de voiture, j’avais bien vu qu’il essayait de dissimuler quelque chose, je n’avais pas cherché à savoir, c’est lui-même qui avait sorti un révolver de sa poche de poitrine : “C’est mon arme, je l’ai prise avec moi, pour parer à toute éventualité.”

Je l’ai appelé après avoir reçu ce message mais, avant qu’il n’arrive, j’en recevais un autre : “Hier tu n’as pas dormi à l’hôtel que nous t’avions indiqué, si tu cherches à jouer double jeu avec nous, tu le regretteras. Rendez-vous à Mechhed, 14 h 30.”

J’ai montré les deux messages à Reza, qui m’a dit : “Mechhed est à environ sept cents kilomètres d’ici.” Il a ajouté, en se grattant la tête : “Il faut partir immédiatement, pour être à l’heure au rendez-vous, c’est un long trajet, huit heures de route." Comme nous quittions l'hôtel il m'a dit : "Nous déjeunerons en route." Comme il attendait ma réponse, je lui ai dit : "Je ne pense pas au petit-déjeuner."

Il a payé notre séjour et nous sommes montés en voiture, j'étais comme sous hypnose, j'avais l'impression de voir les choses autour de moi à travers une vitre. Je lui ai dit qu'ils savaient que je n'avais pas dormi dans l'hôtel qu'ils m'avaient indiqué, il m'a répondu que c'était sans doute une propriété à eux, ou bien, à tout le moins, à quelqu'un qui collaborait avec eux. La ville de Semnan était encombrée, c'était l'activité du matin, j'ai eu un pincement au cœur à la pensée de ma chambre, chez moi, qui m'accueillait à mon réveil dans le calme et le confort de la maison et du jardin…

"Je ne pense pas qu'ils vont négocier avec vous à Mechhed.

— En tout cas c'est le nom qu'ils m'ont donné.

— Mechhed est une ville active, la seconde de la République islamique par ordre d'importance. C'est là que se trouve la tombe de l'imam Ali b. Moussa al-Reza, elle est contrôlée par les services du renseignement militaire, toute présence des djihadistes me paraît exclue."

Je le regardais, attendant de lui qu'il me donne l'itinéraire du jour.

"Qu'en penses-tu ?

— C'est une fois arrivés à Mechhed que commencera notre véritable voyage. Peut-être vont-ils nous amener à une région qui s'appelle Birjand, je ne suis pas sûr à cent pour cent.

— Birjand ?"

Le toponyme m'étonnait par sa phonétique même.

“Oui, c’est une ville située au sud de Mechhed, dans la région du Khorassan méridional, c’est une zone frontalière avec l’Afghanistan.” Je ne sais pourquoi mon cœur s’est mis à battre plus fort, j’ai dit, non sans appréhension : “Ils vont nous attirer en Afghanistan ?

— Non, nous restons en Iran, mais dans cette zone frontière dangereuse, où al-Qaida et ses affidés sont bien implantés.”

Mon cœur battait plus fort.

“Mon oncle, j’ai travaillé presque un an dans la région, je la connais comme ma poche, je continue de penser qu’il serait plus sûr pour vous et votre fils de prendre contact avec la police.”

Il conduisait en silence. Je me disais : Ahmad, pourquoi me fais-tu cela ? Je le voyais, jeté face contre terre sur le sol de sa prison… Je me demandais s’il avait lui-même torturé des gens, et s’il ne goûtait pas maintenant ce qu’il avait lui-même fait subir. Sa cruauté à l’égard d’innocents se retournait contre lui… Mais pourquoi t’ont-ils fait prisonnier ? Parce que tu es un émir ? Ou bien parce que tu es Aboul-Fath al-Koweïti, et qu’ils savent que tu es le fils d’un millionnaire ?

“Nous arrivons à une ville du nom de Shahroud, nous allons nous arrêter pour prendre le petit-déjeuner.” Il m’a averti : “Nous ne restons pas longtemps, le temps de prendre un thé avec un sandwich, et nous repartons.

— Comme tu voudras.”

Grand Dieu ! Te voilà bien docile ! Farnaz m’a livré à son frère, qui me conduit maintenant comme un enfant. Comme je suis devenu faible, du jour au lendemain ! Alors que je suis dans la force de l’âge !

Comment peut-on briser l'esprit d'un homme et le réduire à un tel état de faiblesse…

"Excusez-moi, quel sandwich voulez-vous ?

— D'abord un café.

— Nous allons boire un café, et prendre avec nous un verre de thé pour la route, puis nous nous arrêterons pour déjeuner à la ville de Sabzevar.

— Je n'ai pas envie de manger."

Il est entré dans le restaurant, j'étais resté dans la voiture, il est revenu, portant avec lui le thé, le café et les sandwichs. Il s'est mis au volant et nous sommes repartis sans tarder : "La route est longue, nous ne devons pas prendre du retard."

Je le regardais en silence, je me demandais comment j'allais lui manifester ma reconnaissance pour tout ce qu'il faisait pour moi. Je ne voulais pas lui promettre un visa, pour ne pas lui imposer un fardeau de gratitude à mon égard.

"Reza, je suis très satisfait de tout ce que tu fais pour moi.

— Je vous en prie. J'ai une question, depuis hier.

— Pose-la.

— J'ai un ami à Mechhed, officier de renseignements, il a aussi vécu quelques années au Koweït, acceptez-vous qu'il vienne avec nous ?

— Non." Ma réponse a été brève et immédiate. "Si j'ai accepté ta présence à mes côtés, c'est parce que tu es le frère de Farnaz, et que j'ai confiance en toi."

Un moment de silence. La voiture dévorait la distance. J'ai tendu la main vers la bouteille d'eau prise à l'hôtel, pour m'humecter les lèvres.

"Comme vous voudrez, monsieur, c'était une simple idée.

Je lui demande de ralentir, puis lui ordonne de s'arrêter. Une fois la voiture garée sur le bas-côté, je lui demande d'éteindre le moteur. Je le regarde longuement, quelque chose dans son visage et son regard me rappelle Farnaz : "Reza, tu n'es pas obligé de rester avec moi. Tu peux me faire descendre ici, et me laisser me débrouiller seul."

Il garde le silence puis, comme je n'ajoute rien, il remet le moteur en marche, et le véhicule repart.

"J'ai promis à ma sœur, et à vous-même, que je ne vous laisserai pas un seul instant jusqu'à votre retour au Koweït." Puis se retournant vers moi : "Dieu est généreux !"

35

Il n'y a de dieu que Toi, gloire à Toi ! Je suis assurément au nombre des injustes. Seigneur ! Tu es fort, Tu es le Vengeur ! Hâte ma délivrance, Seigneur ! Aide-moi à supporter la souffrance que m'infligent les tyrans, par la majesté de Ta volonté, par égard pour mon obéissance et mon désir d'approcher Ton saint visage, ô Seigneur ! Mon Dieu, donne-moi l'honneur du martyre !

Depuis que je suis arrivé ici, je subis continuellement les interrogatoires et la torture. Mourir en martyr sera pour moi une délivrance, ce sera la rencontre espérée avec l'Aimé, le Choisi, et ses compagnons très purs, au paradis qui a les dimensions des cieux et de la terre.

Des jours durant je suis resté les yeux bandés, pieds et mains liés, jeté dans le coffre d'une voiture qui roulait sur des routes cahoteuses, en changeant fréquemment d'itinéraire, et ne s'arrêtait que la nuit, on me faisait alors sortir pour mes besoins naturels, sur des terrains vagues, on me donnait un peu de pain et de l'eau. Au bout d'un long parcours, j'ai conjecturé que nous nous trouvions en territoire irakien, dans une zone sous contrôle de Daech. Quelle a été ma surprise lorsque j'ai appris qu'ils avaient demandé à mon père de venir à Téhéran !

Les premiers jours, passés en interrogatoires, ils m'ont privé de sommeil, lorsque je m'effondrais et que mes yeux se fermaient, ils versaient sur moi de l'eau froide, je me suis plusieurs fois évanoui. Ils me demandaient des informations sur les lieux de rassemblement des chefs, ils mentionnaient des noms, connus ou inconnus de moi, ils s'intéressaient surtout aux dépôts d'armes et à nos relations avec les militaires américains.

La torture me faisait désirer la mort, la mort en martyr, ils m'interrogeaient sur les sources de financement de mon groupe, je me taisais, ou bien je cherchais à louvoyer, ils me rouaient de coups, à plusieurs reprises j'ai cru mourir, et j'ai prononcé la profession de foi.

"Seigneur ! Je me suis fait du tort à moi-même, personne ne pardonne les fautes, sinon Toi, pardonne-moi de Ton pardon ! Prends pitié de moi ! C'est Toi le Pardonneur, le Miséricordieux !" (Hadith transmis par Abou Bakr.)

J'ai été surpris de les voir me demander le numéro de téléphone de mon père. Je n'ai plus de portable depuis deux ans au moins, je ne me souviens plus du numéro, je leur ai dit cela, ce qui a provoqué chez eux une rage telle que j'ai cru le moment venu du retour de mon âme à son Créateur. J'ai affirmé sous serment, par la Gloire et la Majesté divine, que je n'avais pas gardé mémoire de ce numéro. Je leur ai dit qu'ils pourraient le retrouver auprès d'Ibrahim, et la nouvelle de sa mort m'a foudroyé, m'a plongé dans un profond chagrin : "Il a reçu son châtiment, il a crevé." Sans savoir si c'était là vérité ou mensonge, j'ai pleuré mon frère Ibrahim, tombé en martyr, et j'ai prié pour qu'il rejoigne la troupe des compagnons de l'Envoyé de Dieu, les martyrs, les purs et les vertueux.

Ils m'ont livré à un individu sadique, un colosse, qui me frappe à coups de poing et de pied sur tout le corps, en criant : "Parle !" Mais je ne sais pas de quoi ils veulent que je parle, s'ils me torturent ainsi, c'est parce qu'ils s'imaginent que c'est mon père qui nous finance, je n'ai pas voulu leur parler de mon oncle, et donc, après avoir cru plusieurs fois mourir, je leur ai dit de prendre contact avec Abou Bilâl, qui allait leur donner le numéro de mon père.

Au cours de ces derniers mois, je m'étais rendu compte de l'impasse où nous étions dans nos relations avec Daech, je voyais bien qu'ils étaient intraitables, nous ne pouvions qu'espérer qu'ils trouveraient la voie du repentir et viendraient à résipiscence, et si tel n'était pas le cas, alors il ne restait que la voie du combat. Je me répétais : à l'évidence ils ne vont pas se repentir, ils ne vont pas venir à résipiscence.

Gloire à Dieu ! Je ne cesse de penser à la façon dont je suis tombé entre leurs mains. C'est la volonté de Dieu, assurément. Je me souviens que mon frère Ibrahim était derrière moi, Dieu Tout-Puissant nous avait assistés dans l'exécution de l'opération : faire sauter leur QG, et tuer le plus grand nombre d'ennemis de Dieu et de la religion. Mais alors nous avons essuyé des tirs nourris venus de tous côtés, je pensais être couvert sur mes arrières, j'ai entendu Ibrahim dire : Allah akbar ! C'est la dernière chose dont je me souvienne.

J'entends la porte s'ouvrir… Ô mon sauveur ! Ô mon Dieu ! "Tu vas périr entre nos mains, ennemi de Dieu !"

Deux hommes s'approchent de moi, chacun d'eux tient à la main un bâton électrique, je connais ce genre d'instrument maudit…

L'un d'eux s'approche de moi et me frappe. Ah ! ah ! je sens les extrémités de mon corps se détacher et retomber au sol, mon corps subit d'abord une terrible pression, puis se désagrège et tombe en morceaux… Ah ! mon Dieu ! Je témoigne qu'il n'y a d'autre dieu que Dieu !

"Tu vas dire à ton père, cet usurier maudit, qu'il vienne ici, dis-lui simplement : Viens ! Rien d'autre, toute autre parole te condamne, toi et le condamne, lui ! Compris ?

— Ah, ah…

— As-tu compris ce que tu dois dire ?

— Oui, je vais le dire, je vais le dire ! Ô mon père, viens, viens, je t'en supplie !"

Je tremble de tout mon corps, je halète, je n'ouvre plus les yeux, les larmes et le sang brouillent ma vision, je ne sais pas ce qu'ils vont faire de la vidéo, peut-être vont-ils faire venir mon père pour payer le prix de ma libération. Puisse-t-il ne pas venir ! Je crains qu'ils ne le tuent.

Ô mon Dieu ! Ne détourne pas Ton regard de moi ! Ô mon Dieu, c'est Ta majesté qui m'accorde le privilège du martyre !

Je me souviens du jour où je devais accomplir une mission pour laquelle je me préparais depuis un mois, il s'agissait de faire sauter un camion dans le camp des impies ; j'avais mémorisé tous les détails de l'opération, et juste avant l'heure H, l'on m'a arrêté, et l'on a confié l'opération à un autre moudjahid, c'est lui qui aura vu la Face de Dieu – Gloire à Lui ! – et sera mort en martyr. Trois mois plus tard, on m'a confié une autre opération, près d'une caserne, on m'avait fixé la ceinture d'explosifs autour de la taille, la camionnette pleine d'explosifs était prête, j'avais dit adieu à mon épouse, le cœur plein de joie à l'idée de quitter ce monde périssable pour aller au monde de l'éternité, et rejoindre l'Aimé avec ses compagnons… Quelques heures me séparaient encore du martyre et de la rencontre de l'Aimé au paradis. À nouveau, le contrordre est arrivé, au dernier moment, on m'a sorti de l'opération, pour la confier à un frère qui m'était associé, mais dont la volonté de Dieu a fait qu'il l'a accomplie seul… Cela s'est passé avant ma nomination comme émir. Ibrahim – Dieu lui fasse miséricorde ! – m'a dit : "Peut-être ont-ils voulu éprouver ton courage !" Puis il a ajouté : "D'ailleurs ce serait dommage de sacrifier un chef courageux, et un contributeur du parti !"

J'entends leurs voix, mon corps tremble encore, j'ai dû m'uriner dessus, je sens du liquide couler sur mes jambes.

Je ne sais pas où je suis… Ô mon Dieu, qui me portera secours, sinon Toi ? Seigneur des cieux et de la terre ! Ô mon Dieu, délivrance, délivrance ! Ô Toi dont l'ordre tient en deux lettres, celles du mot : *Kun !* (Sois !)

Je ne comprends pas comment mon père a pu accepter de risquer sa vie… En principe, ils auraient dû entrer en communication avec mon groupe et s'entendre avec eux. Puisse-t-il se retirer ! Je ne veux pas qu'il s'implique dans cette affaire. Que Dieu lui pardonne ! C'est lui qui m'a éloigné de lui, par ses pratiques usuraires et son despotisme, par son opposition injuste à Abdel-Shâfi, qu'il a offensé.

Seigneur ! Ne fais pas de nous une occasion de discorde pour les impies, et pardonne-nous ! Car c'est Toi qui es le Fort, le Sage !

"Seigneur ! Donne-moi la sagesse, et permets-moi de rejoindre les vertueux ! Accorde-moi un vrai renom dans les générations futures ! Fais de moi un héritier du Jardin des délices ! Pardonne à mon père, il était parmi les égarés, épargne-moi la honte au jour de la résurrection !" (*Les Poètes* – v. 83-87.)

Mon père était injuste, mon oncle m'a parlé souvent de ses contrats usuraires et immoraux, de sa brutalité et même de sa violence dans ses rapports avec son entourage, de plus il négligeait de faire respecter la Loi divine dans sa propre maison, entre ma mère et mes sœurs, et lorsque je me suis rendu compte que je ne pouvais pas les ramener dans le droit chemin, j'en suis venu à le haïr, et la maison m'est devenue un objet de répugnance, je me suis borné à prier pour lui, et j'ai décidé d'émigrer et d'appeler à la véritable religion de Dieu, dans l'espoir de mourir en martyr et rencontrer l'Aimé, entrer au Jardin d'éternité, avec ses *houris*…

La pire des épreuves, c'est celle qui vous touche dans la personne de vos proches, peut-être après tout Dieu – Gloire à Lui ! – aura-t-Il amené mon père ici pour qu'il se repente de ses fautes… Seigneur ! Pardonne-moi, ainsi qu'à mes parents, et aux croyants, le Jour où se fera la reddition des comptes !

J'ai du mal à respirer, sans doute ai-je une côte cassée, ils m'ont jeté à terre et sont partis, je ne sais combien de temps encore va durer cette torture et cette captivité. Nous avons chez nous des prisonniers de leur camp, au nombre de sept, si je me souviens bien, les frères moudjahidines auront sûrement pris des contacts, encore que je ne sache rien de ce qui se passe entre eux.

Ah ! mon Dieu ! Seigneur ! Accorde-moi l'honneur du martyre ! Mon Dieu ! Je remets mon âme entre Tes mains !

Assurément, j'aurais préféré tomber en martyr sur le champ de bataille !

J'ai froid, je me trouve jeté au milieu de mon ordure sur le sol en terre de la pièce qui me sert de prison.

Ce bourreau au corps de colosse va-t-il entrer à nouveau ?

"Nous avons érigé devant eux un barrage, et derrière eux un barrage, nous avons mis un voile sur leurs yeux, et ils ne distinguent plus rien." (*Ya-sin* – v. 9.)

Il n'y a de dieu que Toi, gloire à Toi ! J'étais au nombre des injustes ! Seigneur ! Fais-moi bon accueil auprès de Toi !

Seigneur ! Je me suis fait du tort à moi-même, personne ne pardonne les fautes, sinon Toi, pardonne-moi de Ton pardon ! Prends pitié de moi ! Car c'est Toi qui es le Pardonneur, le Miséricordieux !

Ah ! ce coup de pied dans la hanche me tue ! Je suffoque ! Je ne peux plus respirer !

Ah ! mon Dieu, mon Dieu ! Aide-moi ! Mon Dieu ! J'atteste qu'il n'y a de dieu que Dieu, et j'atteste que Muhammad est l'envoyé de Dieu ! Ah !

36

“Nous voici à Mechhed.”

À peine Reza m’avait-il dit ceci qu’un message vocal me parvenait : “Nous te le répétons : prends garde à ne pas nous tromper !” Quelques secondes après, un second message donnait un lien vers une vidéo d’Ahmad, assis par terre, dans une encoignure, devant deux hommes masqués, debout, tenant chacun un bâton électrique, la décharge foudroyante le jetait à deux mètres, il retombait pantelant, gémissant : “Mon père, viens ! Dieu te sauve ! Viens !”

Je sens que ma bouche se dessèche, des larmes coulent dans ma poitrine.

Reza me demande la teneur du message. Je lui montre le téléphone. Il ralentit progressivement, jusqu’à l’arrêt complet du véhicule : “Mon oncle Yacoub, c’est la guerre entre eux et vous, eux, ce sont des tueurs.” Je le regarde, il me tend une petite bouteille d’eau : “Je vous en prie, buvez.”

J’ai pris la bouteille, j’avais soif.

“Il est maintenant deux heures et demie. Nous arrivons au centre-ville dans vingt minutes. Attendez-vous à recevoir de nouvelles instructions.”

Je lui ai indiqué que je comprenais d’un signe de tête, je ne savais que lui dire.

“Nous allons déjeuner en ville, en attendant leurs instructions.”

Comme on se remettait en route, je me suis souvenu de la brève conversation que j’avais eue avec Farnaz la veille au soir, elle m’avait appelé alors que je dormais, et m’avait dit simplement qu’elle voulait se rassurer. Je ne me souvenais plus de ma réponse… C’est le destin qui l’a mise sur mon chemin, si son frère n’était pas là, avec moi, que serais-je devenu ?

Reza conduisait en silence, calme et concentré. Une question me hantait : avais-je causé du tort à Ahmad et pris des risques inconsidérés vis-à-vis de lui, et de moi-même, lorsque j’avais eu l’idée de cette expédition, sans en aviser les Affaires étrangères, ni l’ambassade du Koweït à Téhéran ?

Sonnerie du téléphone, mon cœur s’affole, il s’agit sans doute d’un appel des ravisseurs. En fait j’entends la voix de Sheykha, effrayée : “Comment vas-tu, Yacoub ?” Je voudrais qu’elle soit là, devant moi, et l’étreindre. “Yacoub, pourquoi gardes-tu le silence ?

— Ce n’est rien, nous sommes en route pour Mechhed.

— Qui est avec toi ?

— Un jeune homme qui a longtemps vécu au Koweït, il m’assiste depuis que je suis arrivé à l’aéroport.

— Dieu merci ! Tu me rassures. Il reste avec toi pendant tout le voyage ?

— Il ne veut pas me quitter avant que je ne sois à l’aéroport, dans l’avion du retour.

— Le Seigneur vous garde tous les deux ! Transmets-lui toute ma gratitude.

— Je le ferai.

— Est-ce que tu vas retrouver Ahmad à Mechhed ?" Sa voix était pleine d'émotion.

"Je ne sais pas, j'attends les nouvelles instructions." J'ai perçu un changement de ton : "Othayman m'a demandé de tes nouvelles, je lui ai dit que tu étais au bungalow.

— Tu as bien fait, je te tiens au courant, dès qu'il y a du nouveau."

J'ai clos la conversation, de crainte que l'altération de ma voix ne trahisse mon angoisse.

"Mon oncle, que voulez-vous manger ?

— Rien de spécial, n'importe quoi…

— Pardon, il faut manger. La cuisine iranienne ne vous plaît pas ?

— Ce que tu voudras, Reza…"

Nous avions à peine commencé de manger que leur message m'est parvenu, une voix enrouée que j'entendais mal : "Tu es maintenant à Mechhed, ton chien maudit est au fond de son trou dans l'ordure, prends un taxi, et viens sans tarder à Birjand, c'est là que nous te livrerons l'ennemi de Dieu, l'apostat."

J'avais peine à avaler, j'allais parler à Reza lorsque mon téléphone a sonné à nouveau : "Père, Dieu te garde ! Viens à Birjand, tout de suite !

— Bien sûr, bien sûr, je suis en route."

La communication s'est interrompue, je regardais dans le vide. J'ai transmis l'information à Reza, visiblement contrarié, il a cessé de manger, puis a appelé le garçon pour lui demander d'envelopper le tout : "La route est longue, cinq cents kilomètres environ, nous n'arriverons pas avant la nuit, disons neuf heures, neuf heures et demie.

— Je peux t'aider, te relayer au volant."

Il s'est levé : "Je vais aux toilettes puis nous partons."

Nous sommes sortis du restaurant, il avait un grand verre de café à la main, “le compagnon de voyage”, a-t-il dit en souriant.

Comme nous montions en voiture, il a ajouté : “Il est vrai que Birjand est en Iran, mais c’est une zone entièrement contrôlée par al-Qaida.”

Je restais silencieux, la voiture dévorait les distances, Reza de son côté ne disait plus rien, il buvait une gorgée de café de temps à autre. Je me disais que je ne savais rien de la situation où je me trouvais, je ne connaissais pas l’itinéraire, je ne parlais pas le persan, je n’avais aucune expérience de la négociation avec les terroristes, mon cœur s’affolait à l’idée de ce que mon fils était en train de subir…

Ô mon fils ! Tu ne méritais pas toute cette souffrance… Que Dieu refuse Son pardon à ceux qui t’ont farci la tête de ces discours de destruction, de violence et de meurtre, et qui t’ont amené au champ de bataille ! Je me suis rappelé cette photo de lui, assis au milieu de ses hommes, en treillis, le visage sombre, la mitraillette à l’épaule…

Le soir tombait, l’atmosphère se faisait encore plus triste et odieuse, j’ai dit à Reza : “Ne veux-tu pas te reposer un peu ?” Et, comme s’il se l’était dit lui-même, il a répondu : “Oui, oui, devant nous c’est Torbet Haydariye, nous allons sûrement trouver un café où nous asseoir.”

Je ne pouvais mesurer les distances parcourues, ni le temps passé à rouler, j’ai senti seulement que Reza ralentissait, jusqu’à s’arrêter, et m’inviter à descendre. J’ai fait quelques pas, un peu étourdi, fatigué, une odeur bizarre emplissait les lieux.

Il est vite revenu avec une bouteille de jus de fruit, il a sorti une pomme du sac où se trouvait la nourriture, et me l'a offerte, il en a pris une autre pour lui. Une obscurité couleur de cendres recouvrait la route. Il m'a dit : "Nous dînerons à la prochaine ville, Gonabad."

À un moment donné, j'ai fermé les yeux, une demi-heure plus tard, ou davantage, et comme je m'excusais de ma somnolence, il m'a dit : "C'est une bonne chose de prendre un peu de repos." Comme il ralentissait, et que je lui demandais où nous étions, il m'a dit que c'étaient les faubourgs de Gonabad : "Ce restaurant me semble acceptable."

La rue était plongée dans l'obscurité, l'atmosphère du local, avec son odeur, son bruit, sa foule, m'a déplu, j'ai trouvé une table un peu à l'écart, contre la paroi, et, jetant les yeux sur l'horloge murale, je me suis aperçu qu'il était neuf heures et demie du soir.

Toute ma vie, j'ai été obsédé par le temps, comment se faisait-il qu'à ce moment crucial je perdais tous mes repères ? Tout dans cet endroit me paraissait étrange et odieux, j'avais l'impression de me nier moi-même : assis dans un restaurant misérable de bord de route, avec les voyageurs, dans le vacarme d'une langue étrangère. La plupart des hommes portaient le costume afghan, il n'y avait aucune femme, Reza est revenu, portant un plateau : "Si Dieu le veut, cela vous plaira !"

Je l'ai remercié en souriant, je me demandais comment j'allais pouvoir lui manifester ma reconnaissance à la hauteur de ses mérites. À lui et à sa sœur.

J'ai commencé à manger, trempant mon pain dans la soupe aux lentilles, j'avais faim, le désespoir où j'étais plongé décuplait mon appétit.

J'étais aux toilettes quand un nouveau message m'est parvenu : "Nous t'attendons dans la ville de Zabol, où nous te livrerons ta saleté de fils, après avoir reçu le prix de sa libération."

J'ai montré le message à Reza, il n'avait pas fini de le lire qu'un autre est arrivé : "Tu le récupéreras avant la prière de l'aube, nous t'attendons, prends un taxi et viens sans tarder à Zabol.

— Nous ne partons pas maintenant, m'a-t-il dit en me rendant l'appareil, d'un ton sans appel. D'ailleurs j'étais sûr qu'ils allaient choisir un moment où il fait nuit." Comme je le regardais, il a expliqué : "Nous n'allons pas à Zabol maintenant, c'est la zone frontalière avec l'Afghanistan, la nuit, elle est sous le contrôle des bandes d'al-Qaida."

Je me sentais impuissant, je me rendais compte de l'erreur qu'avait été mon obstination à vouloir venir seul.

"Monsieur Yacoub, ici il ne faut pas songer à faire confiance à la police, ils collaborent tous avec al-Qaida."

Cette phrase était comme l'aveu de la gravité de la situation, de l'état de faiblesse où nous nous trouvions, je lui ai demandé : "Que proposes-tu ?

— Nous allons dormir quelque part, n'importe où, dans la voiture, et dès l'aube nous repartons pour Zabol."

Reza m'avait pris par la main, comme un enfant perdu, et il me conduisait où il voulait. Sans Farnaz, sans Reza, je périssais.

"Qu'en pensez-vous ?" J'étais en plein désarroi, j'ai essayé de m'excuser : "Reza, tu n'es pas obligé de partager ma situation."

Une ombre de sourire est passée sur son visage, avec une expression imperceptible de cynisme : "Monsieur Yacoub, n'en parlons plus. Vous et moi nous sommes désormais dans le même bateau."

J'étais peiné de compromettre ainsi l'avenir d'un jeune homme qui n'avait aucun lien avec mon fils. Après avoir consulté son téléphone, il m'a précisé : "Zabol est à trois cent soixante kilomètres environ, c'est-à-dire quatre à cinq heures de route." Je l'écoutais attentivement : "Si nous partons d'ici à cinq heures du matin, nous arriverons probablement à dix heures.

— Nous passons la nuit ici ?" Pas de réponse, avant qu'il ne dise, d'un ton énigmatique : "Je ne pense pas que nous pourrons trouver un hôtel, et si nous en trouvons un, il risque de ne pas être un endroit sûr."

Jusqu'à présent, j'avais l'habitude d'organiser mes affaires moi-même, sans dépendre des autres.

"Je ne veux pas que quiconque connaisse votre identité, c'est un endroit miné, ici, il n'y a personne qui ne soit un espion pour al-Qaida." Puis se tournant vers moi : "Pardonnez-moi pour cette nuit passée dans la voiture."

Nous sommes retournés à notre véhicule, les ténèbres nous environnaient, calmement Reza a démarré, l'odeur de sang m'a empli les narines, astringente.

37

Je te plains, Yacoub, me disais-je à moi-même, plein de tristesse.

Je n'aurais jamais imaginé que j'allais passer une nuit entière allongé sur la banquette arrière, dans l'obscurité.

Reza avait garé la voiture dans une sorte de jardin, au bord de la route. C'est là que nous avions passé la nuit, sous un vieil arbre. Avant l'aube, les oiseaux ont commencé à gazouiller, comme s'ils avaient voulu nous avertir de ce qui nous attendait.

"Bonjour !" m'a dit Reza, je ne savais pas combien de temps il avait dormi, depuis quand il était réveillé. Il avait les yeux cernés. "Nous allons nous arrêter au premier café ou à la première échoppe au bord de la route pour prendre un thé ou un café, nous allons jusqu'à Zabol."

Il y avait dans sa voix quelque chose de résolu, qui me serrait le cœur, et m'effrayait. Je me fis à moi-même la réflexion que Reza, devant l'imminence du danger, retrouvait ses réflexes d'officier de sécurité.

Deux messages arrivèrent sur mon téléphone : "Tu as du retard, poltron ! Prends la route Zahedan – Nahbandan."

À la lecture du second message, mon cœur se met à palpiter : “Nous t’attendons, avec ton fils maudit ! Dernier délai : l’*adhan* de midi. Nous l’égorgeons au moment où commence l’appel à la prière.”

Je montre les deux messages à Reza. “Vite ! Je t’en supplie !”

Reza lance la voiture à vive allure, il garde le silence, l’air contrarié, fatigué. Quant à moi, j’ai l’impression que mes facultés intellectuelles me trahissent. Je n’arrive plus à rassembler mes idées, malgré le café que j’ai bu ; lui a pris un grand verre de thé, et fumé une cigarette. Je lui relis les messages, il me dit que nous sommes justement sur la route Zahedan – Nahbandan, avant de retomber dans le silence.

Je ne sais comment interpréter sa physionomie, est-il fâché contre moi ? Ou bien contre lui-même, de s’être mis ainsi à mon service ? A-t-il parlé à sa sœur, lui a-t-il fait des reproches, pour l’avoir mis dans cette situation ?

Je me dis vaguement qu’il vaut mieux pour moi ne pas lui poser de questions, et le laisser tranquille. C’est lui qui, tout à coup, me pose la question : “Mon oncle, comment allez-vous leur transférer la rançon ?

— Je ne sais pas.”

Je m’aperçois que les ravisseurs ne m’ont pas envoyé de numéro de compte bancaire, ni aucun renseignement touchant les modalités d’un virement. “Ils m’ont simplement dit de virer la somme sur leur compte.”

L’horloge de la voiture indique huit heures et demie. Je lui demande s’il est possible de s’arrêter un moment pour prendre un café.

“Par ici, c’est une région assez désolée ; dès que nous voyons un endroit où se restaurer, nous nous arrêtons.”

Le paysage que nous traversons n’est plus le même, la route est devenue une sorte de chemin étroit où deux véhicules peuvent à peine se croiser. De part et d’autre s’étend une steppe désolée. Soudain, j’ai dans la bouche un goût de sang.

Reza ralentit pour s’arrêter devant une échoppe, sans dire un mot il sort du véhicule pour revenir quelques instants plus tard avec deux canettes de Coca-Cola. “Il n’y a pas de thé ni de café.

— C’est à tes frais ?”

La phrase m’a échappé, j’en suis gêné.

“Ne dites pas cela !”

Je reçois un nouveau message : “Voici le lieu du rendez-vous. Nous t’attendons. Dès qu’aura retenti l’appel à la prière de midi, nous égorgerons ton fils maudit et jetterons son cadavre puant.”

Mon cœur bat la chamade, je ne trouve plus mes mots. J’entends la voix de Reza, qui me demande si c’était un message de leur part.

“Oui.” Je lui tends l’appareil, il me demande de le lui lire, la route est difficile, il doit rester concentré sur la conduite. Je lui lis le message, il me demande d’ouvrir le lien, pour connaître la destination précise. Mon cœur bat toujours très fort.

“Nous ne faisons rien pour le virement tant que nous n’avons pas vu votre fils.” Il a raison. Il ajoute : “Écrivez-leur que vous voulez voir votre fils.” Je fais comme il dit. La réponse ne tarde pas : “Tu le verras à l’endroit où se fera l’échange.”

Je lui lis le message, il me dit : “Écrivez-leur que vous voulez le voir debout, et que vous enverrez la somme dès que vous l’aurez vu.”

J'envoie le message, dans l'attente de leur réponse, et d'une explication de Reza. Mon cœur bat à coups précipités. Je le regarde, il est concentré sur sa conduite, et sur l'itinéraire qu'on nous a donné. Il a l'air contrarié. Une odeur aigre m'emplit les narines et la gorge.

Nous roulons sur une sorte de chemin non asphalté.

"C'est leur fief, ils ne font rien ici, à part cultiver de la drogue."

Je dis : "Il faut absolument nous assurer qu'Ahmad est là, qu'ils ne l'ont pas achevé.

— C'est pour cela que je leur ai demandé de le voir debout."

La voiture s'engage dans un chemin de terre. À nouveau un message : "Quelle est la couleur du taxi à bord duquel tu te trouves ?"

Je transmets le message à Reza, qui me dit : "Nous voici donc presque arrivés. Donnez-leur les caractéristiques de la voiture."

"C'est une Toyota blanche."

Le chemin est plein de trous et de nids-de-poule, de part et d'autre une végétation dense de hauts arbres dissimule tout l'arrière-plan, aucune autre voiture en vue, aucun trafic. Nous progressons à vitesse réduite au milieu de cette futaie. Reza dit alors : "Nous voici arrivés."

Il range la voiture sous les arbres, éteint le moteur. Il baisse les vitres, pour les remonter aussitôt, vérifie que les portières sont fermées. Il prend son révolver et le cale sous sa cuisse.

Soudain me parvient distinctement le parfum de Farnaz, mais ma bouche est sèche et remplie d'amertume. À nouveau la sonnerie du téléphone : "C'est vous, dans la voiture garée ?

— Oui.”

J’ai mis le haut-parleur pour Reza.

“Nous allons passer à côté, et nous arrêter devant vous. Le misérable est avec nous.”

Mon cœur bat à coups précipités. J’étais sur le point de me retourner, mais Reza me fait signe de rester à ma place sans bouger.

J’ai l’impression que tout ce qui est autour de moi, l’espace, la voiture, les arbres, les oiseaux, la brise, le parfum de Farnaz, le ciel, et jusqu’à notre respiration… se trouve pris dans un moment diabolique de silence, prêt à exploser.

Où est leur voiture ? Le cœur battant, je me demande si je vais apercevoir Ahmad.

“Je pense qu’ils arrivent”, dit Reza.

Une voiture passe tout près de nous, petite, de couleur rouge, couverte de poussière, il me semble apercevoir Ahmad, assis sur la banquette arrière.

La voiture s’arrête deux cents mètres plus loin. Nouveau message : “Nous sommes devant vous. Ton fils maudit est avec nous. Fais le virement de la somme à ce numéro de compte, et nous le libérons.”

Dans l’instant, un nouveau message me parvient, avec le numéro de compte. Je ne sais plus quoi faire. Reza me dit qu’avant d’effectuer le virement je dois leur demander de faire descendre mon fils de la voiture, de manière qu’on puisse le voir debout entre eux et nous.

Le téléphone sonne à nouveau, j’entends une voix me disant brutalement : “Que le chauffeur du taxi descende et s’éloigne de la voiture.” Communication coupée.

Je regarde Reza, qui me dit rapidement : “Qu’Ahmad se tienne entre eux et nous, qu’il reste ainsi jusqu'au moment où ils recevront la rançon, puis ils s'éloigneront et nous le récupérerons. Vous ne descendez pas de la voiture, quoi qu'il arrive."

Il parle sur un ton péremptoire, le regard figé. Il répète : "Votre fils descend, vous faites le virement, vous ne quittez pas votre place."

Il prend son révolver et ouvre la portière puis marche tranquillement jusqu'à l'autre côté de la route, où il s'assied sur un rocher.

Je suis en proie à un tremblement incontrôlable. À nouveau la sonnerie de l'appareil : "À l'appel de l'*adhan*, nous égorgeons ton fils.

— Faites-le sortir, je veux le voir debout, avant de faire le virement."

La communication s'interrompt, je reste dans la voiture, le cœur battant. Le lieu est plongé dans un silence pesant. Je ne sens rien, que ma respiration, et le parfum de Farnaz, mon corps est en sueur, j'attends dans l'angoisse le déclenchement de l'appel à la prière, annonçant la mise à mort de mon fils. Si seulement le muezzin pouvait tarder !

Je ne peux pas les appeler. Reza est assis, immobile, regardant en direction de leur voiture.

Doucement, la portière de celle-ci s'ouvre. Un des ravisseurs en sort, le visage masqué, traînant après lui Ahmad, vêtu d'un pantalon à l'afghane et d'un tee-shirt blanc, où il y a des taches de sang. Le téléphone : "Ton fils est là devant toi. Il reste debout comme tu l'as demandé. Nous allons lui lier les mains et les pieds. Tu as cinq minutes pour faire le virement."

Je regarde Ahmad, qui garde la tête baissée. Les doigts tremblants, j'envoie un message à mon ami Daniel, le directeur de la banque, lui demandant de verser dix millions de dollars sur le compte indiqué.

Le message part. À nouveau le téléphone sonne : “Nous n’allons pas attendre longtemps, dès que retentit l’appel à la prière de midi, nous ferons notre devoir.” C’est donc cela qu’ils veulent ? Égorger mon fils au son de l’*adhan* ?

Tout est plongé dans un silence épais, la voiture, le chemin, les arbres, Reza… et toujours cette odeur. Le téléphone : “Est-ce que tu as viré la somme ?

— Oui, je viens de le faire, sur votre compte.”

Je suis assis, mon cœur bat très fort, je suis haletant, en sueur. Les arbres sont immobiles, silencieux, pas un souffle de vent… Je vois mon fils, la tête baissée, et Reza, assis, comme replié sur lui-même.

Mon téléphone sonne, c’est Daniel : “Bonjour !

— Bonjour !”

Je cherche à garder mon calme.

“Je viens de recevoir un ordre de virement de dix millions de dollars.

— Oui, il s’agit de ce contrat dont je t’avais parlé.”

Il reste silencieux quelques instants, avant de me demander : “Tout va bien ?

— Oui, tout va bien, vire cette somme, s’il te plaît.”

Silence à nouveau, quelques instants. “Entendu, entendu.”

Je raccroche. Je suis assis, l’appareil dans une main, tremblant, le cœur battant, respirant avec difficulté, les yeux fixés sur mon fils. Les arbres sont immobiles dans le silence. Je sens le parfum de Farnaz, comme si elle était présente. Je redoute d’entendre l’*adhan*. Reza m’a dit de ne pas bouger, de ne pas quitter la voiture.

Je reçois un message de la banque : virement effectué. Je reste immobile sur mon siège, mais après un instant, j’ouvre la portière, pour aller vers Ahmad.

J'entends la voix de Reza, qui me crie : "Non ! non ! non !"

La petite voiture des ravisseurs se met en mouvement, s'éloignant rapidement, pendant que je cours en direction d'Ahmad. J'entends derrière moi les cris de Reza : "Non, mon oncle ! Non !"

Au loin l'écho de l'appel à la prière : *"Allahu akbar ! Allahu akbar !"*

Soudain j'entends un coup de feu, venu des arbres, derrière Ahmad, déchirant le silence.

Du sang coule de mes narines, mon fils s'abat sur le sol.

OUVRAGE RÉALISÉ
PAR L'ATELIER GRAPHIQUE ACTES SUD
ACHEVÉ D'IMPRIMER
SUR ROTO-PAGE
EN AVRIL 2023
PAR L'IMPRIMERIE FLOCH
À MAYENNE
POUR LE COMPTE DES ÉDITIONS
ACTES SUD
LE MÉJAN
PLACE NINA-BERBEROVA
13200 ARLES

DÉPÔT LÉGAL
1re ÉDITION : MAI 2023
N° impr. : 102399
(Imprimé en France)